CLÁSSICOS
BOITEMPO

Aleksandr Radíschev
(1749-1802)

VIAGEM DE PETERSBURGO A MOSCOU

Publicado com o apoio do
Instituto de Tradução Literária (Rússia)

AD VERBUM

CLÁSSICOS BOITEMPO

A ESTRADA
Jack London
Tradução, prefácio e notas de Luiz Bernardo Pericás

AURORA
Arthur Schnitzler
Tradução, apresentação e notas de Marcelo Backes

BAUDELAIRE
Théophile Gautier
Tradução de Mário Laranjeira
Apresentação e notas de Gloria Carneiro do Amaral

DAS MEMÓRIAS DO SENHOR DE SCHNABELEWOPSKI
Heinrich Heine
Tradução, apresentação e notas de Marcelo Backes

ESTRELA VERMELHA
Aleksandr Bogdánov
Tradução, prefácio e notas de Paula Vaz de Almeida e Ekaterina Vólkova Américo

O DINHEIRO
Émile Zola
Tradução Nair Fonseca e João Alexandre Peschanski

EU VI UM NOVO MUNDO NASCER
John Reed
Tradução e apresentação de Luiz Bernardo Pericás

MÉXICO INSURGENTE
John Reed
Tradução de Luiz Bernardo Pericás e Mary Amazonas Leite de Barros

NAPOLEÃO
Stendhal
Tradução de Eduardo Brandão e Kátia Rossini
Apresentação de Renato Janine Ribeiro

OS DEUSES TÊM SEDE
Anatole France
Tradução de Daniela Jinkings e Cristina Murachco
Prefácio de Marcelo Coelho

O TACÃO DE FERRO
Jack London
Tradução de Afonso Teixeira Filho
Prefácio de Anatole France
Posfácio de Leon Trótski

TEMPOS DIFÍCEIS
Charles Dickens
Tradução de José Baltazar Pereira Júnior

A VÉSPERA
Ivan Turguêniev
Tradução, posfácio e notas de Paula Vaz de Almeida e Ekaterina Vólkova Américo

ALEKSANDR RADÍSCHEV

VIAGEM DE PETERSBURGO A MOSCOU

TRADUÇÃO, APRESENTAÇÃO E NOTAS

PAULA VAZ DE ALMEIDA

Título original: *Путешествие из Петербурга в Москву*

Com base no original constante de: RADÍSCHEV, Aleksandr. “Путешествие из Петербурга в Москву”, em RADÍSCHEV, Aleksandr. *Путешествие из Петербурга в Москву. Вольность* (São Petersburgo, Naúka, 1992).

Direção-geral Ivana Jinkings
Edição Frank de Oliveira
Coordenação de produção Livia Campos
Assistência editorial Elaine Alves e João Cândido Maia
Tradução Paula Vaz de Almeida
Preparação Carolina Mercês
Revisão Ana Lúcia Reis
Diagramação e capa Antonio Kehl
sobre projeto gráfico de capa de Rafael Nobre e imagem *A queda de Nóvgorod*, de Klávdi Lebediev, 1891 (Wikimedia Commons)

Equipe de apoio Ana Slade, Elaine Ramos, Erica Imolene, Frederico Indiani, Glaucia Britto, Higor Alves, Isabella Meucci, Ivam Oliveira, Kim Doria, Luciana Capelli, Marina Valeriano, Marissol Robles, Maurício Barbosa, Pedro Davoglio, Raí Alves, Thais Rimkus, Tulio Candiotto, Victória Lobo, Victória Okubo

CIP-BRASIL. CATALOGAÇÃO NA PUBLICAÇÃO
SINDICATO NACIONAL DOS EDITORES DE LIVROS, RJ

R121v
Radíschev, Aleksandr, 1749-1802
Viagem de Petersburgo a Moscou / Aleksandr Radíschev ; prefácio, tradução e notas Paula Vaz de Almeida. - 1. ed. - São Paulo : Boitempo, 2023.
(Clássicos Boitempo)

Tradução de: Путешествие из Петербурга в Москву
ISBN 978-65-5717-210-0

1. Romance russo. I. Almeida, Paula Vaz de. II. Título. III. Série.

CDD: 891.73
22-81578 CDU: 82-31(470+571)

Meri Gleice Rodrigues de Souza - Bibliotecária - CRB-7/6439

1ª edição: maio de 2023

BOITEMPO
Jinkings Editores Associados Ltda.
Rua Pereira Leite, 373
05442-000 São Paulo SP
Tel.: (11) 3875-7250 / 3875-7285
editor@boitempoeditorial.com.br
boitempoeditorial.com.br | blogdaboitempo.com.br
facebook.com/boitempo | twitter.com/editoraboitempo
youtube.com/tvboitempo | instagram.com/boitempo

SUMÁRIO

APRESENTAÇÃO

ALEKSANDR RADÍSCHEV: TRADIÇÃO E LUTA REVOLUCIONÁRIA NA LITERATURA RUSSA

Paula Vaz de Almeida

E, se estamos diante de um artista realmente grande, ele teve que refletir em sua obra nem que seja alguns dos aspectos essenciais da revolução.

Vladímir Lênin[1]*

Pouco mais de um século separa a publicação de *Viagem de Petersburgo a Moscou*, de Aleksandr Radíschev, da Revolução Russa de 1917 – um longo período que compreende grandes transformações não apenas na sociedade, mas na produção artístico-literária do país. De um a outro acontecimento, temos, entre outras coisas, fatos fundamentais, como a revolução provocada por Aleksandr Púchkin nas letras russas e toda a grande literatura humanística do século XIX; a formação da *intelligentsia* e dos movimentos de libertação; a chegada do marxismo à Rússia e a criação do Partido Operário Social-Democrata Russo (POSDR); ou, ainda, as reformas de Alexandre II, a abolição da servidão, em 1861, e o assassinato do tsar, em 1881, o qual culminaria em um enorme retrocesso e na perseguição aos radicais russos. Isso

[1] Vladímir Lênin, "Лев Толстой, как зеркало русской революции" [*Lev Tolstói kak zérkalo rússkoi rievoliútsi* / Lev Tolstói como espelho da revolução russa], em idem, *Полное собрание сочинений* [*Pólnoe sobránie sotchiniéni* / Obras completas], v. 17 (5. ed., Moscou, Editora de Literatura Política, 1968), p. 206.

* Os trechos de obras citados foram traduzidos pela autora da apresentação (N. E.)

sem falar do surgimento do movimento simbolista na virada do século, importante pela transformação cultural que engendrou, e da revolução de 1905, brutalmente reprimida, ambos anunciadores dos novos tempos que estavam por vir.

Mas qual seria a conexão entre esta obra de Radíschev, quase desconhecida entre nós, e a Revolução de 1917, em especial, a Revolução de Outubro? Pode soar estranho aos ouvidos menos habituados, mas, para um russo – ou, melhor dizendo, para um soviético, como bem nota Evguéni Plimak –, tudo era bastante claro e havia muito fora explicado:

> Ainda no fim do século XVIII, foi Radíschev "o primeiro a nos profetizar a liberdade". Tchernychévski tentou esclarecer o problema em *O que fazer?*, à luz das lições "da época do ano de 1861". Lênin materializou o sonho de Radíschev e os projetos de Tchernychévski na estratégia e na tática das três revoluções russas do início do século XX, sobretudo, do Outubro vitorioso.[2]

A citação acima expressa, por assim dizer, uma leitura da obra de Radíschev que poderíamos atribuir aos bolcheviques, a qual se explica, em grande medida, com base em uma interpretação proposta por Vladímir Lênin em seu artigo "O orgulho nacional dos grão-russos", de 1914. Nele, explicando por que o sentimento do orgulho nacional não deveria ser alheio ao proletariado grão-russo consciente, declara:

> Nós nos orgulhamos de que essa violência [dos carrascos tsaristas, nobres e capitalistas] despertou a resistência entre nós, entre os grão-russos, que esse meio impulsionou Radíschev, os dezembristas, os revolucionários-*raznotchínets*[3] dos anos de 1870, que a

[2] *Evguéni Plimak*, "Традиция борьбы и исканий (Радищев, Чернышевский, Ленин)" [*Tradítsia, borby i iskáni* (*Radíschev, Tchernychévski, Liénin*) / Tradição de luta e de buscas (Radíschev, Tchernychévski, Lênin"], Вопросы литературы [*Vopróssy litieratury* / Questões de literatura], n. 11, 1987, p. 132; disponível *on-line*.

[3] Termo genérico utilizado desde o século XVIII para designar as pessoas que não pertenciam a nenhuma das catorze classes criadas por Pedro, o Grande (1672-1725), em sua Tabela de Classificações; em termos gerais, podemos dizer que eram "plebeus ilustrados" ou "proletários da burocracia". Para uma caracterização dos *raznotchínets*, ver a personagem Insárov, de *A véspera*, de Ivan Turguêniev,

> classe operária grã-russa criou, em 1905, um poderoso partido revolucionário de massas, que, ao mesmo tempo, o mujique grão--russo começou a tornar-se democrata, começou a investir contra o sacerdote e o proprietário.[4]

Alguns intérpretes de Lênin (seguidores e críticos) viram nessas palavras a afirmação de que Radíschev seria "o primeiro revolucionário russo", que o líder da Revolução de Outubro pretendia, com isso, estabelecer uma espécie de genealogia dos revolucionários russos. Em realidade, ao que parece, o dirigente bolchevique está mais interessado em chamar atenção para o fato de que onde há opressão há resistência e impulso revolucionário – e isso deve ser motivo de orgulho para os membros conscientes da classe. Por outro lado, não se pode esquecer que Lênin, em suas interpretações, estabelece, com as devidas críticas e delimitações, um certo fio vermelho de continuidade, ligando os distintos momentos do movimento radical e revolucionário no Império Russo. Seja como for, para os revolucionários russos (e, sem dúvida, Lênin está na linha de frente dessa fileira), Radíschev representava, se não o iniciador, ao menos um precursor importante de um movimento que se desenvolveria no subsolo – sob as pesadas patas do tsarismo, de maneira clandestina – e que culminaria na tomada do poder pelo proletariado em outubro de 1917.

Não foi por acaso, por exemplo, que, em 22 de setembro de 1918, um monumento a Radíschev foi inaugurado por Anatóli Lunatchárski em São Petersburgo. Com um discurso emocionado, o orador destacava justamente a contribuição de Aleksandr Radíschev para os eventos revolucionários que estavam em curso naquele exato momento, conectando-os com a "Paris rebelde e vitoriosa", cujos ecos são ouvidos em *Viagem de Petersburgo a Moscou*. O então comissário do povo para a Educação afirma que

---

bem como a discussão apresentada no posfácio à tradução brasileira (São Paulo, Boitempo, 2019), p. 184-5.

[4] Vladímir Lênin, "О национальной гордости великороссов" [*O natsionálnoi górdosti vielikoróssov* / O orgulho nacional dos grão-russos], em idem, *Pólnoe sobránie sotchiniéni*, cit., v. 26, p. 107.

Radíschev era um "revolucionário da cabeça aos pés" e, sobre seu romance, é assertivo:

> [...] Em seu brilhante livro, que agora se lê com entusiasmo, ele, ora açoitando, ora soluçando, ora zombando, não apenas desenha para nós as trevas da Rússia latifundiária e burocrática, mas se alça ainda mais alto, ameaça a autocracia diretamente, convoca para a luta contra ela, com quaisquer armas, e alegra-se com um cadafalso para os tsares.[5]

A homenagem a Radíschev seria a primeira de uma série de estátuas e bustos que se pretendia inaugurar no contexto de um plano denominado pelos bolcheviques de "propaganda dos monumentos". A lista completa, assinada por Lênin e Lunatchárski, foi publicada no periódico *Izviéstia VTsIK*[6], e o nome de Radíschev – sexto na seção dedicada a "escritores e poetas" – figura ao lado do de personalidades como Lomonóssov, Mendeléiev, Marx, Engels, Bakúnin, Tolstói, Dostoiévski, Púchkin, entre outros, russos e estrangeiros. Lunatchárski se reportou à sua audiência da seguinte maneira:

> Nosso líder Vladímir Lênin nos deu esta ideia:
> "Levantem, o mais rápido possível, ainda que de material frágil, o maior número possível de monumentos aos grandes revolucionários e àqueles pensadores, poetas, que, devido à sua liberdade de pensamento e franqueza de sentimentos, não quiseram venerar a burguesia. Que as estátuas dos precursores da revolução sejam a pedra angular do edifício da cultura socialista dos trabalhadores".[7]

Mas, muito antes dos bolcheviques, Catarina II, imperatriz conhecida pelo epíteto "a Grande" e que reinava absoluta quando

---

[5] Anatóli Lunatchárski, *Александр Николаевич Радищев: Первый пророк и мученик революции* [*Aleksandr Nikoláievitch Radíschev: piérvi prorók i mútchenik rievoliútsi* / Aleksandr Nikoláievitch Radíschev: primeiro profeta e mártir da revolução] (Petrogrado [São Petersburgo], Edição do Soviete de Operários de Petrogrado e Deputados do Exército Vermelho, 1919), p. V.

[6] *Известия ВЦИК* [Notícias do Comitê Central Executivo Pan-Russo], n. 163, 2 ago. 1918.

[7] Ibidem, p. VII.

Radíschev decidiu publicar seu livro, foi a primeira a reconhecer que o autor daquela obra era um "rebelde". No mesmo discurso ora citado, o comissário disse: "Catarina estava correta quando se irritou. Catarina estava correta ao reconhecer Radíschev como um insurgente. Ele o era, e nisso reside sua glória eterna"[8].

*

Aleksandr Radíschev pertence à primeira geração de jovens da nobreza enviada pela autocrata Catarina II para a Europa a fim de *ilustrar-se* – mais precisamente, para a Alemanha, para a Universidade de Leipzig, onde passou cinco anos, considerados fundamentais para sua formação. Ao enviar o grupo para o estrangeiro, a tsarina pretendia modernizar a vasta e atrasada Rússia, formando quadros capazes de trazer o Iluminismo para o país. Na universidade, Radíschev recebeu uma educação clássica ou, como diríamos hoje, "erudita", estudando disciplinas diversas, que iam das ciências naturais às letras, passando por medicina, direito e filosofia, entre outras; também teve a oportunidade de entrar em contato com as principais correntes filosóficas que animavam o debate europeu e de travar conhecimento com colegas e professores que o influenciaram decisivamente.

> Radíschev representa a típica imagem do nobre que, nas condições dos anos 80 do século XVIII, começa a pensar nas questões fundamentais da vida social e política da Rússia autocrática e feudal, e gradativamente se coloca no caminho da revolução. Lênin assinalou diversas vezes que a particularidade do movimento russo de libertação da primeira etapa consistia na introdução, entre as fileiras da nobreza, de personalidades que rompiam com a prática egoísta da classe à qual pertenciam.[9]

---

[8] Ibidem, p. IV.

[9] Gueórgui Makogonenko, *Радищев и его время* [*Radíschev i ego vriémia* / Radíschev e seu tempo] (Moscou, Editora Estatal de Literatura Artística, 1956), p. 435. (Vale acrescentar que o local escolhido pelos bolcheviques para a instalação do monumento a Radíschev buscava recuperar esse simbolismo a que se refere Makogonenko. Lunatchárski assim explica: "Vocês estão vendo, camaradas: instalamos Radíschev ao lado do Palácio de Inverno, antiga morada dos tsares.

Publicado no ano seguinte à Revolução Francesa de 1789, este romance – a rigor, um diário de viagem – capta de maneira excepcional tanto a conjuntura que o abalo na França produzira no continente quanto seus efeitos no longínquo e atrasado Império Russo. Aquelas placas tectônicas que tinham sido colocadas em movimento pela transformação operada com o advento da revolução burguesa na Europa Ocidental, não obstante todos os esforços de contenção da soberana Catarina II e de seus sucessores no trono russo, tiveram profundo impacto na terra dos tsares.

O grande poeta Aleksandr Púchkin, em artigo de 1836 não muito elogioso, mas que reconhecia a importância de Radíschev, classificou *Viagem de Petersburgo a Moscou* como sendo um "apelo satírico à indignação"[10]. O poeta considerava o romance um tanto medíocre, pois, para ele, o autor se perdia em excessivas lamentações sobre a vida do povo e a crueldade dos nobres. Essa característica que incomodara o "Sol da poesia russa" também não agradava muito às gerações posteriores de literatos, como Ivan Turguêniev e Fiódor Dostoiévski, os quais se voltaram com grande ímpeto contra os publicistas radicais e seu "utilitarismo", sobretudo contra Aleksandr Tchernychévski. É por motivos como esse, aliás, que Lunatchárski, no discurso anteriormente citado, fez questão de enfatizar: "Não, ele [Radíschev] não foi apenas um humanista comovido com as bestialidades da servidão, precursor de um nobre arrependido como o liberal Turguêniev"[11].

Vejam: o monumento foi colocado em uma fenda aberta na cerca do jardim do palácio. Que esta fenda seja, para vocês, aquela porta que o povo abriu com sua mão hercúlea, rompendo o caminho para o palácio. O monumento do primeiro profeta e mártir da revolução não se envergonhará de ficar aqui, feito um guarda junto ao Palácio de Inverno, pois o convertemos em palácio do povo: em suas cozinhas é preparado o alimento físico para os trabalhadores, em seu Hermitage, em seu teatro e em suas salas magníficas, estamos ofertando o alimento da alma"; Anatóli Lunatchárski, *Александр Николаевич Радищев* [Aleksandr Nikoláievitch Radíschev], cit., p. VII.

[10] Aleksandr Púchkin, "Александр Радищев" [Aleksandr Radíschev], em idem, *Pólnoe sobránie sotchiniéni*, cit., v. VII, p. 353.

[11] Anatóli Lunatchárski, *Александр Николаевич Радищев* [Aleksandr Nikoláievitch Radíschev], cit., p. IV.

Debate central na história da literatura russa, a questão da "arte pela arte" ou da "utilidade" ou "tarefa da arte" data ainda do século XIX, momento em que se observou a manifestação de duas tendências aparentemente opostas, mas que se influenciaram, entrelaçaram-se e, em alguns momentos, complementaram-se. A palavra "literatura" é, em russo, bem mais ampla que em português ou em outras línguas neolatinas, tendo como primeira acepção o conjunto de coisas escritas em geral. Por isso, para designar o que comumente chamamos de "literatura", ou seja, o uso estético da linguagem, a arte literária, emprega-se, na língua russa, a expressão "literatura artística" (*khudójiestvenaia litieratura*), a qual, por sua vez, diferencia-se da "publicística" (*publitsistka*), cuja definição é: "literatura sobre questões políticas e sociais da atualidade".

É bastante comum encontrarmos na avaliação dos críticos e historiadores da literatura uma apreciação de cunho valorativo, como se a primeira fosse a "verdadeira arte" e a segunda fosse algo menor, cujos autores se reduzissem a simples "cantores da revolução", empregando, não raro, o adjetivo "panfletário" de maneira pejorativa. Ao se fazer isso, não apenas se estabelece uma escala de valor que não deveria haver, mas, ainda, corre-se o risco de deixar passar o essencial: Tchernychévski e, em certa medida, Radíschev não eram apenas entusiastas da revolução, seus cantores; eram, cada um à sua maneira, pensadores revolucionários, analistas daquela revolução que, um dia, libertaria a pátria do pesado jugo do tsarismo. Não seria forçoso dizer que uma das vocações, ou particularidades, da literatura russa está no fato de o texto literário ter se desenvolvido como espaço privilegiado de debate social e político, para além de seu caráter humanista em sentido amplo e, algumas vezes, independentemente da vontade de escritores e poetas. Sob censura constante, o pensamento crítico teve de buscar formas adequadas para seu exercício e encontrou na criação literária suas melhores possibilidades.

Isso posto, cabe destacar como elemento central do romance de Radíschev seu caráter sedicioso. Ainda antes da formação da *intelligentsia* russa como tal, que se daria cerca de quatro décadas depois, nosso autor vale-se da forma literária para denunciar os desmandos da autocracia, a servidão da gleba na Rússia, a escravidão nas Américas e na África, a necessidade de colocar um fim naquela forma de organização que trata com distinta crueldade a classe que forma seu alicerce. Radíschev logra expor, em poucas páginas, em um estilo original, tanto os dramas espirituais – caros aos partidários da estética – quanto os dramas existenciais – caros às pessoas de ação – das primeiríssimas etapas do movimento de libertação na Rússia. Em suas críticas, tinha em vista o sistema feudal, mas não são de surpreender as semelhanças com o mundo contemporâneo, em especial com a condição do trabalhador[12]. Nas denúncias de Radíschev, atingem-nos em cheio os lamentos dos servos e a crueldade das elites daquele tempo e, assim, somos levados a pensar em nossa própria situação.

Além de sedicioso, este é também um livro clandestino, inaugurando, por assim dizer, outra "tradição" na literatura russa: do livro "ilegal" e do s*amizdat*[13]. Havia, à época, um decreto imperial recém-promulgado determinando que nenhum livro poderia ser impresso sem o selo de aprovação da polícia e os dados completos de imprenta. Os primeiros exemplares de *Viagem de Petersburgo a Moscou* saíram sem os referidos dados, bem como sem qualquer indicação de autoria; quanto ao selo, foi incluída uma falsa permissão, segundo as anotações de Catarina II[14]. Ocorre que a primeira tentativa de Radíschev de publicar sua *Viagem* foi frustrada: não apenas o livro foi barrado pelo censor como, ainda, o tipógrafo a quem ele confiara o manuscrito recusou-se a levá-lo

---

[12] Uma curiosidade etimológica sobre a língua russa que deixa ainda mais significativa essa condição e, talvez por isso, foi percebida com tanta perspicácia pelos autores e artistas da palavra russos: "escravo" (*rab*) é a raiz de "trabalhador" (*rabótchi*), um substantivo que, morfologicamente, assume a forma de adjetivo.

[13] *Samizdat*, literalmente, "autopublicação", consiste na produção e na distribuição da literatura – artística e publicística – proibida por lei na União Soviética a partir dos anos 1930.

[14] "Замечания Екатерины I на книгу А. Н. Радищева 'Путешествие из Петербурга в Москву'" [*Zamietchánia Ekateríny I na knígu A. N. Radíscheva "Putechéstvie iz Peterburga v Moskvu"* / Anotações de Catarina II ao livro de A. N. Radíschev *Viagem de Petersburgo a Moscou*], em Dimitri Babkin, Процесс *А. Н.* Радищева [*Protséss A. N. Radíscheva* / O processo de A. N. Radíschev] (Moscou-Leningrado [São Petersburgo], Editora da Academia de Ciências da URSS, 1952), p. 157.

adiante. Com isso, Radíschev decidiu montar uma tipografia e imprimir ele mesmo seu livro, dessa vez em São Petersburgo.

Para Púchkin, esse ato foi o de "um louco":

> [...] Um funcionário raso, pessoa sem qualquer poder, sem qualquer apoio, atreve-se a armar-se contra a ordem geral, contra a autocracia, contra Catarina! E notem: um conspirador espera pela união de forças de seus camaradas; o membro de uma sociedade secreta, em caso de fracasso, ou se prepara para receber o perdão ou, dependendo da quantidade de cúmplices, conta com a impunidade. Mas Radíschev é um só. Não tem camaradas nem cúmplices. Em caso de fracasso – e que sucesso poderia ele esperar? – responderá sozinho por tudo, será a única vítima da lei. [...][15]

Das cerca de 600 unidades impressas, apenas 26 foram colocadas à venda e algumas delas, enviadas a conhecidos. Temendo busca e apreensão, o próprio autor teria destruído a maioria dos exemplares. Cerca de um mês depois de sua aparição, uma das cópias caiu nas mãos de Catarina II, que passou dois dias dedicada à leitura e à anotação do exemplar. Apesar da ausência de autoria, as desconfianças da soberana recaíram imediatamente sobre Radíschev e sobre outro nobre que também havia sido enviado à Universidade de Leipzig. Ao final de sua leitura, concluiria que se tratava de "um rebelde pior que Pugatchov"[16]. Nas "Anotações de Catarina II a *Viagem de Petersburgo a Moscou*", a soberana sentenciou já no segundo parágrafo: "A intenção deste livro fica evidente em cada página; o autor está infectado e repleto do erro francês, busca por todos os meios e faz todo o possível para depreciar a reverência ao poder e aos governantes, para incitar no povo a indignação contra os superiores e as autoridades"[17]. Depois disso, Radíschev foi encerrado na Fortaleza de Pedro e

---

[15] Aleksandr Púchkin, *Pólnoe sobránie sotchiniéni,* cit., p. 353-4.

[16] Notas de Aleksandr Khrapóvitski, conselheiro privado de Catarina II, anexado por Púchkin a seu artigo, em Aleksandr Púchkin, *Pólnoe sobránie sotchiniéni,* cit., p. 361.

[17] "Замечания Екатерины I на книгу А. Н. Радищева «Путешествие из Петербурга в Москву»" [*Zamietchánia Ekateríny I na knígu A. N. Radíscheva "Putechéstvie iz Peterburga v Moskvu"* / Anotações de Catarina II ao livro de A. N. Radíschev *Viagem de Petersburgo a Moscou*], cit., p. 157.

Paulo e, em seguida, condenado à morte. A decisão seria mais tarde revogada pela imperatriz, no âmbito do acordo de paz como conclusão da guerra com a Suécia, e ela decidiu enviá-lo para o degredo na Sibéria. Assim, o autor do primeiro livro híbrido de literatura artística e publicística, do primeiro livro sedicioso (ou subversivo), clandestino e autopublicado da literatura russa, do primeiro *samizdat*, é também o primeiro escritor russo a ser enviado à Sibéria pelo poder.

Pelas notas de Catarina II, é possível perceber o que tanto a teria incomodado. Destaquemos três razões: primeira, a defesa explícita dos camponeses; segunda, a virulência com que critica a monarquia, tanto em geral, com foco no Estado, quanto em particular, na pessoa dos senhores feudais, dos nobres e dos monarcas; terceira, a exposição sem mediações da hipocrisia de reis e rainhas, tsares e tsarinas – "ou qualquer um desses títulos de quem detém o poder sentado num trono"[18] –, e de Catarina II, em particular, que agora traía a filosofia que ela mesma impusera, em outros tempos, a jovens como Radíschev. Em seu artigo "Notas sobre a literatura russa do século XVIII", Púchkin percebe com especial agudeza a hipocrisia dessa déspota outrora esclarecida:

> Catarina extinguiu o título (ou melhor, a denominação) escravidão[19] e distribuiu cerca de um milhão de camponeses do Estado (ou seja, lavradores livres) e escravizou a Pequena-Rússia[20], que era livre, e as províncias polonesas; Catarina amava o Iluminismo, e Nóvikov, que espalhou suas primeiras luzes, passou das mãos de Chechkóvski para a prisão, onde permaneceu até a morte.
> Radíschev foi exilado na Sibéria. Kniajnin morreu sob tortura e Fonvizin, a quem ela temia, não teria escapado de tal sorte se não fosse por sua fama extraordinária.[21]

---

[18] Neste volume, p. 66.

[19] Referência ao decreto de Catarina II de 15 de fevereiro de 1786 sobre a proibição do uso da palavra "escravo" ("*rab*") nos documentos endereçados a ela.

[20] Antiga denominação do território que hoje em dia constitui, em sua maior porção, a Ucrânia.

[21] Aleksandr Púchkin, "Заметки по русской истории XVIII в." [*Zamiétki po rússkoi istórii XVIII v.* / Notas sobre a literatura russa do século XVIII], em idem, *Pólnoe sobránie sotchiniéni*, cit., v. VIII, p. 91.

Mas há, ainda, uma razão pessoal. Há indícios suficientes para se acreditar que a tsarina conhecia pessoalmente nosso autor, que não apenas fora escolhido entre os seis jovens enviados para estudos na Alemanha, mas também por conta dos cargos que ocupou. Catarina sentira-se traída; para ela, Radíschev devia-lhe sua formação e sua visão de mundo. Tanto é que o secretário de Estado do Tribunal Penal recusou-se a levar à corte algumas perguntas colocadas pela tsarina, por considerá-las "obscenas" – por exemplo, se Radíschev guardara dela algum tipo de ressentimento[22].

A propósito, um comentário bastante expressivo de Catarina II, supostamente excluído da publicação oficial das notas ao livro de Radíschev, foi reportado pelo historiador Lev Gumliov ao escritor Mikhail Ardov[23]. Segundo consta, acerca de um dos episódios mais marcantes da *Viagem*, quando o narrador toma conhecimento de uma revolta de camponeses contra seus senhores, os quais abusavam sexualmente das moradoras da aldeia e acabaram pagando com a própria vida por tal ato de vilania, ela teria anotado: "No Império Russo, não é crime apalpar meninas e mulheres; já o assassinato é um crime punido por lei". Como se diz em italiano: *se non è vero, è molto ben trovato*, ou seja, se não é verdadeiro, é muito bem pensado, pois trata-se de oportuno lembrete às leituras romantizadas de hoje em dia, que desejam encontrar nas rainhas "empoderadas" algum exemplo de feminismo.

Ao que tudo indica, Radíschev não previra a reação extremada de Catarina II. Na tentativa de se defender, declarou que o manuscrito havia sido finalizado ainda antes dos eventos revolucionários na França, fato que mudaria profundamente o clima político na Rússia. Apesar de seus flertes com o liberalismo, quando eclodiu a Revolução Francesa, a mão de ferro da autocrata se fez pesar: a perseguição à liberdade de pensamento já grassava, mas agora a tsarina se voltara de maneira feroz contra seus velhos amigos. Radíschev associou a composição deste ro-

---

[22] Notas de Aleksandr Khrapóvitski, conselheiro privado de Catarina II, anexadas por Púchkin a seu artigo, em Aleksandr Púchkin, *Pólnoe sobránie sotchiniéni*, cit., p. 361.

[23] Mikhail Ardov, "Легендарная Ордынка" [*Leguendárnaia Ordynka* / Ordem legendária]. *Новый мир* [*Nóvi Mir* / Novo Mundo], n. 5, 1994.

mance ao período em que servira como funcionário do governo e, em seguida, como diretor da alfândega de São Petersburgo, um cargo importante – ou seja, antes da publicação da primeira edição, em 1790. No serviço, contava com a simpatia de seus superiores, em especial de seu chefe imediato, o conde Aleksandr Voróntsov, e poderia ter alcançado postos ainda mais altos, não fosse a publicação do livro que aqui se apresenta, pela primeira vez, ao público brasileiro, "a causa de sua desgraça e de sua glória", como notou Púchkin[24].

Depois disso, apenas em 1868 houve nova tentativa de publicação de *Viagem de Petersburgo a Moscou*, por um livreiro de São Petersburgo, uma versão tão mutilada que não chamou a atenção da censura. Já em 1872, Piotr Efriémov, bibliófilo, editor e crítico literário, trouxe à luz do dia dois volumes das obras de Aleksandr Radíschev, incluindo este romance, bem como documentos acerca dele. A edição foi imediatamente tirada de circulação, pois, segundo o censor:

> Visto que alguns dos princípios reprovados no autor constituem, ainda hoje, a base de nosso Estado e cotidiano social, considero inadequado permitir que esse livro seja apresentado ao público em sua forma atual, em parte, porque pode despertar a simpatia de pessoas frívolas para seu conteúdo e, em parte, porque pode servir de um precedente inconveniente para os publicistas ardorosos e mal-intencionados, que não hesitarão em proclamar Radíschev como um mártir de suas utopias humanitárias, como uma vítima da arbitrariedade, e tentarão imitá-lo.[25]

É significativo, contudo, que a primeira edição completa e anotada do livro, visto por muitos como um manifesto político, tenha saído em 1905 – o ano da primeira revolução russa.

Apenas sob o poder de Paulo I, sucessor de Catarina II ao trono imperial, é que Radíschev foi libertado do degredo siberiano. A

---

[24] Aleksandr Púchkin, *Pólnoe sobránie sotchiniéni*, cit., p. 358.

[25] Aleksandr Radíschev, *Путешествие из Петербурга в Москву. Материалы к изучению* [*Putechéstvie iz Peterburga v Moskvu: Materiály k izutchéniu* / Viagem de Petersburgo a Moscou. Materiais para estudo], v. 2 (Moscou-Leningrado [São Petersburgo], Editora da Academia de Ciências da URSS, 1935), p. 337-8.

ordem do tsar foi emitida em novembro de 1796, mas o exilado só tomou conhecimento dela em janeiro do ano seguinte. Tal ordem não lhe permitia se estabelecer nem em Moscou, nem em Petersburgo, mas na província de Kaluga, nas cercanias de Moscou, na propriedade de seu pai. Após o assassinato de Paulo I, ascendeu ao trono Alexandre I, e Radíschev não apenas foi autorizado a retornar à vida nas capitais como, ainda, foi recrutado para colaborar com a Comissão Legislativa, ou Comissão de Elaboração das Leis, responsável por codificar a legislação existente e desenvolver uma nova. Entretanto, pouco tempo depois, nosso autor colocaria fim a seus dias, vindo a falecer em 24 de setembro de 1802.

Existem diversas teorias sobre o que teria, afinal, levado Radíschev ao suicídio. Algumas, como a do filho e biógrafo Pável Radíschev, atribuem o ato à loucura[26]. Outras, mais recentes, recorrem a um termo cunhado no século XX, no âmbito das prisões em campos de trabalhos forçados do período stalinista ou dos campos de concentração da Alemanha nazista: a assim chamada "síndrome do campo". Ou seja, aos sobreviventes dos horrores dessas prisões, quando se sentem ameaçados, a morte parece uma melhor saída que ter o pesadelo revivido.

Púchkin assim o explica:

> Pobre Radíschev, fascinado por um assunto que antes estava próximo de seus estudos especulativos, lembrou-se do passado e, no projeto apresentado ao chefe, entregou-se aos seus sonhos anteriores. O conde Z. [Zavadóvski], surpreendido com a juventude diante de seus cabelos grisalhos, disse-lhe em tom amigável de reprovação: "Eh, Aleksandr Nikoláievitch, desejas ocupar-te de conversas fiadas como antigamente! A Sibéria foi pouco para ti?". Radíschev viu nessas palavras uma ameaça. Angustiado e assustado, retornou a sua casa, lembrou-se de seu amigo de juventude, o estudante de Leipzig, que lhe apresentara, certa vez, os primeiros pensamentos sobre o suicídio e... envenenou-se.[27]

---

[26] Pável Radíschev, *Биография А. Н. Радищева* [*Biográfia A. N. Radíscheva* / Biografia de A. N. Radíschev] (Moscou-Leningrado [São Petersburgo], Editora da Academia de Ciências da URSS, 1959).

[27] Aleksandr Púchkin, *Pólnoe sobránie sotchiniéni*, cit., p. 356-7.

Nessa passagem, Púchkin refere-se a Fiódor Úchakov, colega da universidade que, para colocar um fim nos sofrimentos decorrentes de uma enfermidade, persuadiu seus amigos a lhe darem veneno, mas eles se recusaram. Como recorda Kutuzov, amigo a quem Radíschev dedicou esta *Viagem*, o autor teria, mais tarde, reavaliado a posição da juventude, advertindo-lhe: "Recorda aquele quadro e diga o que ia em tua alma naquele momento. Sócrates, que tomou o veneno diante de seus amigos, ensinou-lhes a melhor lição, aquela que em toda sua vida não tinha podido dar".

Para Aleksandr Herzen, conforme declarou em seu prefácio à edição inglesa de *Viagem de Petersburgo a Moscou*, o suicídio de Radíschev explica-se pela depressão gerada pelo colapso de seus ideais civis[28]. Já Iuri Lótman, um dos críticos da leitura bolchevique de Radíschev como o primeiro revolucionário russo, arrematou, com razão: "Foi um ato de afirmação da liberdade e da autonomia do indivíduo"[29]. Com isso, o linguista e crítico literário estabeleceu outra genealogia, igualmente significativa: a dos artistas russos que, perseguidos pelo poder, fizeram do suicídio um ato político.

*

Como poderá conferir a leitora e o leitor, apesar da postura, por vezes, um tanto cínica do narrador, seja por meio deste, seja por meio das personagens e dos manuscritos que encontra em seu percurso, nosso autor insere, em cada linha, uma crítica à monarquia russa, à nobreza, aos servidores civis e militares do Estado. Evidentemente, as simpatias se direcionam ao campesinato, um tanto idealizado, é verdade, sobretudo na apreensão do narrador – um membro da nobreza –, mas com uma pena bastante realista quando se trata de representar a injustiça da

---

[28] Aleksandr Herzen, *Pólnoe sobránie sotchiniéni* / Obras completas, v. 9, p. 270-1.

[29] Iuri Lotman, *Поэтика бытового поведения в русской культуре XVIII века* [*Poética bytovogo povediénie v rússkoi kulture XVIII veka* / Poética do comportamento cotidiano na cultura russa do século XVIII] (Tartu, 1977).

condição imposta pelo Estado ou as crueldades dos amos no trato com suas "almas", como eram chamados os camponeses servos na Rússia dos tsares.

Do ponto de vista de sua composição, *Viagem de Petersburgo a Moscou* é, como já observamos, um diário de viagem, inspirado, segundo o próprio autor, no bastante popular à época *Uma viagem sentimental*, de Laurence Sterne. A divisão em capítulos, cujos títulos empresta das cidades e das estações dos correios onde ocorre a troca dos cavalos de sua *kibitka*, permite ao narrador apresentar reflexões sobre as paisagens avistadas, a história, os costumes e os hábitos dos lugares por onde passa, sobre as pessoas com as quais se encontra, entre outros temas políticos e morais, como a liberdade, o fim da servidão, a derrubada da autocracia, a frivolidade da nobreza e o suicídio. Não há no livro uma trama propriamente dita, e, assim, de uma estação dos correios a outra, por estradas em péssimo estado de conservação, o narrador, que viaja deitado graças à falta de assentos nesse tipo de transporte de tração animal, ainda tem tempo para tecer lucubrações acerca do Estado, da legislação, da perseguição ao livre pensamento, dos livros como arma de luta, da tradução como ato subversivo, entre outros assuntos que continuam bastante atuais.

De extração híbrida, não é apenas o narrador que nos transmite suas ideias. Ao longo da viagem, os amigos e os desconhecidos que cruzam o caminho dele também nos comunicam seus sentimentos e pensamentos, suas lamentações e revoltas; outra via se dá por meio de documentos e manuscritos que o narrador recebe, subtrai ou encontra ao acaso, e que constituem inserções puramente publicísticas no tecido da criação artística propriamente dita. Um detalhe interessante da composição, que poderá divertir leitoras e leitores, são os comentários de cunho humorístico, uma espécie de "piada ritual" que o autor insere ao final de alguns capítulos, servindo como nexo a peças tão heterogêneas entre si, como o projeto para um futuro mais justo, o documento sobre a censura e a liberdade de expressão, o plano para o fim da servidão, o poema longo "Liberdade" e a breve biografia sobre Mikhail Lomonóssov. Desse modo, o humor e a ironia, bem como os ditados e modos de dizer que perpassam todo o texto, servem como uma espécie de alívio cômico ao conteúdo político bastante sério.

Não deve pensar a leitora ou o leitor que, por se tratar da distante e, por vezes, enigmática Rússia, estamos diante de uma realidade completamente distinta da brasileira. Pelo contrário: as semelhanças entre a servidão do camponês russo e a escravização do negro africano podem surpreender. O próprio autor, em algumas passagens, faz as devidas comparações. Não custa lembrar que, no momento em que o romance é escrito, a escravidão ainda estava a um século de ser abolida no Brasil. Há aqui aquela mesma vibração da voz que podemos encontrar nos abolicionistas brasileiros: a da indignação contra a espoliação da terra pelo trabalho de pessoas escravizadas. Ou, como diria Lênin acerca do orgulho grão-russo: aquela indignação surgida nas mentes conscientes diante da violência, da injustiça e do desmando dos de cima, que engendram, por sua vez, a resistência, física e intelectual, fornecendo um legado digno do orgulho coletivo, além de, não raras vezes, munir com armas valiosas para a luta.

Em sua *Viagem de Petersburgo a Moscou*, Radíschev foi capaz de expor as dolorosas chagas da mãe Rússia e, não à toa, despertou a ira de Catarina II. Não deixa de ser irônico, todavia, que a déspota enviara, em sua fase esclarecida, o grupo de jovens nobres para "se ilustrar" na Europa, mas se enfureceu quando viu diante de si o resultado. Como afirma Púchkin: "Em Radíschev, está refletida toda a filosofia francesa de seu século: o ceticismo de Voltaire, a filantropia de Rousseau, o cinismo político de Diderot e Raynal". E acrescenta, aproveitando para tecer uma crítica ao estilo e ao acabamento do romance: "Mas é tudo desajeitado, de aspecto deformado, como se todos os objetos estivessem refletidos de maneira distorcida em um espelho distorcido"[30].

Esse "espelho distorcido" de que fala Púchkin é resultado não apenas da mescla de estilos e gêneros, mas, ainda, da mistura dos níveis alto e baixo da linguagem, do uso de arcaísmos e de palavras do vocabulário sacro. Contudo, podemos dizer, complementando positivamente a crítica do poeta, que esse "espelho

[30] Aleksandr Púchkin, *Pólnoe sobránie sotchiniéni*, cit., p. 359.

distorcido" é também reflexo do solo social atrasado do Império Russo, em que muitas daquelas ideias apresentadas direta ou indiretamente pelo narrador, tomadas de empréstimo da metrópole, mormente da França, bem como os costumes importados da nobreza na corte de Catarina, a Grande, assumem ares de "ideias fora de lugar" – para usar a feliz expressão cunhada por Roberto Schwarz a fim de definir nosso "mestre na periferia do capitalismo", Machado de Assis.

São válidas, ainda, algumas palavras sobre a atualidade deste livro, contemporâneo da Revolução Francesa. Não surpreenderá se, no caleidoscópio de temas trazidos à baila por Radíschev, cada leitora ou leitor encontrar o assunto que, segunda sua avaliação, atravessou os séculos e carrega uma mensagem fresca para o nosso tempo.

Aqui recomendamos atenção a uma peça em particular: "Breve narrativa sobre as origens da censura", caderno recebido pelo narrador de um viajante com o qual cruza na estação dos correios de Torjok. A partir das ideias apresentadas pelo autor do manuscrito, em especial naquilo que se refere à manutenção do controle pelas classes dominantes por meio da censura e do cerceamento da liberdade de pensamento e opinião, somos levados a refletir como, ao tornar-se classe dominante, a burguesia, que na época desta *Viagem* era a classe revolucionária, não apenas conservou tais métodos, como os incrementou, tanto em seu aspecto mais evidente, do uso da violência organizada do Estado, quanto pela introdução de métodos insidiosos.

Ora, cercear a liberdade de pensamento e de opinião sempre foi uma atividade cara às classes dominantes, seja por meio da mão de ferro do autocrata – do que este livro serve como prova impressa há mais de dois séculos –, seja por meio da manipulação e do monopólio da informação e do conhecimento, bem como do confisco e da primazia sobre os meios de difusão. Não foi por acaso que Ivan, o Terrível, como nos mostra Radíschev no capítulo dedicado a Nóvgorod, confiscou o sino da cidade: essa forma rudimentar de comunicação utilizada em igrejas para arrebanhar os fiéis era empregada pelos novogorodinos para anunciar a *vetche*, assembleia de caráter popular e democrático em que se discutia e decidia "sobre as coisas públicas", considerada por alguns estudiosos como uma precursora dos sovietes.

Para terminar, fazemos nossas as palavras de nosso viajante: "Se tu, leitor, não tens propensão ao tédio, lê o que diante de ti jaz. Se, todavia, acontecer-te de pertencer ao comitê da censura, dobra estas páginas e pula adiante".

A quem se aventurar, uma boa viagem!

Outubro de 2022

Referências bibliográficas

ARDOV, Mikhail. Легендарная Ордынка [Leguendárnaia Ordynka / Ordem legendária]. *Новый мир* [*Nóvi Mir* / Novo Mundo], n. 5, 1994.

CATARINA II. "Замечания Екатерины I на книгу А. Н. Радищева 'Путешествие из Петербурга в Москву'" [Zamietchánia Ekateríny I na knígu A. N. Radíscheva *"Putechéstvie iz Peterburga v Moskvu"* / Anotações de Catarina II ao livro de A. N. Radíschev *Viagem de Petersburgo a Moscou*]. In: BABKIN, Dimitri. *Процесс А. Н. Радищева* [*Protséss A. N. Radíscheva* / O processo de A. N. Radíschev]. Moscou-Leningrado (São Petersburgo), Editora da Academia de Ciências da URSS, 1952, p. 157.

HERZEN, Aleksandr. *Полное Собрание Сочинений* [*Pólnoe sobránie sotchiniéni* / Obras completas], 1958, v. 9, p. 270-1.

IZVESTIA VTsIK / *Известия ВЦИК* [Notícias do Comitê Central Executivo Pan-Russo], n. 163, 2 ago. 1918.

KHRAPÓVITSKI, Aleksandr. Conselheiro privado de Catarina II. Notas anexadas por Púchkin a seu artigo. In: PÚCHKIN, Aleksandr. *Полное Собрание Сочинений* [*Pólnoe sobránie sotchiniéni* / Obras completas], v. VII. Moscou, Editora da Academia de Ciências da URSS, 1958, p. 361.

LÊNIN, Vladímir. Лев Толстой, как зеркало русской революции [Lev Tolstói kak zérkalo rússkoi rievoliútsi / Lev Tolstói como espelho da revolução russa]. In: ______. *Полное собрание сочинений* [*Pólnoe sobránie sotchiniéni* / Obras completas], v. 17, 5. ed., Moscou, Editora de Literatura Política, 1968, p. 206.

______. О национальной гордости великороссов [O natsionálnoi górdosti vielikoróssov / O orgulho nacional dos grão-russos]. In: ______. *Полное Собрание Сочинений* [*Pólnoe sobránie sotchiniéni* / Obras completas], v. 26, 5. ed. Moscou, Editora de Literatura Política, 1968, p. 107.

LOTMAN, Iuri. *Поэтика бытового поведения в русской культуре XVIII века* [*Poética bytovogo povediénie v rússkoi kulture XVIII veka* / Poética do comportamento cotidiano na cultura russa do século XVIII]. Tartu, 1977.

LUNATCHÁRSKI, Anatóli. *Александр Николаевич Радищев: Первый пророк и мученик революции* [*Aleksandr Nikoláievitch Radíschev: piérvi prorók i mútchenik rievoliútsi* / Aleksandr Nikoláievitch Radíschev: primeiro profeta e mártir da revolução]. Petrogrado [São Petersburgo], Edição do Soviete de Operários de Petrogrado e Deputados do Exército Vermelho, 1919, p. V.

MAKOGONENKO, Gueórgui. *Радищев и его время* [*Radíschev i ego vriémia* / Radíschev e seu tempo]. Moscou, Editora Estatal de Literatura Artística, 1956, p. 435.

PLIMAK, Evguéni. Традиция борьбы и исканий (Радищев, Чернышевский, Ленин) [Tradítsia, borby i iskáni (Radíschev, Tchernychévski, Liénin) Tradição de luta e de buscas (Radíschev, Tchernychévski, Lênin]. *Вопросы литературы* [*Vopróssy litieratury* / Questões de literatura], n. 11, 1987, p. 132; disponível em: <https://voplit.ru/article/traditsiya-borby-i-iskanij-radishhev-chernyshevskij-lenin/>; acesso em: 24 out. 2022.

PÚCHKIN, Aleksandr. Александр Радищев [Aleksandr Radíschev]. In: _____. *Полное Собрание Сочинений* [*Pólnoe sobránie sotchiniéni* / Obras completas], v. VII. Moscou, Editora da Academia de Ciências da URSS, 1958.

_____. Заметки по русской истории XVIII в. [Zamiétki po rússkoi istórii XVIII v. / Notas sobre a literatura russa do século XVIII]. In: _____. *Полное Собрание Сочинений* [*Pólnoe sobránie sotchiniéni* / Obras completas], v. VIII. Moscou, Editora da Academia de Ciências da URSS, 1958, p. 91.

RADÍSCHEV, Pável. *Биография А. Н. Радищева* [*Biográfia A. N. Radíscheva* / Biografia de A. N. Radíschev]. Moscou-Leningrado (São Petersburgo), Editora da Academia de Ciências da URSS, 1959.

VIAGEM DE PETERSBURGO A MOSCOU

"Um monstro abaulado, malvado, enorme,
com cem dentes e latindo."

Telemaquíada, v. 11, livro XVIII, verso 514.[1]

[1] *Telemaquíada,* de Vassíli Trediakóvski, é uma tradução livre em russo de *As aventuras de Telêmaco,* de François Fénelon. (N. T.)

Para A. M. K.[1]
Meu mais querido amigo.

Não importa o que queiram produzir, minha razão e meu coração, ó, meu caro companheiro, será a ti dedicado. Embora minhas opiniões divirjam das tuas em muitas coisas, o teu coração bate em consonância com o meu – e tu és meu amigo.

Olhei ao meu redor: pelos sofrimentos da humanidade, minha alma foi ferida. Voltei a vista a meu íntimo e vi que as desgraças do ser humano provêm do próprio ser humano e, muitas vezes, apenas porque não observa aquilo que está à sua volta. Acaso, pensei comigo mesmo, é a natureza assim tão mesquinha com seus rebentos que esconde para todo o sempre a verdade daquele que, inocente, erra? Acaso essa terrível madrasta nos cria para passarmos por desgraças e jamais por bem-aventuranças? Minha razão estremeceu com tal pensamento, meu coração o repeliu para bem longe. E o conforto para o homem foi no próprio homem que encontrei. "Tirarei dos olhos o véu do sentimento natural, e bem-aventurado serei." Essa voz da natureza ressoou alto em minhas entranhas. Despertei-me do desânimo em que a sensibilidade e a compaixão me haviam lançado; encontrei em mim forças o bastante para resistir ao engano; e – inefável

---

[1] Iniciais de Aleksei Mikháilovitch Kutúzov (1748-1797), amigo muito próximo de Radíschev. (N. T.)

alegria! – senti que era possível a qualquer um tornar-se partícipe do bem-estar de seus semelhantes. Foi esse o pensamento que me levou a traçar as linhas que vais ler. Mas, falei comigo mesmo, se encontro alguém que aprove minha intenção, que, graças ao bom propósito, não maldiga a representação imperfeita do pensamento, que se compadeça comigo das desgraças de seus companheiros, que no meu percurso me fortaleça, não será fruto do trabalho por mim erigido? Por que, por que hei de buscar alguém de longe? Meu amigo! Vives próximo do meu coração, e o teu nome iluminará este início.

A PARTIDA

Depois de jantar com meus amigos, deitei-me na *kibitka*[1]. O cocheiro, como era seu costume, tocou os cavalos a toda brida, e, em alguns minutos, eu já estava fora da cidade. É difícil separar-se, ainda que por pouco tempo, de alguém que se tornou necessário a cada minuto de nossa existência. É difícil separar-se; mas bem-aventurado aquele que, ao separar-se, não sorri; o amor e a amizade zelam por seu conforto. Choras ao dizer "adeus"; mas recorda-te do teu retorno, e, com essa imagem, tuas lágrimas desaparecerão, como o orvalho ante a face do sol. Bem-aventurado aquele que chora à espera de quem o conforta; bem-aventurado aquele que, às vezes, vive no futuro; bem-aventurado aquele que vive nos sonhos. Seu ser se amplia, a alegria se multiplica e a serenidade previne a carranca da tristeza, dispondo imagens de deleite nos espelhos da imaginação.

Deito-me na *kibitka*. O tilintar da sineta postal, depois de entediar meus ouvidos, convoca, afinal, o benevolente Morfeu. A amargura de minha separação, perseguindo-me em meu estado semelhante à morte, apresentou-se solitária em minha imaginação. Avistei-me em um vasto vale que havia perdido todo o aspecto agradável e diverso do verde ao calor do sol; não havia ali sequer uma fonte de frescor, não havia sequer uma sombra de árvore

[1] A *kibitka* é um tipo de carroça de viagem coberta. Na época de Radíschev, não havia nela assentos para os passageiros, que tinham de viajar deitados. (N. T.)

para aplacar o calor. Sozinho, abandonado, um eremita no meio da natureza! Estremeci.

– Infeliz! – gritei. – Onde estás? Onde foi parar tudo o que te fascinava? Onde está aquilo que tornava tua vida agradável? Porventura, as alegrias que te alimentavam eram sonhos e devaneios?

Para minha felicidade, havia um buraco no meio do caminho, no qual minha *kibitka* caiu e eu despertei. A *kibitka* parou. Levantei um pouco a cabeça. Vejo: num lugar ermo, ergue-se uma casa de três andares.

– O que é isso? – perguntei a meu boleeiro.

– O pátio dos correios.

– E onde estamos?

– Em Sofia. – E, enquanto isso, desatrelou os cavalos.

SOFIA

Silêncio ao redor. Imerso em reflexões, nem noto que minha *kibitka* já estava, havia muito, sem os cavalos. O boleeiro que me conduzira arrancou-me da meditação.

– Meu bom patrão, o da vodca!

Essa taxa, embora ilegal, todos pagam de bom grado, para não viajar de acordo com o decreto. Os vinte copeques me serviram a contento. Quem já viajou via estações dos correios sabe que o certificado de viagem é um salvo-conduto cuja ausência levará qualquer carteira – a de um general talvez seja exceção – à falência[1]. Tendo-o sacado do bolso, com ele caminhei nas mãos como, às vezes, caminham aqueles que carregam uma cruz para defender-se.

O comissário dos correios, encontrei roncando; dei-lhe uma leve batida nos ombros.

– Quem diabos está me batendo? Que maneiras são estas de sair da cidade à noite? Não há cavalos, é muito cedo; suba, talvez, para a taberna, beba um chá ou durma.

Ao dizer isso, o sr. comissário virou-se para a parede e logo começou a roncar. O que fazer? Novamente, bati-lhe no ombro.

---

[1] Na Rússia do século XVIII, era obrigatória a obtenção de um documento para viajar, no qual constava a distância a ser percorrida e o número de paradas. Visto que a obtenção de tal permissão era fundamental para a troca de cavalos nas estações dos correios, mas o procedimento era caro, burocrático e complicado, apelava-se ao pagamento direto aos cocheiros, uma espécie de suborno. (N. T.)

– Mas que inferno, já disse que não há cavalos – e, cobrindo a cabeça com o cobertor, o sr. comissário deu-me as costas.

"Se os cavalos estão todos fora", refleti, "é injusto que eu impeça o comissário de dormir. Já se os cavalos estão na cocheira...". Resolvi descobrir se o sr. comissário estava dizendo a verdade. Saí para o pátio, procurei a cocheira e encontrei nela vinte cavalos; embora, para dizer a verdade, seus ossos fossem visíveis, eles me levariam até o próximo arraial. Da cocheira, encaminhei-me novamente ao comissário; sacudi-o com muito mais vigor. Julguei que eu tinha o direito, já que descobrira que o comissário havia mentido. Ele deu um salto apressado e, sem abrir os olhos, perguntou:

– Quem é que chegou? Eu não... – Mas, recobrando a consciência, ao ver que se tratava de mim, disse: – Pelo visto, meu jovem, estás acostumado a lidar com os cocheiros de antigamente. Eles eram mortos a pauladas; mas hoje em dia os tempos são outros.

O sr. comissário deita-se, irritado, na cama. Eu gostaria de tê-lo tratado como se tratava os cocheiros de antigamente quando estes eram pegos na mentira; mas minha generosidade ao oferecer o da vodca ao boleeiro da cidade incentivou os cocheiros de Sofia a atrelar os cavalos o mais rápido possível, e, no exato momento em que eu planejava aplicar um castigo às costas do comissário, no pátio tilintou a sineta. Permaneci um bom cidadão. Foi assim que vinte copeques de cobre livraram uma pessoa pacífica da consequência, e meus filhos, de um exemplo de intemperança na raiva; e aprendi que a razão é escrava da impaciência.

Os cavalos me apressam; meu boleeiro começa a entoar uma canção melancólica, como de costume. Quem conhece as vozes das canções populares russas reconhece que há nelas algo que expressa a desolação da alma. Quase todas as vozes de tais canções têm um tom suave. Com esse arranjo musical do ouvido do povo, pode-se aprender como segurar as rédeas do governo. Nessas canções, descobrirás a formação da alma do nosso povo. Observa uma pessoa russa: encontrá-la-á reflexiva. Se querem espantar o tédio ou, como eles mesmos dizem, se querem se divertir, vão a uma taberna. Em seu divertimento, são impetuosos, corajosos, rabugentos. Se algo não lhes sai bem, logo começam uma discussão ou uma briga.

Um rebocador que vai à taberna de cabeça baixa e volta com ela manchada do sangue da briga pode desvendar muitos dos que até hoje são considerados enigmas da história russa.

Meu boleeiro canta.

Já são três horas da madrugada. Como antes, o sino agora é a canção que me conduz novamente ao sono.

Ó, natureza, envolvendo o ser humano no véu das aflições desde seu nascimento, arrastando-o pelas duras cordilheiras do medo, do tédio e da tristeza por toda a sua vida, deste-lhe o deleite do sono. Adormeci, e tudo se dissipou.

Para um infeliz, despertar é insuportável. Ó, quão agradável lhe seria a morte. Mas seria ela o fim de todas as aflições?

Pai Todo-Poderoso, porventura desviaríeis Vossos olhos de um desgraçado que, corajosamente, dissipa a própria vida? A Vós, fonte de todo o bem, é oferecido esse sacrifício. Sois Vós o único a dar fortaleza quando a natureza estremece e se agita. Eis a voz paterna que chama para si seu rebento. Destes-me a vida, eu a devolvo a Vós, pois na Terra ela se tornou sem serventia.

TOSNA

Ao sair de Petersburgo, havia imaginado que a estrada estaria em melhores condições. Assim a consideravam todos os que, depois da soberana, haviam viajado por ela[1]. Assim ela esteve, de fato, mas por pouco tempo. A terra que fora colocada na estrada, tornando-a lisa no tempo seco, ao ser molhada pelas chuvas formou uma grande lama no meio do verão e tornou-a intransitável... Preocupado com a estrada ruim, tendo me levantado de minha *kibitka*, entrei na isbá dos correios, com a intenção de descansar. Ali, encontrei um viajante sentado no canto dianteiro, em uma mesa camponesa convencional, longa; ele desembrulhou uns papéis e solicitou ao comissário dos correios que ordenasse que lhe dessem cavalos o mais rápido possível. À minha pergunta sobre de quem se tratava, responderam-me que de um velho *striáptchi*[2] da corte que ia a Petersburgo com uma grande quantidade de papéis amarrotados, os quais ele desembrulhava naquele momento. Sem demora, entabulei conversa com ele, e eis nosso diálogo:

– Nobre senhor! Eu, vosso mais humilde servo, tendo trabalhado no Serviço de Arquivo[3], tive a oportunidade de usar minha posição em meu próprio favor. Na medida das minhas

[1] Referência à viagem de Catarina II em 1787 para a Crimeia e a Ucrânia. (N. T.)

[2] Em russo, *стряпчий*: cargo do funcionalismo público na Rússia entre os séculos XVI e XIX cujo ocupante era encarregado de responsabilidades econômicas relativas à supervisão judicial. (N. T.)

[3] Repositório de documentos genealógicos dos boiardos e da nobreza. (N. T.)

forças, reuni a genealogia, comprovada por provas claras, de muitas linhagens russas. Posso provar as origens principescas ou nobres por algumas centenas de anos. Não raro, sou capaz de restaurar a dignidade principesca remontando a origem a Vladímir Monômaco ou ao próprio Rúrik.

– Nobre senhor! – continuou ele, apontando para seus papéis. – Toda a nobreza grã-russa deveria contratar meu trabalho, pagar por ele aquilo que não paga por nenhuma mercadoria. Mas, com a permissão de vossa mercê, vossa nobreza ou vossa alteza, não sei bem qual a vossa honra, eles não sabem que dele precisam. É de vosso conhecimento o quanto o mui fiel tsar Fiódor Alekséievitch, de bem-aventurada memória, ofendeu a nobreza russa ao extinguir a *méstnitchestvo*[4]. Esse regulamento severo colocou muitas linhagens de príncipes e tsares em pé de igualdade com a nobreza de Nóvgorod. Mas o mui fiel, soberano imperador Pedro, o Grande, eclipsou-a completamente com sua Tabela de Classificações. Ele abriu caminho, pelo serviço militar e civil, para que todos adquirissem um título de nobreza, e a antiga nobreza, por assim dizer, foi jogada por ele na lama. Agora, nossa mãe, que reina misericordiosamente, aprovou os decretos imperiais precedentes sobre a disposição da nobreza, o que alarmou todos os nossos em altas posições, pois as antigas linhagens foram posicionadas abaixo das demais no livro da nobreza. Mas correm boatos de que logo será emitido um decreto adicional, de acordo com o qual as linhagens que provarem sua ascendência nobre de duzentos ou trezentos anos receberão o título de marquês ou outro título nobiliárquico, e terão perante outras linhagens alguma distinção. Por essa razão, nobre senhor, meu trabalho deve ser de fato agradável a toda a antiga sociedade da nobreza; mas cada qual tem seus próprios malfeitores.

– Em Moscou, vi-me em companhia de jovens fidalgos e lhes ofereci meu trabalho, a fim de restituir, graças à sua benevolência, a tinta e o papel gastos; mas, em vez de terem boa vontade,

[4] Em russo, *местничество*: na *Rus* moscovita, entre os séculos XV e XVII, sistema por meio do qual eram distribuídos os cargos do Estado, com base na nobreza da linhagem e do sobrenome. (N. T.)

caíram na zombaria, e, com amargura, deixei aquela capital e tomei o rumo de Píter[5], onde, como se sabe, há muito mais esclarecimento. – Ao dizê-lo, fez-me uma saudação com a mão e, esticando-se completamente, prostrou-se diante de mim com uma grande reverência. Entendi seu pensamento e tirei a carteira... Dando-lhe algo, aconselhei que, ao chegar a Petersburgo, vendesse seus papéis a peso aos mascates, para embrulhos; pois o título imaginário de marquês pode virar a cabeça de muitos, e seria a razão do retorno de um mal já extirpado na Rússia: a ostentação de uma linhagem antiga.

[5] Diminutivo pelo qual a cidade de São Petersburgo é popularmente chamada. Está em vigor até os dias atuais. (N. T.)

LIUBAN

Se viajei no inverno ou no verão, acredito que, para vós, dá no mesmo. Talvez, tenha sido tanto no inverno quanto no verão. Não raro ocorre aos viajantes: vão de trenó e voltam de telega.

Era verão.

A estrada pavimentada com pequenos troncos torturava meus quadris; saí da *kibitka* e segui a pé. Deitado na *kibitka*, meus pensamentos se voltavam à incomensurabilidade do mundo. Parecia-me que me separar espiritualmente da terra tornaria os golpes da *kibitka* mais fáceis para mim.

Mas os exercícios espirituais nem sempre distraem da corporalidade; e para preservar os meus quadris, segui a pé.

A poucos passos da estrada, avistei um camponês arando o campo. O tempo estava quente. Olhei as horas.

Meio-dia e quarenta minutos.

Parti no sábado.

Hoje é feriado.

O camponês que arava pertencia, certamente, a um proprietário que não lhe tomava tributo. O camponês arava com grande diligência. A lavoura, claro, não era senhorial. Volteava o arado de madeira com surpreendente facilidade.

– Deus te ajude – disse eu, aproximando-me do lavrador, que, sem se deter, terminava o sulco iniciado. – Deus te ajude – repeti.

– Obrigado, meu amo – disse-me o lavrador, sacudindo a relha e transferindo o arado para um novo sulco.

– És, com certeza, um cismático, já que estás a lavourar num domingo.

– Não, meu amo, eu me benzo com a cruz reta – disse ele, mostrando-me os três dedos unidos[1]. E Deus é misericordioso, não permitirá morrer de fome aquele que tem força e família.

– E por acaso não tens tempo durante toda a semana, para ter de trabalhar também aos domingos, mesmo no maior calor?

– A semana, meu amo, tem seis dias, e nós vamos à corveia seis vezes por semana; ao cair da noite, levamos o feno restante para o pátio senhorial, se o tempo estiver bom; já as mulheres e as moças, nos feriados, vão à floresta colher cogumelos e bagas. Permita Deus – disse, fazendo o sinal da cruz – que hoje à tarde caia uma chuvinha. Meu amo, caso tenhas mujiques, eles imploram a mesma coisa ao Supremo.

– Eu, meu amigo, não tenho mujiques, e é por isso que ninguém me amaldiçoa. É grande tua família?

– Três filhos e três filhas. O primeiro já está indo para dez aninhos.

– E como, afinal, tens tempo para conseguir o pão, se tens livre só o feriado?

– Não apenas os feriados, as noites também são nossas. Não sejas preguiçoso, nosso irmão, e de fome não morrerás. Vês ali um cavalo descansando, e, enquanto esse descansa, pego outro; assim é auspicioso o negócio.

– Trabalhas assim para teu senhor?

– Não, meu amo, seria pecado trabalhar assim. Ele tem, para a terra arável, cem mãos e uma boca, já eu tenho duas mãos e sete bocas, tu sabes contar. E mesmo que tu te arrebentes no trabalho para um nobre, nem um obrigado dirão. O amo não paga

---

[1] "Cismáticos" (em russo, *раскольник/raskólnik*) é uma referência ao movimento de puristas religiosos surgido na Rússia em meados do século XVII. Seus membros rejeitavam as reformas do patriarca Nikon, que visavam aproximar as práticas religiosas russas das gregas. Radíschev refere-se aqui à recusa dos cismáticos em guardar feriados religiosos, incluindo o domingo. A disputa religiosa, surgida ainda nos tempos de Pedro I, tinha como sinal distintivo externo a maneira e o número de dedos com que se fazia o sinal da cruz. (N. T.)

o *podúchni*[2]; não cede o carneiro, nem a estopa, nem a galinha, nem a banha. É melhor a vida de nossos irmãos, em que o amo toma tributo do camponês, e ainda melhor quando não tem um capataz. É verdade que, às vezes, mesmo os bons senhores tomam mais de três rublos por alma; mas, ainda assim, é melhor que a corveia. Hoje em dia se prepara mais uma crença: ceder a aldeia, como se diz, em arrendamento. Mas isso nós chamamos de dar a cabeça a prêmio. O arrendatário faminto arranca a pele dos mujiques; nem mesmo trabalhar por temporada nos permite. No inverno, não nos permite o *izvoz*[3], nem trabalhar na cidade; todos trabalham para ele, para pagar o *podúchni*. Que invenção mais diabólica, ceder os próprios camponeses para trabalhar para os outros. De um mau capataz ainda podes reclamar, mas, de um arrendatário, vais reclamar para quem?

– Meu amigo, estás enganado, torturar pessoas é proibido por lei.

– Torturar? Verdade; mas bem capaz que tu, meu amo, não queira estar na minha pele. – Entrementes, o lavrador atrelou o arado em outro cavalo e, tendo iniciado um novo sulco, despediu-se de mim.

A conversa com esse agricultor me despertou muitos pensamentos. Primeiro, apresentou-me a desigualdade da condição camponesa. Comparei os camponeses da coroa aos camponeses dos proprietários de terra. Tanto aqueles quanto estes vivem na aldeia; mas aqueles pagam um valor determinado, já estes devem estar prontos para pagar aquilo que quer o senhor. Aqueles são julgados por seus iguais; já estes estão mortos para a lei, exceto em casos de crime. "Torna-se membro da sociedade apenas quando fica conhecido pelo governo que deveria protegê-lo, quando viola a ordem pública, quando se torna um malfeitor!" Tal pensamento fez ferver todo o meu sangue. "Tema, proprietário

[2] Imposto cobrado pelo Estado da população masculina, exceto de nobres, clérigos e funcionários. Em sua acepção antiga, significa, literalmente, "calculado por alma", ou seja, individualmente. Na Rússia, os servos eram computados como "almas". (N. T.)

[3] Na acepção anterior à Revolução Russa (em russo, *извоз*): ofício que consistia no transporte de pessoas e de mercadorias a cavalo. (N. T.)

de coração cruel, na testa de cada um de teus camponeses, vejo a tua sentença." Afundado nessas reflexões, sem querer, voltei o olhar para meu servo, que, sentado na *kibitka* diante de mim, balançava de um lado para o outro. De repente, senti um calor ligeiro se espalhar pelo meu sangue, que, empurrando o calor para cima, forçou-o a irradiar-se pelo rosto. Era tal a vergonha em meu íntimo, que quase desatei a chorar.

– Em tua ira – disse a mim mesmo –, lanças-te contra o senhor orgulhoso que exaure o camponês em sua lavoura; mas tu mesmo, será que não fazes igual ou ainda pior? Que crime cometeu teu pobre Petruchka, para que o prives de desfrutar da distração de nossas desgraças, do grandioso dom dado pela natureza aos infelizes, o sono? Ele recebe pagamento, alimento, roupa, eu nunca o açoito com o chicote nem com a vara (ó, homem razoável!), e achas tu que um pedaço de pão e um retalho de feltro te dão o direito de tratar um ser teu semelhante como se fosse um pião, e então te gabas de que nem sempre o faz girar a teu comando. Sabes o que está escrito no código primevo do coração de cada um? Se bato em alguém, este pode também me bater. Recorda-te daquele dia em que Petruchka estava bêbado e não estava pronto para te vestir? Recorda-te do tapa que lhe deste? Ó, se ele, então, embora bêbado, tomasse consciência e te respondesse na medida da tua questão! E quem te deu poder sobre ele? A lei. A lei? E te atreves a difamar esse nome sagrado? Infeliz...

As lágrimas correram dos meus olhos; e, em tal estado, as sinetas postais me conduziram até a próxima estação.

TCHÚDOVO

Mal tive tempo de entrar na isbá dos correios quando ouvi na rua o tilintar da sineta postal, e, após alguns minutos, entrou na isbá meu amigo Tch...[1]. Eu o havia deixado em Petersburgo, e ele não tinha a intenção de partir dali tão cedo. Um acontecimento especial levara uma pessoa de temperamento forte, como era meu amigo, a retirar-se de Petersburgo, e eis o que ele me contou:

– Já estava pronto para a partida quando me dirigi a Peterhof. Ali, tive festas tão alegres quanto podem nos divertir a algazarra e a embriaguez. Mas, desejando que minha viagem fosse útil, decidi ir para Kronstadt e Sisterbek, onde, pelo que me disseram, haviam ocorrido bastantes mudanças nos últimos tempos. Em Kronstadt, passei dois dias com enorme prazer, deleitando a vista com os muitos navios estrangeiros, com a armadura de pedra da fortaleza de Kronstadt e com as edificações que se elevam altivas. Estava curioso para ver o novo plano de Kronstadt e, com prazer, previa a beleza da construção projetada; em resumo, o segundo dia da minha estada terminou alegre e prazenteiro. A noite estava calma, clara, e o ar aprazível vertia no sentimento uma especial ternura, a qual é mais fácil de sentir que propícia à descrição. Propus-me aproveitar a benevolência da natureza e desfrutar, ainda que uma vez na vida, do magnífico espetáculo do nascer do

[1] Referência a Piotr Tchelíschev, que foi colega de Radíschev na Universidade de Leipzig. (N. T.)

sol, que ainda não tivera a oportunidade de ver no liso horizonte aquático. Contratei um barco de doze remos e me dirigi a S...

Navegamos de maneira afortunada por cerca de quatro verstas. O barulho dos remos, em uníssono, despertou em mim uma sonolência, e a visão langorosa resumia-se quase somente ao brilho momentâneo das gotas d'água que caíam do topo dos remos. A imaginação poética já tinha me transportado para os prados encantadores de Pafos e Amatunte. De repente, o assobio agudo do vento que surgia ao longe fez dissipar meu sono, e às minhas vistas turvadas apresentaram-se nuvens carregadas, cuja gravidade negra parecia empurrá-las sobre nossas cabeças e nos ameaçava com a queda. Eu estava contente com tal espetáculo; sondei os traços majestosos da natureza e, sem arrogância, digo: aquilo que os outros tinham começado a temer a mim me alegrava. Por vezes, como Vernet, exclamava:

– Ah, como é bom!

Mas o vento que se intensificava gradualmente nos obrigou a cogitar remar até a margem. O céu, com a densidade opaca das nuvens, escurecera por completo. O forte empenho das ondas tirou o leme da direção, e o vento tempestuoso, ora nos alçando aos píncaros molhados, ora nos atirando aos buracos rochosos das ondulações aquáticas, tirou a força dos que remavam em um movimento de procissão. Seguindo contra nossa vontade a direção do vento, flutuávamos à deriva. Então, começamos a temer até a própria margem; e aquilo que poderia nos confortar com uma navegação bem-sucedida começou a nos levar ao desespero. Parecia, agora, que a natureza nos invejava, e nós nos indignamos com ela porque não propagava sua assombrosa majestosidade, lançando relâmpagos e perturbando os ouvidos com estrondosos trovões. Mas a esperança, perseguindo o ser humano até os confins, fortaleceu-nos, e nós, o quanto podíamos, encorajávamos uns aos outros.

Envolta pelas ondas, nossa embarcação, de repente, estancou, imóvel. Todas as nossas forças, empregadas coletivamente, não foram capazes de demovê-lo do lugar no qual estacionara. Enquanto trabalhávamos em nossa embarcação encalhada, como pensávamos, não notamos que o vento, nesse ínterim, tinha quase cessado. Pouco a pouco, o céu limpou-se de suas nuvens azuis.

Mas a aurora nascente, em vez de nos trazer alívio, mostrou-nos nossa situação calamitosa. Vimos claramente que nosso barco não se encontrava encalhado, mas atracado entre duas grandes pedras, e que não haveria forças que o tirassem dali inteiro. Imagina, amigo meu, nossa situação; tudo o que eu disser será impotente em relação ao meu sentimento. Pois, se eu pudesse oferecer em traços satisfatórios cada movimento de minha alma, ainda seriam impotentes para provocar em ti sentimentos semelhantes aos que em minha alma surgiram e se amontoaram. Nossa embarcação estava no meio de uma serra de rochas que fechava o golfo, estendendo-se até S... Estávamos a uma versta e meia da margem. A água começava a entrar em nosso navio por todos os lados e nos ameaçava com um naufrágio total. Nos últimos momentos, quando a luz começa a se aproximar e a eternidade nos é revelada, todos os muros erguidos pela opinião humana desabam. O ser humano torna-se simplesmente um ser humano: assim, ao ver o fim próximo, esquecemo-nos da posição de cada um, e pensamos em nossa salvação, lançando a água para fora, cada qual à sua maneira. Mas qual era a serventia disso? Quanto mais água retirávamos pela união de nossas forças, tanto mais ela, instantaneamente, acumulava-se. Para apertar ainda mais nossos corações esmagados, nem de longe nem de perto podia-se ver uma embarcação passando. Sim, e aquela que surgisse diante de nossos olhos para nos dar alegria aumentaria nosso desespero, afastando-se de nós e fugindo de um desfecho igual ao nosso. Finalmente, o comandante de nossa embarcação, mais que todos os demais habituado aos perigos dos acidentes marinhos, e tendo mantido, contra a vontade talvez, o sangue-frio diante da morte em diversas batalhas navais na última guerra turca no Arquipélago, decidiu ou nos salvar, salvando-se a si mesmo, ou nos matar, com essa mesma boa intenção: pois, parados naquele lugar, nossa morte seria certa. Depois de sair do navio e passar de pedra em pedra, dirigiu sua marcha até a margem, e nós o acompanhamos com as nossas mais sinceras preces. No início, ele seguia seu percurso deveras rapidamente, saltando de pedra em pedra, atravessando a água onde ela era rasa e nadando onde ela se tornava mais funda. Nós não o perdíamos de vista. Finalmente, percebemos que suas forças estavam vacilando, pois ele cruzava as pedras mais lentamente, parando de quando em quando e sentando-se para descansar. Parecia-nos que às vezes ficava pensativo e hesitante quanto a continuar seu caminho. Isso estimulou um de seus companheiros a segui-lo, a fim de prestar-lhe ajuda se o visse chegando à margem exausto; ou de alcançá-lo, caso o primeiro intento falhasse. Nossos olhos tentavam seguir ora um, ora outro, e nossas preces pela salvaguarda deles não eram hipócritas. Finalmente, o último desses imitadores de Moisés na travessia do mar, sem os milagres e com os pés, deteve-se imóvel numa pedra, enquanto perdíamos completamente de vista o primeiro.

As agitações escondidas nos recônditos de cada um, cravejadas, por assim dizer, pelo medo, começaram a aparecer quando desapareceu a esperança. Enquanto isso, a água se multiplicava na embarcação, e nosso trabalho na tentativa de esvaziá-la esgotava nossas forças visivelmente. Um homem de composição ardente e impaciente arrancava os cabelos, mordia os dedos, amaldiçoava a hora em que tinha zarpado. Um homem de alma medrosa e que, talvez, sentira por muito tempo o peso de uma servidão opressiva, soluçava, regando com suas lágrimas o banco no qual, prostrado, estava deitado de barriga para baixo. Outro, lembrando-se de sua casa, filhos e esposa, estava sentado exatamente como se estivesse petrificado, lamentando não sua morte, mas a dos seus, pois ele os alimentava com seu trabalho. Qual era, amigo meu, a disposição de minha alma, adivinhe por si mesmo, pois tu me conheces o bastante. Digo-te apenas que rezei zelosamente a Deus. Por fim, começamos todos a nos entregar ao desespero, pois nossa embarcação já estava de água até a metade e todos nós tínhamos a água até os joelhos. Não raro pensamos em sair do navio e seguir o percurso pelo topo das pedras até a margem, mas a permanência de um de nossos companheiros de viagem sobre uma pedra já por algumas horas e o sumiço do outro de nossas vistas sugeriam-nos que o perigo da travessia pudesse, talvez, ser de fato ainda maior. No meio dessas reflexões amargas, vimos, perto da margem oposta, a uma distância de nós que não posso determinar com exatidão, dois pontos negros na água que pareciam se mover. A coisa negra e móvel parecia aumentar de maneira gradual;

por fim, ao se aproximar, apresentaram-se com clareza aos nossos olhos duas pequenas embarcações que iam diretamente àquele lugar onde nos encontrávamos em meio ao desespero, o qual, em cem vezes, superava a esperança. Assim como em um templo escuro, quando a luz, absolutamente inexpugnável, adentra de repente pela porta, e o raio do dia, arrebatando rapidamente as trevas, dissipa-as, espalhando-se pelo templo até os seus mais longínquos confins, um raio de esperança pela nossa salvação verteu em nossas almas ao vermos os navios. O desespero se transformou em êxtase, a aflição, em exclamações, e o perigo era de que o movimento de alegria dos corpos e da vibração nos atraísse para a morte mais rapidamente do que fôssemos arrancados do perigo. Mas a esperança de viver, tendo retornado ao coração, despertou de novo pensamentos sobre as diferenças de posições que o perigo havia feito adormecer. Dessa vez, isso serviu ao bem comum. Controlei a alegria excessiva, sob o risco de ela se converter em prejuízo. Durante algum tempo, vimos dois grandes barcos de pesca se aproximando de nós e, uma vez tendo nos alcançado, vimos em um deles nosso salvador, que atravessara a escarpa de pedra até a margem e encontrara esses barcos para nos arrancar da morte certa. Sem perder nem um pouco de tempo sequer, saímos de nossa embarcação e deslizamos nos barcos que iam para a margem, sem nos esquecermos de resgatar das pedras nosso companheiro, o qual tinha permanecido ali por sete horas. Não passou nem meia hora até que nossa embarcação, que ficara no meio das pedras, aliviada do peso, emergisse e se despedaçasse por completo. Navegando até a margem em meio à alegria e ao êxtase da salvação, Pável – assim se chamava nosso companheiro de viagem salvador – contou-nos o seguinte:

– Tendo vos deixado em perigo iminente, apressei-me pelas pedras até a margem. O desejo de vos salvar deu-me uma força sobrenatural; mas a cem *sájens*[2] da margem, minhas forças começaram

[2] Antiga unidade de medida de comprimento, usada na Rússia antes da introdução do sistema métrico, em 1918, equivalente a 2,134 metros. A palavra *"sájen"* é formada com base na palavra eslava para "passo", ou seja, "a distância que se pode pisar". (N. T.)

a vacilar, e comecei a me desesperar quanto a vossa salvação e a de minha própria vida. Mas, depois de me deitar por meia hora em uma pedra, saltei com novo ânimo e, sem descansar mais, arrastei-me, por assim dizer, até a margem. Ali, estiquei-me na grama e, depois de descansar por dez minutos, levantei-me e corri ao longo da praia em direção a S... com as forças que me restavam. Apesar do esgotamento considerável das forças, lembrando-me de vós, corri até o local. Parecia que os céus queriam testar vossa firmeza e a minha paciência, pois não encontrei, nem ao longo da praia nem em S..., nenhuma embarcação para a vossa salvação. Quase chegando ao desespero, pensei que não havia lugar melhor para buscar ajuda que junto ao chefe do lugar. Corri até a casa onde ele morava. Já eram seis horas. Na sala da frente, encontrei um sargento do comando local. Depois de lhe contar brevemente por que eu fora até ali e de lhe transmitir vossa posição, pedi-lhe que acordasse o senhor ..., que ainda estava dormindo. O senhor sargento me disse:

– Meu amigo, não me atrevo.

– Como não te atreves? Há vinte pessoas e não te atreves a acordar a única que pode salvá-las? Mas tu, preguiçoso, mentes e eu mesmo vou...

O senhor sargento me pegou pelos ombros de modo não muito cortês e me enxotou porta afora. Quase explodi de raiva. Mas, lembrando-me mais de vosso perigo que de meu ressentimento ou da crueldade do chefe para com seu subordinado, corri até o posto de vigilância que ficava a mais ou menos duas verstas de distância da maldita casa da qual eu fora enxotado. Eu sabia que os soldados que moravam ali mantinham barcos nos quais, percorrendo a baía, recolhiam paralelepípedos para vendê-los para pavimentação; e eu não estava errado em minhas esperanças. Encontrei esses dois pequenos barcos, e agora a minha alegria é indescritível: todos estão salvos. Se vos tivésseis afogado, eu me atiraria convosco na água. – Ao dizer isso, Pável desfazia-se em lágrimas. Entrementes, chegávamos à margem. Ao deixar a embarcação, caí de joelhos, ergui as mãos ao céu:

– Pai Todo-Poderoso – comecei a suplicar –, é por vossa conveniência que estamos vivos; guiastes-nos por uma provação, seja feita a vossa vontade.

Essa fraqueza, meu amigo, é a imagem do que eu sentia. O pavor dos últimos momentos perfurou minha alma, eu vi o instante em que deixaria de existir. Mas o que serei eu? Não sei. Terrível desconhecimento. Doravante, sinto: baterá uma hora; estarei morto; movimento, vida, sentimento, pensamento – tudo desaparece num instante. Imagina, meu amigo, à beira do caixão, não sentes o frio cortante correndo em tuas veias e te ceifando a vida prematuramente? Ó, meu amigo! Mas acabei interrompendo minha narração.

Ao terminar minhas súplicas, a ira invadiu meu coração. Seria possível, pensei eu comigo mesmo, em nosso século, na Europa, ao pé da capital, diante dos olhos do grande soberano, ocorrer tal desumanidade?! Lembrei-me dos ingleses encarcerados no calabouço do *subab*[3] de Bengala*.

Suspirei até o mais profundo de minha alma. Entrementes, chegamos a S... Pensei que o chefe, tendo despertado, puniria seu sargento e daria pelo menos uma palavra de pacificação aos que haviam sofrido na água. Com essa esperança, fomos diretamente à sua casa. Mas a conduta de seu subordinado me deixara tão zangado que não pude medir minhas palavras. Ao vê-lo, disse:

---

[3] Termo utilizado no século XVIII para designar um vice-rei da Índia. (N. T.)

* "Os ingleses tomaram sob sua proteção em Calcutá um oficial de Bengala que desertara quando fora condenado à execução pelo recebimento de suborno. O *subab*, com razão ofendido, reuniu as tropas, atacou a cidade e a tomou. Ordenou que os prisioneiros de guerra ingleses fossem jogados em uma masmorra apertada, na qual morreriam no prazo de meio-dia. Entre eles, restaram apenas 23 pessoas. Os infelizes prometeram grandes somas de dinheiro a seus guardas se contassem ao governante sua situação. Seus gritos, seus gemidos chegaram ao povo, que se sentiu angustiado por eles, mas ninguém quis contar ao governante. 'Ele está descansando' foi a resposta aos ingleses moribundos; e nem uma única pessoa em Bengala pensou que deveria perturbar momentaneamente o sono desse tirano para salvar a vida de 150 homens infelizes. O que é um tirano? Ou melhor, que tipo de gente se acostumou ao jugo da tirania? É a reverência ou o medo que os mantém curvados? Se é medo, então o tirano é pior que os deuses a quem uma pessoa envia oração ou lamento durante a noite ou nas horas do dia. Se é reverência, então pode-se induzir o homem a respeitar os causadores de suas desgraças: um milagre que só é possível por causa da superstição. O que há para admirar mais, a ferocidade do nababo adormecido ou a covardia daquele que não ousa acordá-lo?"; Raynal, *História das Índias*, v. 2. (N. A.)

– Vossa senhoria! É de vosso conhecimento que, há algumas horas, vinte pessoas se encontravam sob o risco de perder suas entranhas na água e demandavam vossa ajuda?

Ele me respondeu com uma enorme frieza, fumando o tabaco:

– Contaram-me sobre isso, mas eu estava dormindo.

Aqui, estremeci de raiva da humanidade.

– Deverias ordenar que te batessem com o martelo na cabeça se dormisses tão profundamente enquanto pessoas estão se afogando e demandam a tua ajuda.

Adivinhe, meu amigo, qual foi a resposta dele. Pensei que tinha sofrido um golpe pelo que ouvira. Ele me disse:

– Não é meu dever.

Perdi a paciência:

– E teu dever é matar pessoas, homem mesquinho; tu carregas insígnias, comanda os demais!...

Não pude terminar meu discurso, quase lhe cuspi na cara e saí. Quase arranquei os cabelos de desgosto. Formulei cem hipóteses de como me vingar desse chefe terrível, não por mim, mas pela humanidade. Mas, recuperando-me, convenci-me pela lembrança de muitos exemplos de que minha vingança seria infrutífera, de que ficaria conhecido como uma pessoa raivosa ou má. Resignei-me.

Entrementes, meu grupo havia se encaminhado ao sacerdote, que nos recebeu com grande alegria, aqueceu-nos, alimentou-nos, deu-nos repouso. Passamos com ele o dia todo, desfrutando de sua hospitalidade e guloseimas. No dia seguinte, encontramos um barco grande e chegamos a Oranienbaum de maneira bem-sucedida. Em Petersburgo, contei sobre isso a um e outro. Todos se compadeceram com meu perigo, todos amaldiçoaram a crueldade do chefe, ninguém quis adverti-lo por isso. Se tivéssemos nos afogado, ele teria sido nosso assassino.

– Mas entre os deveres dele não estava previsto vos salvar – disse-me alguém.

Doravante, despedi-me dessa cidade para sempre. Jamais entrarei nessa morada de tigres. Sua única alegria é devorar uns aos outros; seu deleite é definhar o fraco até o último suspiro e servir de lacaio do poder. E tu querias que eu me estabelecesse na cidade.

Não, meu amigo – disse meu narrador, saltando da cadeira –, vou para onde as pessoas não vão; para onde não conhecem o que é o ser humano, para onde seu nome é desconhecido. Adeus – entrou na *kibitka* e partiu a galope.

SPÁSSKAIA PÓLIEST

Galopei tão velozmente no rastro de meu amigo que o alcancei ainda na estação dos correios. Tentei convencê-lo a voltar a Petersburgo, tentei provar-lhe que as pequenas perturbações pessoais não destroem a sociedade, do mesmo modo que uma munição de chumbo, ao cair na imensidão do mar, não pode perturbar a superfície das águas. Mas ele me disse, categórico:

– Se eu, uma pequena munição de chumbo, caísse no fundo do mar, é claro que não haveria uma tempestade no Golfo da Finlândia, mas eu teria ido morar com as focas. – E, despedindo-se com um olhar de indignação, deitou-se em sua *kibitka* e partiu apressadamente.

Os cavalos já estavam atrelados, eu já tinha alçado minhas pernas para subir na *kibitka* quando começou a chover. "Não é uma grande desgraça", ponderei, "fecho a lona e permanecerei seco." Mas tão logo esse pensamento cruzou minha mente, foi como se eu tivesse sido mergulhado numa cratera de gelo. O céu, sem pedir minha opinião, abriu uma nuvem e começou a chover a cântaros. Com o tempo não se negocia; como diz o ditado: "Devagar se vai ao longe". Saí da *kibitka* e corri para a primeira isbá. O dono já havia se deitado, e a isbá estava às escuras. Mas, na escuridão, pedi permissão para me secar. Tirei os trajes molhados, coloquei sob a cabeça a parte que estava um pouco mais seca e adormeci no banco. Minha cama não era macia, de modo que não pude desfrutá-la por muito tempo. Ao despertar, ouvi um sussurro. Pude distinguir duas vozes que conversavam entre si.

– Pois, marido, conte um conto – disse uma voz feminina.

– Ouça, mulher. Era uma vez...

– E parece um conto maravilhoso autêntico; mas como acreditar em um conto maravilhoso? – disse a esposa a meia-voz, bocejando de sono. – Eu deveria acreditar que existiu um Polkán, um Bova ou um Razbólnik Solovei[1]?

– Sim, e tem alguém te segurando no pescoço? Acredita, se quiseres. Mas a verdade é que, no tempo antigo, a força física era respeitada, e essa força era empregada para o mal. Aqui tens o Polkán. Quanto ao Razbólnik Solovei, leia, por minha mãe, os pesquisadores da antiguidade russa. Eles te dirão que o nome Solovei foi dado em razão de sua eloquência...[2] Não interrompa minha história. Então, era uma vez, num lugar distante, um governador-geral do soberano. Em sua juventude, fora arrastado para terras estrangeiras, aprendeu a comer ostras e se tornou um grande apreciador da iguaria. Enquanto tinha pouco dinheiro, continha sua vontade, comendo-as de dez em dez, e apenas quando estava em Petersburgo. Tão logo subiu de patente, o número de ostras em sua mesa começou a aumentar. E assim que se tornou governador-geral, e quando havia muito do seu próprio dinheiro, e também muito dinheiro do Estado à disposição, lançou-se às ostras como uma mulher grávida. Dormia e sonhava em comer ostras. Tão logo chegava a época delas, ninguém tinha paz. Todos os subordinados se tornavam mártires. Não importavam os meios, haveria ostras.

Então, ele envia ao departamento uma ordem para que seja fornecido sem demora um mensageiro, que ele tem de despachar a Petersburgo com relatórios importantes. Todos sabem que o mensageiro vai buscar ostras, mas, por onde rodar, terá de pagar os estipêndios. O dinheiro do erário está cheio de buracos. O portador, munido do certificado de viagem, dos estipêndios,

---

[1] Personagens do folclore russo; os dois primeiros são personagens heroicos popularizados no século XVIII, enquanto o terceiro é personagem das assim chamadas bilinas. (N. T.)

[2] "Solovei", em russo соловей, significa literalmente "rouxinol", entre outros pássaros do gênero Luscinia luscinia. (N.T.).

totalmente pronto, de casaco e calça de cavalaria, aparece diante de Sua Excelência.

– Apressa-te, meu amigo – ordena-lhe, coberto de condecorações –, apressa-te, pega este pacote, entrega na rua Bolchaia Morskaia.

– Às ordens de quem?

– Lê o endereço.

– Su... sua...

– Não sabes ler?

– Meu senhor sobera...

– Estás enganado... ao senhor Korzínkin, respeitável comerciante em São Petersburgo, na Bolchaia Morskaia.

– Conheço, Sua Excelência.

– Vai, meu amigo, e, tão logo recebas, retorna sem demora e não protela nenhum pouco; agradecer-te-ei não apenas com um muito obrigado.

E zás-trás, zás-trás: a toda brida até Píter, direto e reto ao pátio de Korzínkin.

– Bem-vindo. Que azougue é Sua Excelência, envia-te por mais de mil verstas atrás dessa porcaria. Mas é só um bom senhor. Satisfação em servi-lo. Eis as ostras, recém-chegadas do mercado. Diga-lhe que não sai por menos de 150 o barril, impossível um desconto, já chegaram caras. Acertaremos as contas com Sua Graça.

O barril foi colocado na *kibitka*; atrelado o arnês, o mensageiro já estava novamente a galope; teve tempo apenas de passar na taberna e beber duas talagadas de *siwucha*[3].

Tintim... Mal se tinha ouvido o tilintar da sineta postal nos portões da cidade, o oficial da guarda corre até o governador-geral (não é uma boa coisa quando tudo está em ordem?) e lhe reporta que ao longe já se avista a *kibitka* e já se ouve o tilintar da sineta. Mal teve tempo de pronunciar as palavras, e o mensageiro apareceu na porta:

– Trouxe as ostras, Sua Excelência.

– Muito a propósito. (Voltando-se ao que chegara:) – Correto, homem honrado, bem-apessoado e não está bêbado. Já há quan-

[3] Tipo de vodca polonesa. (N. T.)

to tempo ele vai duas vezes ao ano a Petersburgo? E a Moscou, quantas vezes? Nem consigo me lembrar. Secretário, escreve uma apresentação: por seus muitos serviços de entrega prestados e pela mais precisa correção em seu cumprimento, concedo-lhe uma promoção de patente no serviço...

No livro de despesas, o tesoureiro escreve: "Por sugestão de Sua Excelência, é concedido ao mensageiro N. N., enviado a S. P. com os mais necessários relatórios, o dinheiro do estipêndio para ambos os sentidos em três cavalos de extraordinária soma...". O livro do tesouro foi enviado para inspeção, mas das ostras, nem o cheiro.

Por recomendação do senhor general e assim por diante, ORDENA-SE: o sargento N. N. se tornará alferes.

– Eis, mulher – disse a voz masculina – como se conquista uma patente, e eu, que servi de maneira irreprovável, não avançarei sequer um mindinho. Deve-se, por decreto, recompensar o serviço decente. Mas é o tsar que deve agraciar, e não o guarda do canil. Assim é o nosso senhor tesoureiro; já é a segunda vez que, por representação dele, enviam-me para a corte penal. Se eu entrasse num acordo com ele, não seria esta a minha vida, afinal, mas um carnaval.

– E... basta, Kleméntitch, de remoer ninharias. Sabes por que ele não gosta de ti? Porque tomas o ágio[4] de todos, e com ele não divides.

– Quieta, Kuzmínitchna, quieta; de repente alguém está ouvindo.

Ambas as vozes se calaram, e eu adormeci outra vez.

Pela manhã, fiquei sabendo que na mesma isbá tinham pernoitado um juiz e sua mulher, os quais partiram para Nóvgorod ao raiar do dia.

Enquanto atrelavam os cavalos à minha carruagem, chegou outra *kibitka*, puxada por uma troica. Dela, saiu uma pessoa envolta em um grande poncho e com um chapéu de abas largas, colocado de um modo tão afundado que me impediu de ver seu rosto. Ele exigiu cavalos sem um certificado de viagem; muitos

[4] Referência aos pagamentos recebidos em troca de papel e moeda de cobre, que custam menos, por prata e ouro. (N. T.)

boleeiros o rodearam, para barganhar, então ele, sem esperar o fim da barganha, disse a um deles, de maneira impaciente:

– Atrela bem depressa, que te darei quatro copeques por versta.

O cocheiro foi correndo buscar os cavalos. Os outros, ao ver que não havia mais nada que negociar, afastaram-se.

Eu estava a cerca de cinco *sájens* de distância. Ele veio em minha direção e, sem tirar o chapéu, disse:

– Nobre senhor, doai o que podeis a um homem desgraçado.

Isso me surpreendeu sobremaneira, e não pude deixar de lhe dizer que eu estava surpreso com o pedido de ajuda, uma vez que ele não quisera barganhar as corridas e pagara duas vezes mais que os outros.

– Vejo – disse-me ele – que na vida nada de desagradável cruzou vosso caminho.

Essa resposta tão firme me agradou tanto que não hesitei nem um pouco em tirar a carteira...

– Não julgueis – eu disse –, não posso lhe oferecer mais agora; mas, chegando ao destino, talvez possa fazer algo mais.

Minha intenção com isso era fazê-lo ser sincero; e eu não me enganara.

– Vejo – disse-me ele – que ainda tendes sensibilidade, que a convivência mundana e a busca por vantagens em benefício próprio não fecharam sua entrada em vosso coração. Permiti que me sente em vossa carruagem, e ordenai a vosso serviçal que se sente na minha. – Enquanto nossos cavalos eram atrelados, fiz sua vontade – e seguimos.

– Ah, nobre senhor, não consigo acreditar como sou desgraçado. Há não mais de uma semana, eu era alegre, grato, não sentia falta de nada, era amado, ou assim me parecia; pois minha casa, em qualquer dia, estava cheia de pessoas que já tinham sido agraciadas com sinais de distinção; minha mesa era sempre como uma magnífica celebração. Mas, se minha vaidade era de fato satisfeita, igualmente minha alma desfrutava da verdadeira bem-aventurança. Após muitas tentativas infrutíferas, esforços e fracassos, finalmente recebi da minha esposa aquilo que desejava. Nossa paixão mútua, deleitando tanto o sentimento quanto a alma, apresentava-nos tudo de forma brilhante. Não estávamos maduros para um dia nublado. Nossa bem-aventurança havia nos conduzido ao topo. Minha esposa estava grávida e se aproximava a hora de seu parto. Toda essa bem-aventurança, quis o destino que desmoronasse em um instante.

Ofereci um almoço, e muitos dos assim chamados amigos, reunidos, saciaram sua fome à minha custa. Um dos presentes, alguém que, secretamente, não gostava de mim, começou a falar com outro que se sentara próximo a ele, ainda que a meia-voz, mas num volume plenamente audível à minha esposa e a muitos outros: "Porventura não sabeis que o caso de nosso anfitrião na corte penal já foi resolvido...".

– Deve vos parecer estranho – disse meu companheiro de viagem, direcionando a mim suas palavras – que uma pessoa, não sendo do serviço estatal e na posição que descrevi, possa submeter-se a um julgamento penal. E eu pensei assim durante muito tempo, tanto quando meu caso estava nos tribunais inferiores, até quando chegou ao supremo. Eis no que consistiu: eu estava inscrito no estamento dos comerciantes; ao colocar meu capital em circulação, tomei parte em uma concessão comercial. Minha inexperiência foi a razão de eu ter confiado em um homem mentiroso que, após ser pessoalmente apanhado num crime, fora afastado da concessão comercial e, pelos registros de seu livro, ao que parece, acumulara um grande débito de despesas não aprovadas, passível de restituição. Ele desapareceu e eu sobrei à vista, e acharam por bem cobrar de mim o débito. Depois de fazer as averiguações tanto quanto pude, descobri que o débito, em relação a mim, ou não existia absolutamente ou era muito pequeno, e para tanto solicitei que fizessem os cálculos comigo, pois era eu seu fiador. Mas, em vez de se dar a devida satisfação a meu pedido, ordenou-se cobrar, de mim, as taxas atrasadas. Primeira decisão injusta. A esta adicionaram mais uma. Na época em que entrei como fiador da concessão comercial, não tinha nenhuma propriedade, mas, como de costume, foi enviada à corte civil uma proibição de venda da minha propriedade. Coisa estranha esta: proibir a venda daquilo cuja propriedade não existe! Depois disso, comprei uma casa e fiz outras aquisições. Ao mesmo tempo, o acaso me permitiu passar da patente de comerciante à de nobre, recebendo um cargo. Observando uma oportunidade, encontrei a ocasião de vender a casa em condições vantajosas, concluindo a compra naquela mesma corte onde havia a proibição. Com isso, foi atribuído um crime contra mim; pois havia pessoas cujos prazeres eram ofuscados pela bem-aventurança do meu viver. O *striáptchi* dos assuntos do erário fez contra mim a denúncia de que eu evadia o pagamento da taxa atrasada do erário, que vendera a casa, que enganara a corte civil ao apresentar-me pela patente na qual estava, e não por aquela na qual me encontrava quando da compra da casa. Em vão eu disse que não poderia haver proibição daquilo cuja propriedade não existia, em vão eu disse que, pelo menos, seria necessário primeiro vender a propriedade que restava e resgatar o atraso com essa venda, e só depois empregar outros meios; que não ocultei minha patente, pois já era nobre quando comprara a casa. Tudo isso foi rejeitado, a venda da casa foi anulada, condenaram-me, por conduta falsa, à destituição do cargo – "...e agora exigem" – disse o narrador – "que o proprietário do local se apresente ao tribunal, para ser colocado sob custódia até a conclusão do caso".

Nessa última parte do relato, o locutor levantou a voz:

– Minha esposa, logo que ouviu isso, abraçou-me, gritando: "Não, meu querido, irei contigo". Mais que isso ela não pôde dizer. Seus membros desfaleceram, e ela caiu inconsciente em meus braços. Depois de retirá-la da cadeira, levei-a a seus aposentos e não sei como o almoço terminou.

Depois de um tempo, ela voltou a si e começou a sentir as contrações que anunciavam o nascimento próximo do fruto de nossa paixão. Mas, não importava quão cruéis fossem as dores, o pensamento de que eu ficaria sob custódia a torturava ainda mais, a tal ponto que ela só fazia repetir: "Irei contigo".

Esse incidente infeliz adiantou em um mês completo o nascimento do infante, e todos os meios empregados pela parteira e pelo médico, que chamei em meu auxílio, foram em vão e não puderam impedir que minha esposa desse à luz dentro de um dia. As agitações de sua alma não apenas não abrandaram com o nascimento do filho, mas se intensificaram ainda mais, causando-

-lhe febre. Para que me alongar mais nesta narração? No terceiro dia após dar à luz, minha esposa morreu. Vendo seu sofrimento, podeis imaginar que não a abandonei nenhum minuto. De meu negócio e de minha condenação, em meio à tristeza, esqueci-me completamente. Um dia depois do falecimento de minha amada, o fruto verde de nossa paixão também morreu. A doença da mãe dele me ocupara por completo, e essa perda não foi, naquele momento, tão grande. Imagine – disse meu narrador, passando ambas as mãos pelos cabelos –, imagine minha situação quando vi que minha amada se separaria de mim para sempre. – Para sempre! – gritou ele, com uma voz selvagem. – Mas por que estou fugindo? Que me encerrem numa masmorra; já não sinto nada; que me torturem, que me tirem a vida. Ó, bárbaros, tigres, cobras peçonhentas, roam este coração, derramem nele seu veneno mórbido. Perdoai meus delírios, acho que logo perderei a razão. Só de imaginar aquele minuto em que minha querida se separou de mim, esqueço-me de tudo, e a luz desaparece diante dos olhos. Mas terminarei minha história. Em meio ao desespero cruel, deitado sobre o corpo imóvel de minha amada, veio até minha casa um de meus amigos sinceros:

– Chegaram para te levar em custódia, a guarda está no pátio. Foge agora mesmo, a *kibitka* está pronta no portão dos fundos, vai para Moscou ou para onde queiras e vivas lá até que seja possível aliviar o teu destino. – Não dei atenção a seu discurso, mas ele, avançando com força sobre mim e me pegando com a ajuda de seu pessoal, arrastou-me e colocou-me na *kibitka*; lembrando-se de que dinheiro seria necessário, deu-me uma carteira na qual havia apenas cinquenta rublos. Foi até meu gabinete para buscar mais dinheiro e me trazer; mas encontrou o oficial em meu dormitório e teve tempo apenas de me enviar uma mensagem para que eu partisse. Não me lembro como fui levado à primeira estação. O servo de meu amigo, depois de contar a todos o ocorrido, despediu-se de mim, e doravante vou, como diz o ditado, para onde a vista alcança.

A história de meu companheiro de viagem me tocou de maneira indescritível. Será possível, disse eu a mim mesmo, que um governo tão clemente como o que temos hoje em dia seja capaz de produzir tamanha crueldade? Será possível que existam juízes assim tão insanos que, para alimentar o erário (pode-se, de fato, chamar assim qualquer apropriação injusta de propriedade para satisfazer a demanda do erário), tiram das pessoas a propriedade, a honra, a vida? Comecei a ponderar de que maneira poderia fazer com que essa ocorrência chegasse aos ouvidos do poder supremo. Pois, pensei eu, de maneira justa, que um governo autocrático é o único que pode ser imparcial em relação aos outros.

– Mas não poderia eu tomar para mim sua defesa? Escreverei uma queixa às mais altas instâncias. Detalharei todas as ocorrências e apresentarei a injustiça dos que julgam e a inocência dos que sofrem. – Mas não aceitariam uma queixa vinda de mim. Perguntarão que direito tenho eu; exigirão de mim uma carta de recomendação. – Que direito tenho eu? O da humanidade que sofre. De uma pessoa privada de propriedade, de honra, privada da outra metade de sua vida, em exílio voluntário, a fim de evitar um encarceramento vergonhoso. E para isso é necessária uma carta de recomendação? De quem? Porventura já não basta que um concidadão meu esteja sofrendo? Mas, para isso, não há necessidade. Ele é um ser humano: eis o meu direito, eis a minha carta de recomendação. Ó, Deus-homem! Por que escrevestes vossa lei a bárbaros? Eles, persignando-se em vosso nome, oferecem sacrifícios de sangue ao mal. Por que fostes tão piedoso para com eles? Em vez do suplício futuro, deveríeis intensificar o suplício no presente e, inflamando-lhes a consciência na proporção da maldade cometida, não lhes daria paz dia e noite, até que, com o sofrimento deles, se poderia compensar todo o mal que eles mesmos criaram.

Tais reflexões fatigaram de tal modo meu corpo que caí num sono pesado e não despertei durante muito tempo.

Os sucos agitados de meu pensamento corriam em minha cabeça enquanto eu dormia e, perturbando a composição delicada do meu cérebro, despertavam a imaginação. Incontáveis quadros se apresentavam em meu sonho, mas se desmanchavam no ar como vapor. Finalmente, como às vezes acontece, alguma fibra cerebral, tocada mais fortemente pelos vapores que sobem dos vasos internos do corpo, vibrou mais que as outras por algum tempo, e eis o que sonhei.

Parecia-me que eu era um xá, um cã, um rei, um bei, um sultão, ou qualquer um desses títulos de quem detém o poder sentado num trono.

O lugar de meu assento era de ouro puro, cravejado de pedras preciosas de diversas cores, que brilhavam de maneira resplandecente. Nada podia ser comparado ao brilho de minhas vestes. Minha cabeça estava enfeitada com uma coroa de louros. Ao meu redor, estavam todos os símbolos de poder. Aqui, uma espada em uma coluna esculpida em prata, na qual estavam representadas as batalhas marinhas e terrestres, a tomada de cidades e outras coisas do tipo; em toda parte, meu nome no topo, carregado pelo Gênio da Glória, que pairava sobre todas essas façanhas. Ali, via-se meu cetro, abrindo-se em feixes móveis carregados de espigas, esculpidas em ouro puro, imitando perfeitamente a natureza. Num balanceiro sólido, apresentava-se à vista uma balança pendida. Em um dos pratos, jazia um livro com a inscrição "Lei da misericórdia"; no outro, um livro com a inscrição "Lei da consciência". A orbe real, esculpida em uma pedra única, estava apoiada no peito de infantes esculpidos em mármore branco. Minha coroa estava elevada acima de tudo e repousava nas espáduas de um forte gigante, cujas extremidades eram sustentadas pela Verdade. Uma serpente de enormes proporções, esculpida em aço brilhante, circundava toda a base do assento real, e a ponta da cauda apertada pela boca representava a eternidade. Mas essas imagens inertes não eram as únicas a declarar meu poder e minha majestade.

Ao redor de meu trono, funcionários do governo capturavam meus olhares com tímida subserviência. A alguma distância, aglomerava-se uma miríade incontável de pessoas, cujas distintas vestes, traços do rosto, postura, aparência e compleição anunciavam as diferentes tribos. Seu silêncio reverente persuadiu-me de que estavam todos submetidos à minha vontade. Nas laterais, em um lugar um tanto elevado, estavam mulheres em grande quantidade, em vestes encantadoras e magníficas. Seus olhares expressavam prazer em me fitar, e seus desejos esforçavam-se para antecipar os meus, caso eles renascessem.

O mais profundo silêncio pairava sobre essa congregação; parecia que todos estavam à espera de algum acontecimento importante, do qual dependiam a paz e a bem-aventurança de toda a sociedade. Voltando-me para mim mesmo e sentindo um profundo tédio enraizar-se em minha alma, daquela monotonia que sacia rapidamente, paguei minha dívida à natureza e, abrindo a boca até as orelhas, bocejei com toda a minha potência. Todos ouviram o sentimento de minha alma. De repente, a agitação espalhou seu manto sombrio nos rostos de traços alegres, o sorriso voou das bocas de ternura, e o brilho da alegria, das bochechas de satisfação. As aparências e os olhares desfigurados revelaram a invasão inesperada do terror e as desgraças vindouras. Ouviram-se suspiros, arautos fustigantes da atribulação; e já começava a ressoar um gemido, contido pela presença do medo. Os tremores e o desespero mortais já corriam céleres no coração de todos, mais torturantes que a própria morte.

Tocado até o âmago do coração pela visão de tamanha tristeza, senti os músculos das bochechas se esticarem imperceptivelmente até meus ouvidos e, distendendo os lábios, produzirem nos traços do rosto uma careta semelhante a um sorriso, com a qual espirrei de maneira demasiado alta. De modo semelhante a uma atmosfera sombria, agravada por denso nevoeiro, em que penetra um raio do sol do meio-dia; a umidade condensada de vapor desprende seu calor vital e, separada em sua composição, uma parte, desfazendo-se do peso, eleva-se impetuosamente ao espaço imensurável do éter, e a outra, mantendo unicamente o peso das partículas terrestres, cai impetuosamente; a escuridão, presente em todos os cantos na ausência da esfera de luz dourada, de repente desaparece por completo e, tendo dobrado sua capa impenetrável, voa nas asas do momentâneo, não deixando atrás de si sequer um sinal de sua presença. Assim, com meu sorriso, dissipa-se também o aspecto de tristeza instalado nos rostos de toda a congregação; a alegria penetrara o coração de todos de modo imperceptivelmente rápido, e não restava, em lugar algum, nenhum olhar oblíquo de desgosto. Todos começaram a exclamar:

– Viva nosso soberano, viva para todo o sempre.

De modo semelhante a uma brisa leve do meio-dia, sacudindo a folhagem das árvores e produzindo um farfalhar voluptuoso no bosque, assim em toda a congregação se espalhou um cochicho alegre.

Alguém disse, a meia-voz:

– Ele pacificou os inimigos externos e internos, expandiu os limites da pátria, submeteu milhares de povos diferentes a seu poder.

Um outro exclamou:

– Ele enriqueceu o Estado, expandiu o comércio interno e externo, ele ama a ciência e as artes, incentiva a agricultura e o artesanato!

As mulheres proclamaram, com ternura:

– Ele não permitiu que milhares de concidadãos úteis perecessem, livrando-os do fim fatal antes ainda que pudessem mamar.

Outro, com ares de importância, declarou:

– Ele multiplicou as receitas do Estado, aliviou o povo dos tributos, entregou-lhe alimentação segura.

A juventude, erguendo as mãos ao céu em êxtase, discursou:

– Ele é misericordioso, justo, sua lei é igual para todos, ele se considera o seu primeiro servo. Ele é um legislador sábio, um juiz justo, um cumpridor zeloso das leis, ele é maior que todos os tsares, ele concede a todos a liberdade.

Tais discursos, atingindo o tímpano de meus ouvidos, ressoaram ruidosamente em minha alma. Esses elogios figuraram como verdadeiros em minha razão, pois vinham acompanhados de traços aparentes de sinceridade. Tomando-os como tais, minha alma elevou-se acima do campo de visão habitual; expandiu-se em sua essência e, em toda sua abrangência, tocou os degraus da sabedoria divina. Mas nada se compara com a satisfação da autoaprovação decorrente do despacho de minhas ordens. Ao primeiro comandante militar, ordenei que fosse com uma tropa numerosa conquistar uma terra separada de mim por um cinturão inteiro de estrelas.

– Soberano – respondeu-me ele –, a glória única de teu nome vencerá as nações que habitam esta terra. O medo precederá as tuas armas e, ao retornar, trarei tributos de reis poderosos.

Ao almirante-chefe da Marinha, proferi:

– Que meus navios se espalhem por todos os mares, que sejam avistados por povos desconhecidos; que minha bandeira seja reconhecida no Norte, no Sul, no Leste e no Oeste.

– Cumprirei, soberano – e voou para cumpri-la tal qual o vento determinado a encher as velas dos navios.

– Proclama até os mais longínquos confins de meu domínio – proferi ao guardião das leis – que este é o dia de meu nascimento, que fique para sempre marcado nas crônicas com uma absolvição universal. Que se abram as masmorras, que saiam os criminosos, que voltem para suas casas como desviados do verdadeiro caminho.

– Tua misericórdia, soberano!, é a imagem e semelhança do Ser mais misericordioso. Corro para anunciar a alegria aos pais desolados por seus filhos, e às esposas, por seus esposos.

– Que sejam erigidos – proclamei ao primeiro artífice – os mais magníficos templos para o abrigo das musas, que sejam adornados com imitações multifacetadas da natureza; e que sejam indestrutíveis, talqualmente as habitantes dos céus para as quais foram construídos.

– Ó, sapientíssimo – respondeu-me ele –, quanto mais os elementos acatarem os ditames de tua voz e, reunindo suas forças, estabelecerem nos desertos e nas matas fechadas vastas cidades, superando em grandiosidade as mais gloriosas da Antiguidade, tanto menos importante será o trabalho daqueles que teus mandamentos cumpriram zelosamente. Proclamaste, e as estruturas ásperas das matérias-primas já estão atendendo ao chamado de tua voz.

– Que a partir de hoje se abra – proclamei – a mão da generosidade, que se derramem sobre os despossuídos os restos do excesso, fazendo retornar os supérfluos para sua fonte.

– Ó, generoso soberano, que nos foi enviado pelo Altíssimo, pai de seus filhos, enriquecedor dos pobres, que seja feita a tua vontade.

A cada uma de minhas sentenças, todos os que estavam diante de mim soltavam exclamações de alegria, e os aplausos não apenas acompanhavam minhas palavras, mas até adivinhavam meus pensamentos. Uma única mulher entre todos os reunidos na assembleia, apoiada firmemente em uma coluna, soltava suspiros de aflição e manifestava um ar de desprezo e indignação. Os traços de seu rosto eram severos, e o vestido, simples. Sua cabeça estava coberta por um chapéu, enquanto todos os outros traziam a cabeça descoberta.

– Quem é aquela? – perguntei a alguém próximo a mim.

– É uma peregrina que não conhecemos, autointitula-se Vista Certeira e médica dos olhos. Mas é uma feiticeira poderosa, carrega veneno e peçonha, regozija-se com a dor e a aflição; sempre carrancuda, despreza e insulta a todos; em suas injúrias, não respeita nem mesmo tua cabeça sagrada.

– Por que essa vilã é tolerada em meu reino? Mas deixemo-la para amanhã. Este é um dia de misericórdia e alegria. Aproximai-vos, meus colaboradores, que comigo carregais o pesado fardo de governar, recebeis uma recompensa digna de vossos trabalhos e vossas façanhas.

Então, depois de me levantar de meu lugar, distribuí distintas condecorações de honra entre os presentes; os ausentes não foram esquecidos, mas aqueles que caminhavam para a apresentação com um aspecto agradável em relação a minhas palavras receberam um quinhão maior de minhas bênçãos.

Com isso, continuei meu discurso:

– Ide, pilares da minha força, pilares do meu poder, ide desfrutar do prazer do trabalho. É digno que aquele que trabalhou experimente os frutos de seu trabalho. É digno que o rei experimente a alegria, ele que derrama uma multiplicidade sobre todos. Mostra-nos o caminho das festividades que preparaste – proclamei ao organizador da celebração. – Nós te seguiremos.

– Parado! – proferiu para mim a peregrina – Para e vem até mim. Sou médica, enviada a ti e a outros semelhantes, para limpar tua vista. Mas que catarata! – disse ela, com uma exclamação. Uma certa força invisível me impelia a ir adiante, mesmo com todos os que estavam ao redor tentando me impedir, até mesmo por meio da força.

– Tem catarata em ambos os olhos – disse ela – e julgaste a todos de maneira tão decidida.

Depois, ela tocou em ambos os meus olhos e tirou deles uma película grossa, semelhante a uma camada de córnea.

– Vês – disse-me ela – como estavas cego, completamente cego? Eu sou a Verdade. O Altíssimo, movido pela compaixão ante os gemidos de teu povo subordinado, enviou-me dos círculos celestiais para que eu arrancasse aquilo que estava impedindo a penetração de teu olhar. Foi isso que realizei. Todas as coisas, doravante, apresentar-se-ão a teus olhos em seu aspecto natural. Penetrarás no interior dos corações. A serpente que se esconde nos recônditos das almas não mais poderá ser ocultada de ti. Reconhecerás teus súditos fiéis, aqueles que, longe de ti, não te amam, mas amam a pátria; aqueles que estão sempre prontos para a tua derrota, se ela representar a escravização do ser humano. Mas eles não perturbarão a paz civil de maneira prematura e inútil. Chama-lhes de teus amigos. Afasta essa canalha soberba que se aproxima de ti e que encobre a vergonha de suas almas com vestes douradas. São eles teus verdadeiros malfeitores, que obscurecem tua visão e impedem minha entrada em teus palácios. Apareço aos reis uma vez durante todo o seu reinado, para que me conheçam na minha verdadeira forma; mas jamais abandono a morada dos mortais. Os aposentos reais não são minha habitação. Os guardas que cercam e vigiam dia e noite com cem olhos impedem minha entrada. Se consigo penetrar nessa multidão coesa, todos os que te rodeiam, depois de levantar contra mim o flagelo da repressão, tentarão me expulsar de tua morada; vigia, pois, para que eu não me afaste de ti mais uma vez. Então, o palavrório da bajulação, exalando ares venenosos, trará de volta a tua catarata, e a casca, impenetrável à luz, cobrirá teus olhos. Então, tua cegueira será completa; teu olhar alcançará apenas um palmo diante de teu nariz. Tudo se apresentará a ti numa forma alegre. Teus ouvidos não se incomodarão com os gemidos, mas ouvirão, de hora em hora, doces canções. O incenso do sacrifício permanecerá em tua alma aberta à bajulação. Teu tato estará sempre disposto à suavidade. A aspereza benéfica jamais rasgará teus nervos táteis. Estremece a partir de agora por tal condição. Nuvens carregadas se elevarão sobre tua cabeça, e os raios do trovão vingador estão prontos para tua derrota. Mas, declaro-te, viverei nos confins de teu domínio. Se acaso desejares me ver, se acaso tua alma sitiada pela bajulação ansiar por meu olhar, chama-me de tua distância; onde minha voz firme for ouvida, será aí que me encontrarás. Jamais temas a minha voz. Se, do meio do povo, surgir um homem a criticar tuas obras, saiba que aí tens um amigo verdadeiro. Alheio às esperanças de recompensa, alheio à palpitação servil, ele me anunciará a ti com voz firme. Prepara-te e não te atrevas a puni-lo como a um arruaceiro qualquer. Acolha-o, trata-o como a um peregrino. Pois todo aquele que reprova o poder absoluto de um rei é um peregrino da terra, onde diante dele tudo estremece. Hospeda-o, proclamo, para que, ao retornar, ele possa, mui amiúde, exprimir-se sem adulações. Mas corações firmes assim são raros; apenas um a cada um século completo surge na arena mundial. Para que tua vigilância não adormeça diante do poder, dou-te este anel, que te denunciará a tua iniquidade enquanto o mantiveres. Pois saiba que, na sociedade, podes ser o primeiro assassino, o primeiro bandido, o primeiro traidor, o primeiro perturbador da paz social, o mais feroz inimigo que dirige tua maldade às entranhas do mais fraco. Serás o culpado se uma mãe chorar por seu filho no campo de batalha, e uma esposa, pelo marido; pois o perigo do cativeiro não pode justificar o assassinato chamado guerra. Serás o culpado se o solo se tornar estéril, se os filhotes do lavrador perderem a vida por inanição sem o saudável alimento materno. Doravante, porém, volta teu olhar para ti mesmo e para os que de ti se aproximam, olha para o cumprimento de tuas ordens, e, se tua alma não estremecer de horror diante de tal visão, teu palácio se apagará da minha memória para todo o sempre.

As feições do rosto da peregrina pareciam emitir um brilho radiante alegre e material. Olhar para ela derramava o júbilo em minha alma. Eu já não sentia nela a palpitação da vaidade e a pompa da arrogância. Nela, eu sentia a calmaria; a onda da luxúria e a sede irresistível de poder não a tinham afetado. Meus trajes, tão brilhantes, pareciam manchados de sangue e encharcados de lágrimas. Em meus dedos, era possível ver os restos de um cérebro humano; minhas pernas estavam atoladas na lama. Aqueles que me rodeavam pareciam ainda mais vis. Todas as suas entranhas pareciam pretejadas e queimadas pelo fogo brando da rapacidade. Lançavam a mim, e uns aos outros, olhares deformados, nos quais reinavam a ganância, a inveja, a perfídia e a ira. Meu comandante militar, enviado para a conquista, afogava-se no luxo e no divertimento. Não havia subordinação nas tropas; meus combatentes eram tratados pior que gado. Não se importavam com a saúde deles nem com a alimentação; suas vidas não valiam nada; haviam perdido o soldo estabelecido, que era gasto com adornos desnecessários. Mais da metade dos novos combatentes morria pela negligência dos chefes ou por risco desnecessário e prematuro. O tesouro destinado à manutenção da milícia estava nas mãos de um organizador de patuscadas. As insígnias militares não eram sinal de bravura, mas de servidão vil. Avistei diante de mim um célebre, segundo as lendas, comandante militar, a quem eu havia honrado com as insígnias da minha benevolência; agora eu via claramente que toda sua excelente dignidade consistia apenas em sua capacidade de saciar a voluptuosidade de seu superior, e que não houvera sequer ocasião para que desse mostra de sua coragem, já que o inimigo não havia visto nem de longe. E era desse tipo de guerreiro que eu esperava novas coroas. Desviei meu olhar das mil aflições que diante da minha vista surgiam.

Meus navios, designados para navegar mares distantes, vi-os flutuando à boca do porto. O chefe, que voara nas asas do vento para cumprir minhas ordens, estendia seus ombros em uma cama macia e entregava-se ao amor nos braços de uma mulher contratada para lhe despertar a volúpia. No mapa de uma viagem perfeita em sonho, preparado sob sua influência, viam-se novas ilhas de todas as partes do mundo em que abundavam os frutos apropriados ao clima. Vastas paragens e um sem-número de povos ganhavam novas forças no pincel dos viajantes. À luz das tochas noturnas, já esboçava uma descrição majestosa dessa viagem e das aquisições feitas em um estilo floreado e soberbo. Placas de ouro já estavam preparadas para cobrir tão importante composição. Ó, Cook! Por que passaste tua vida na labuta e nas privações? Por que a extinguira de forma tão lastimosa? Se tivesses estado a bordo desse navio, terias iniciado a viagem com deleite e com deleite a terminarias, também terias feito muitas descobertas sentado no mesmo lugar (e no meu Estado), e serias igualmente glorificado; pois terias sido honrado por teu soberano.

Minha façanha – da qual, em minha cegueira, minha alma mais se orgulhava – de absolvição dos castigos e do perdão aos criminosos mal era vista na amplitude dos atos civis. Minhas ordens ou eram completamente violadas, encaminhadas que haviam sido para a direção errada, ou não tiveram a ação esperada por má interpretação e cumprimento moroso. Minha misericórdia criara o comércio, e àquele que ofertava mais é que se batia o martelo da piedade e da magnanimidade. Em vez de ser reconhecido entre meu povo como misericordioso na absolvição da culpa, fui considerado enganador, hipócrita e um comediante pernicioso.

– Guardai vossa misericórdia – proclamaram mil vozes –, não a anuncie com palavras magníficas se não estais disposto a cumpri-la. Não adicionais ofensa à zombaria, gravidade ao sentimento. Dormíamos e estávamos em paz, perturbastes nosso sono; não desejávamos despertar, pois não há para quê.

Na constituição das cidades, vi apenas o desperdício do tesouro estatal, não raro banhado no sangue e nas lágrimas de meus súditos. Na construção de magníficos edifícios, ao desperdício, não raro somava-se a incompreensão sobre a verdadeira arte. Vi que não havia, na disposição de seus interiores e exteriores, o menor sinal de bom gosto. Seu aspecto pertencia ao século dos godos e vândalos. Na morada preparada para as Musas, não avistei as fontes de Castália e Hipocrene fluindo com benevolência; sua arte reptiliana a custo fazia os olhares ousarem se levantar acima das cercanias delimitadas pelo hábito. Os artífices, curvados sobre o plano do edifício, não projetaram sua beleza, mas como com ele adquiririam para si mesmos uma fortuna. Abonei minha vaidade opulenta e desviei meu olhar. Mas, mais que tudo, foi a efusão de minhas generosidades que feriram minha alma. Na minha cegueira, imaginei que o tesouro excedente do Estado não poderia ser mais bem empregado que em prover meios aos desprovidos, vestir os nus, alimentar os famintos ou apoiar as vítimas de uma ocorrência adversa, ou recompensar a dignidade indiferentemente da honra e do mérito. Mas quão lamentável foi ver que minhas generosidades haviam sido derramadas sobre o rico, o bajulador, o amigo traiçoeiro, o assassino por vezes secreto, o traidor e o violador do contrato social, o condescendente com meus vícios, o indulgente com minhas fraquezas, sobre a mulher que se gaba de sua falta de vergonha. As fontes de minhas generosidades mal e mal tocavam o mérito modesto e a tímida distinção. As lágrimas escorriam de meus olhos e escondiam de mim a representação desastrosa de minha generosidade irrefletida. Agora eu via claramente que as distinções de honra por mim distribuídas alcançavam como destino os indignos. A dignidade inexperiente, atingida pelo primeiro raio dessas bem-aventuranças imaginárias, tomou a via única da bajulação e da baixeza do espírito, na esperança de receber as honras cobiçadas pelos sonhos dos mortais; mas, arrastando seus pés de maneira desigual, estava sempre exausta nos primeiros degraus e foi condenada a se satisfazer com sua própria aprovação, convencida de que as honras mundanas são cinzas e fumaça. Ao ver em tudo tais desventuras que brotaram de minha fraqueza e da insidiosidade de meus ministros, ao ver que minha ternura se voltava para uma mulher que buscava em meu amor a satisfação de sua própria vaidade e que dispunha sua aparência apenas para servir a meu deleite, enquanto seu coração sentia por mim repulsa, rugi em uma fúria de raiva:

– Criminosos indignos, vilões! Digam, por que empregastes para o mal o mandato de vosso senhor? Apresentai-vos imediatamente diante de vosso juiz. Admirai os fósseis de vossa maldade. O que pode justificar vossas ações? O que direis em vossa defesa? Lá está ele, chamá-lo-ei de morada da humilhação. – Aproxima-te – proclamei ao ancião que avistara nos limites de meu domínio, em uma cabana coberta de musgo –, aproxima-te para aliviar meu fardo; aproxima-te e restaura a paz ao coração torturado e à razão perturbada.

Ao dizê-lo, voltei meu olhar para minha dignidade, reconheci a amplitude de minha obrigação, reconheci de onde derivam meu direito e meu poder. Estremeci em todo o meu íntimo, temi minha posição. Meu sangue agitou-se em excitação violenta e despertei. Ainda sem ter recuperado a consciência, apanhei o dedo, mas não havia nele nenhum anel de espinhos. Ó, se ele tivesse permanecido ao menos no mindinho dos reis!

Governantes do mundo, se, ao ler sobre meu sonho, rides com desdém ou franzis a testa, saibais que a peregrina vista por mim voou para longe e desdenha vossos palácios.

PÓDBEREZIE

A duras penas pude despertar de tão profundo sono, em que sonhara tanto. Minha cabeça estava mais pesada que o chumbo, pior do que acontece aos bêbados quando passam uma semana bebendo sem parar. Eu não estava em condições de continuar o caminho sendo sacudido em eixos de madeira (minha *kibitka* não tinha molas). Peguei um livro de remédios caseiros; busquei por uma receita contra dor de cabeça decorrente dos delírios do sono e da realidade. Embora as medicações sempre viajassem comigo, por precaução, é como diz o ditado: em qualquer sábio, há o bastante de tolice, e contra os delírios não me precavi, de modo que minha cabeça, ao chegar à estação dos correios, estava pior que a de um néscio.

Lembrei-me de que, antigamente, minha ama, que Deus a tenha, Klementievna, de nome Praskóvia, e de solteira, Sexta-Feira, era uma caçadora de café e dizia que ele ajuda contra a dor de cabeça.

– Quando bebo cinco xícaras – dizia ela –, já começo a ver a luz, mas, sem isso, estaria morta em três dias.

Peguei o remédio da ama, mas, por não estar acostumado a tomar cinco xícaras de uma vez, dividi o excedente do que havia sido preparado para mim com um jovem que estava sentado no mesmo banco que eu, mas na outra ponta, junto à janela.

– Agradeço de coração – disse ele, pegando a xícara de café.

O aspecto afável, o olhar corajoso, a postura cortês pareciam não combinar com a longa semitúnica e o cabelo esticado com *kvas*. Perdoa-me, leitor, por minha conclusão, nasci e cresci na capital e, se alguém não é encaracolado e empoado, eu em nada o venero. Se és um saloio e não usas talco no cabelo, não me julgues se eu passar por ti sem te olhar.

Entre uma e outra prosa, fui me dando bem com meu novo conhecido. Soube que era de um seminário em Nóvgorod e estava indo a pé a Petersburgo para ter com o tio, que era secretário do governo na província. Mas seu principal propósito era encontrar uma oportunidade para adquirir conhecimento científico.

– Quão grande, ainda, é nossa insuficiência de subsídios para a formação – disse-me ele. – Um ajuntamento de língua latina não pode satisfazer uma mente sedenta por ciência. Virgílio, Horácio, Tito Lívio, até Tácito, sei quase de cor, mas, quando comparo os conhecimentos dos seminaristas com aqueles que tive, para minha sorte, a oportunidade de aprender, reverencio nossa escola pertencente aos séculos passados. Somos todos familiarizados com os autores clássicos, mas conhecemos melhor a crítica explicativa dos textos que aquilo que os torna agradáveis até os dias de hoje, o que lhes garantiu a eternidade. Ensinam-nos filosofia, passamos à lógica, à metafísica, também à ética, à teologia, mas, nas palavras de Kutéikin, em *O menor*[1], chegaremos ao fim da doutrina filosófica e retrocederemos. Nada há aqui para se surpreender: Aristóteles e a escolástica até hoje reinam nos seminários. Para minha sorte, tornei-me conhecido de um dos membros do governo de Nóvgorod e tive a chance de adquirir um pouco de conhecimento das línguas francesa e alemã e de utilizar os livros do dono daquela casa. Quanta diferença entre a formação dos tempos em que a língua latina era empregada nas escolas e a dos tempos atuais! Que subsídio ao aprendizado quando a ciência não é um mistério, exclusivamente para os versados em língua latina, mas é ensinada na língua materna! Mas por que – prosseguiu, depois de interromper seu discurso –, por que não se organizam entre nós escolas superiores, nas quais se ensinariam ciências na língua vernácula, na língua russa? A

[1] Referência ao seminarista Kutéikin, personagem da peça *Недоросль*/*Niédorosl* [O menor], de Denis Fonvízin. (N. T.)

teoria ficaria inteligível a todos; a formação chegaria a todos mais depressa e, uma geração depois, haveria duzentas pessoas esclarecidas para cada latinista; pelo menos, em cada tribunal, haveria nem que fosse um membro que compreendesse a jurisprudência e a ciência jurídica. Meu Deus – prosseguiu ele, com uma exclamação –, se fosse possível dar exemplos das deliberações e perorações de nossos juízes sobre os casos! O que diriam Grotius, Montesquieu, Blackstone? Já leste Blackstone?

– Li as duas primeiras partes, em tradução para a língua russa. Não seria nada mau se nossos juízes fossem obrigados a ter esse livro em vez do menológio, obrigar-lhes a olhar mais para ele e menos para o Calendário da Corte[2].

– Como não se entristecer – repetiu ele – com o fato de não termos escolas em que se ensinem ciências na língua materna.

O chefe da estação, que ia entrando, atrapalhou a continuidade de nossa conversa. Tive tempo de dizer ao seminarista que em breve seu desejo seria realizado, que já há um decreto para o estabelecimento de nossas universidades, onde ensinarão ciências segundo seu desejo.

– Já é hora, meu nobre, já é hora...

Entrementes, enquanto eu pagava ao chefe da estação o dinheiro da corrida, o seminarista saiu. Ao fazê-lo, deixou cair um pequeno maço de papéis. Peguei o que havia caído e não lhe devolvi. Não me reproves, caro leitor, em meu furto; em tais condições, contar-te-ei o que subtraí. Quando leres, sei que não vais expor meu roubo ao mundo lá fora: pois não é ladrão só aquele que rouba, mas aquele que recebe o produto do roubo – assim está escrito na lei russa. Reconheço que tenho mão leve; quando vejo algo que parece um tanto razoável, imediatamente pego; veja, não despertes pensamentos ruins. Lê o que diz meu seminarista:

"Aquele que compara o mundo da moral a uma roda, depois de dizer uma grande verdade, talvez não faça mais que olhar a forma redonda da Terra e de outros grandes corpos se movendo

---

[2] Publicação anual iniciada em 1745, em que se imprimia uma lista contendo os nomes dos cortesãos promovidos na hierarquia do funcionalismo, bem como listas de agraciados com condecorações. (N. T.)

no espaço e declarar apenas aquilo que observou. Partindo do conhecimento da natureza, pode ser que os mortais descubram a conexão misteriosa das substâncias espirituais ou morais com as substâncias corpóreas ou naturais; que a razão de todas as mudanças, transformações, vicissitudes do mundo natural ou espiritual dependa, talvez, da forma circular de nossa morada e de outros corpos pertencentes ao Sistema Solar, os quais são igualmente circulares e rotatórios...". Parece um martinista; um pupilo de Swedenborg... Não, amigo meu! Não bebo e como apenas para continuar vivo, mas porque encontro na comida e na bebida um tanto de prazer para os sentidos. E confesso-te, como a um pai espiritual: passo melhor uma noite com uma moça sedutora, adormecendo extasiado em seus braços lascivos, que me enterrando em letras hebraicas e árabes, em cifras ou hieróglifos egípcios, que tentando separar meu espírito do corpo nos vastos campos dos delírios mentais, talqualmente um novo ou um antigo cavaleiro espiritual. Quando eu morrer, terei tempo de sobra para a intangibilidade, e minha alminha poderá vagar até fartar-se.

Ao olhar para trás, parece-me que está logo ali às costas um tempo em que reinava a superstição e todos os seus complementos: a ignorância, a escravidão, a Inquisição e muitos outros. Será que faz tempo que Voltaire gritou contra as superstições até perder a voz? Faz tempo que Federico foi seu inimigo implacável, não apenas em suas palavras e atos, mas, o que é mais terrível para ele, como um exemplo de soberano? Neste mundo, porém, tudo regressa a seu estágio anterior, pois tudo tem seu começo na destruição. Um animal, uma planta nascerá e crescerá a fim de reproduzir sua própria espécie, depois morrerá e lhe dará seu lugar. Povos nômades reúnem-se em um povoado, fundam um reino, amadurecem, tornam-se gloriosos, enfraquecem, sucumbem, são destruídos. Os locais de suas residências não são mais visíveis; até mesmo seus nomes perecem. A sociedade cristã, no início, era modesta, dócil, escondia-se nos desertos e nos estábulos, depois fortaleceu-se, levantou a cabeça, perdeu-se de seu caminho, sucumbiu à superstição; em seu frenesi, seguiu pela vereda comum dos povos; elevou um líder, expandiu seu poder, e o papa se tornou o todo-poderoso entre os reis. Lutero deu início à Reforma, criou o cisma, desvencilhou-se do poder do papa e conquistou muitos seguidores. O edifício de preconceitos sobre os quais se erigiu o poder papal começou a ruir, começou a desaparecer também a superstição; a verdade encontrou amantes, pisoteou um enorme reduto de especulações, mas não durou muito tempo nesse percurso. A liberdade de pensamento se tornou desenfreada. Nada mais era sagrado, tudo era atacado. Depois de alcançar os limites das possibilidades, o livre-pensamento começou a retroceder. Essa mudança na maneira de pensar prenuncia nossa época. Não chegamos ainda aos limites do livre-pensamento desimpedido, mas muitos já começam a se voltar para as superstições. Folheia as obras místicas recentes, pensarás que estás no tempo da escolástica e da logomaquia, quando a razão humana se preocupava com as locuções, sem pensar se havia sentido nessa locução; quando a tarefa da filosofia consistia em colocar aos investigadores da verdade a solução de uma questão como esta: quantas almas cabem na cabeça de um alfinete?

Se nossos descendentes depararem o erro, se abandonarem a natureza e se lançarem a correr atrás de sonhos, então, seria muito útil o trabalho de um escritor que nos mostrasse o percurso da razão humana com base em seus atos pregressos, quando, sacudindo a névoa do preconceito, começou a perseguir a verdade até sua grandiloquência e quando, cansado, por assim dizer, de sua vigília, suas forças começaram a se corromper, definhar e embrenhar-se nas névoas do preconceito e da superstição. O trabalho desse escritor não será inútil, pois, ao desnudar o percurso de nossos pensamentos rumo à verdade e ao engano, desviará, ainda que poucos, das veredas nocivas e bloqueará o voo da ignorância; bendito seja o escritor que, com sua criação, possa iluminar nem que seja uma só pessoa, bendito seja se semear, ainda que num único coração, a virtude.

Podemos nos considerar felizes: pois não seremos testemunhas do opróbrio extremo da criatura racional. Nossos descendentes mais próximos podem ser ainda mais felizes que nós. Mas os vapores jacentes na lama da repugnância já estão se elevando e estão predeterminados a obliterar o campo de visão. Benditos seremos se não avistarmos um novo Maomé; a hora do erro tardará um pouco mais.

Tenha em conta que, quando, nas considerações, quando, nos julgamentos das questões morais e espirituais, tem início uma fermentação, e um homem forte e resoluto se levanta, em nome da verdade ou da corrupção, segue-se, então, uma mudança de reinos, segue-se, então, uma mudança nas profissões de fé.

Se, na escadaria pela qual a razão humana é obrigada a descer, em meio às trevas do erro, manifestarmos algo divertido e com um sorriso fizermos o bem, bendito será o nosso nome.

Ó, mui amados, ao vagar de especulação em especulação, cuidai para não tomar o caminho de pesquisas como esta:

> Disse Akiba: tendo seguido pelas veredas do rabino Josué em busca de um local secreto, descobri três coisas. Descobri a 1ª: nem a oeste nem a leste, mas para o norte e o sul deve-se seguir. Descobri a 2ª: não é em pé, mas sentado que se deve defecar. Descobri a 3ª: não é com a destra, mas com a canhota que se deve limpar o traseiro. A isso, Ben Hasas retrucou: e não quiseste cobrir a fronte no momento em que via o professor defecar? Ele respondeu: esses são os mistérios da lei; e para o propósito de conhecê-los, era necessário que eu o fizesse.

Ver, no dicionário de Bayle, o artigo “Akiba”.

NÓVGOROD

Orgulhai-vos, vaidosos criadores de cidades, orgulhai-vos, fundadores de Estados; sonhai com a glória eterna de vosso nome; empilhai pedra sobre pedra até as próprias nuvens; esculpi imagens de vossas façanhas e inscrevei proclamações de vossos feitos. Estabelecei bases sólidas de governo por meio de leis imutáveis. O tempo, com uma fileira de dentes afiados, ri da resistência delas. Onde estão as sábias leis de Sólon e Licurgo, afirmando a liberdade de Atenas e Esparta?

Nos livros.

E no lugar de sua estada, pastam escravos com o cedro da autocracia.

Onde está a exuberante Troia, onde está Cartago?

Mal se pode ver o lugar onde com orgulho se erguiam.

O eterno sacrifício ainda queima misteriosamente ao Ser Supremo nos templos gloriosos do Antigo Egito? Suas magníficas ruínas servem de refúgio para o gado no calor do meio-dia. Não é com lágrimas jubilosas de agradecimento ao Pai Todo-Poderoso que são regadas, mas com as emissões fétidas do corpo bestial.

Ó, orgulho! Ó, arrogância humana, olha para isso e reconhece o quanto és rastejante!

Em meio a tais pensamentos, eu me aproximava de Nóvgorod, observando os muitos mosteiros que se espalham a seu redor.

Conta-se que todos esses mosteiros, num raio de até quinze verstas de distância da cidade, encerravam-se em um único; que, de suas muralhas, podia sair uma tropa de até 100 mil. Sabe-se pelas crônicas que Nóvgorod tinha um governo popular. Embora houvesse príncipes, eles tinham pouco poder. Toda a força do governo residia nos *possádniki* e nos *tyssiátski*. O povo reunido em sua assembleia na *vetche*[1] era o verdadeiro soberano. A região de Nóvgorod estendia-se até o norte, ainda para além do Volga. Esse Estado livre ficava na Liga Hanseática. Diz o velho ditado: quem for capaz de se colocar contra Deus e contra a grande Nóvgorod, será capaz de dar provas de seu poder. O comércio foi a causa de sua ascensão. Dissidências internas e uma vizinhança de rapina levaram à sua queda.

Na ponte, desci de minha *kibitka* a fim de apreciar o espetáculo da correnteza do Volga. Não foi possível não me vir à memória a ação do tsar Ivan Vassílievitch para a tomada de Nóvgorod[2]. Ofendido pela resistência dessa república, esse governante orgulhoso e feroz, mas inteligente, quis arrasá-la até seus alicerces. Ele se me apresenta na ponte, de pé, com o cetro, como relatam alguns, enquanto eram trazidos em sacrifício à sua ira os anciãos e os líderes de Nóvgorod. Mas que direito ele tinha de se enfurecer contra eles, que direito tinha ele de se apoderar de Nóvgorod? Seria porque os primeiros grão-príncipes russos tinham vivido nessa cidade? Ou porque ele se proclamara tsar de toda a *Rus*? Ou porque os novogorodinos eram de uma tribo eslava? Mas de que serve o direito, quando age a força? Pode ele existir quando uma sentença é selada pelo sangue dos povos? Pode haver direito quando não há força para trazê-lo à realidade? Muito foi escrito sobre o direito das nações; não raro, faz-se referência a ele; mas não ocorreu aos professores de direito que poderia haver um juiz entre os povos? Quando a inimizade surge entre eles, quando o

---

[1] "*Vetche*" (em russo: *вече*) era o nome dado à assembleia popular em Nóvgorod; já os *possádniki* e os *tyssiátski* (em russo, respectivamente: *посадники* e *тысяцки*) eram funcionários públicos nas regiões de Nóvgorod e Pskov antes de sua anexação por Moscou. Os primeiros eram escolhidos entre os representantes das famílias mais ricas e influentes, enquanto os segundos ocupavam cargos militares, sendo os dois grupos eleitos pela *vetche*. (N. T.)

[2] Trata-se do massacre promovido por Ivan IV em Nóvgorod, no ano de 1570. Em 1478, a cidade tinha sido anexada a Moscou pelo grão-duque Ivan III. No trecho, Radíschev mescla as figuras de Ivan III (1440-1505) e de seu neto, Ivan IV (1530-1584). (N. T.)

ódio e a ganância os colocam uns contra os outros, seu juiz é a espada. Quem cai morto ou desarmado é o culpado; obedece-se inquestionavelmente a essa decisão, e contra ela não há apelação.

Eis por que Nóvgorod pertenceu a Ivan Vassílievitch. Eis a razão de tê-la arruinado e se apropriado de seus restos fumegantes.

A necessidade, o desejo de segurança e conservação edificam os reinos; destroem-nos o desacordo, a intriga e a força.

O que é, afinal, o direito do povo?

Os povos, dizem os professores de direito, encontram-se uns em consideração aos outros na mesma posição em que uma pessoa se encontra em relação a outra em estado natural.

Pergunta: quais são os direitos de uma pessoa em estado natural?

Resposta: olha para ela. Está nua, com fome, com sede. Apoderar-se-á de tudo o que puder pegar para satisfazer suas necessidades. Se algo quer impedi-la, remove o obstáculo, destrói e obtém o desejado.

Pergunta: se, em vias de satisfazer sua necessidade, encontra um semelhante, se, por exemplo, duas pessoas, sentindo fome, desejam saciar-se com a mesma porção: qual das duas tem mais direito à obtenção?

Resposta: aquela que conseguir pegar a porção.

Pergunta: quem consegue pegar a porção?

Resposta: o mais forte.

Porventura, não seria esse o direito natural, não seria essa a base do direito do povo?!

Exemplos de todos os tempos testemunham que o direito sem a força é sempre, na sua execução, letra vazia.

Pergunta: o que é direito civil?

Resposta: quem viaja pela carruagem postal não se ocupa de ninharias e pensa em como conseguirá cavalos o mais rápido possível.

DAS CRÔNICAS DE NÓVGOROD

Os novogorodinos conduziram uma guerra contra o grão-príncipe Iaroslav Iroslávitch e encerraram com uma conciliação escrita.

Os novogorodinos compuseram uma carta em defesa de suas liberdades e a sancionaram com 58 selos.

Os novogorodinos proibiram a circulação em seus domínios das moedas cunhadas, colocadas em circulação pelos tártaros.

Os novogorodinos começaram a cunhar sua moeda em 1420.

Os novogorodinos estavam na Liga Hanseática.

Em Nóvgorod havia um sino, a cujo badalar o povo se reunia na *vetche* para considerar sobre as coisas públicas.

O tsar Ivan confiscou a carta e o sino dos novogorodinos.

Depois, em 1500, em 1600, em 1700, Nóvgorod permaneceu no mesmo lugar.

"Mas nem tudo é pensar nos velhos tempos, nem tudo é pensar no dia de amanhã. Se eu me puser a olhar constantemente para o céu, não obstante o que está sob meus pés, logo tropeçarei e despencarei na lama...", raciocinei. Não importa quanto te tortures, não povoarás Nóvgorod como antes. Seja feita a vontade de Deus. Já está na hora do jantar. Vou ter com Karp Deméntitch.

– Ora, ora, ora! Bem-vindo, seja lá de onde Deus te tenha trazido – disse-me meu amigo Karp Deméntitch, antigamente da terceira guilda de comerciantes e hoje em dia um cidadão eminente[3]. – Como diz o ditado: feliz daquele que chega na hora do almoço. Tenha a bondade de se sentar.

– E qual é a razão do banquete?

– Meu benfeitor, ontem casei meu rapaz.

"Teu benfeitor", pensei, "não é sem razão que me dá esse título." Eu, como outros também, ajudei-o a se inscrever como cidadão eminente. Em 1737, meu avô devia uma promissória no valor de 1.000 rublos a alguém que não conheço. Em 1780, Karp Deméntitch comprou a letra de câmbio em algum lugar e anexou um protesto. Veio ter comigo acompanhado de um *striáptchi* versado, e, naquele tempo, cobraram-me graciosamente apenas os juros por cinquenta anos, e me presentearam com todo o capital que havia sido emprestado. Karp Deméntitch é uma pessoa grata.

---

[3] A casta dos comerciantes dividia-se em três guildas, ou categorias, sendo a terceira a mais baixa. (N. T.)

– Nora, vodca para o convidado inesperado?

– Não bebo vodca.

– Só um gole, ao menos, vais tomar. Saúde aos jovens... – e nos sentamos para o jantar.

A meu lado, estava sentado o filho do anfitrião, já do outro, estavam sentados Karp Deméntitch e sua jovem nora... Interrompamos o discurso, leitor. Dá-me lápis e um pedaço de papel. Terei satisfação em desenhar-te todas as companhias honradas e te tornarei conviva da festa de casamento, mesmo que estejas a caçar castores nas Ilhas Aleutas. Se não reproduzir retratos exatos, dar-me-ei por satisfeito com suas silhuetas. Lavater ensina a descobrir, por meio deles, quem é inteligente e quem é estúpido.

Karp Deméntitch tem a barba branca a oito *verchok*[4] a partir do lábio inferior. Nariz aquilino, olhos cinzentos encovados, sobrancelhas escuras como o breu, curva-se fazendo reverências com a mão, acaricia a barba e trata a todos por: meu benfeitor.

Aksínia Parfentievna, sua amável esposa. Aos sessenta anos, é branca como a neve e vermelha como a flor das papoulas, sempre franze os lábios num biquinho, diante dos convidados, bebe vinho do Reno; já na despensa, um copinho de vodca. O capataz do marido apresenta as contas ao patrão... Por ordem de Aksínia Parfentievna, foram comprados, a modo de estoque anual, três *puds*[5] de pó branco de Rjev e trinta libras de mirtilo para ruge... Os capatazes do marido são os camareiros de Aksínia.

Aleksei Kárpovitch, meu vizinho de mesa. Nem bigode nem barba, e o nariz já carmesim, pisca os olhos com a sobrancelha, o cabelo aparado em círculo, cumprimenta feito um ganso, curvando a cabeça e ajeitando os cabelos. Em Petersburgo, trabalhava como ajudante de lojista. Quando mede um *archin*[6], diminui um *verchok*; por isso, o pai o ama como a si mesmo; aos quinze anos, deu uma bofetada na mãe.

---

[4] Antiga unidade de medida, equivalente a 4,4 cm. (N. T.)

[5] Antiga unidade de peso, equivalente a 16,38 kg. (N. T.)

[6] Antiga unidade de medida, equivalente a 71 cm. (N. T.)

Paraskóvia Deníssovna, sua esposa recém-casada, branca e corada. Os dentes como o carvão[7]. As sobrancelhas finas, mais pretas que fuligem. Quando acompanhada, baixa o olhar, mas durante o dia todo não se afasta da janela e espicha a vista para o lado de qualquer homem. Ao cair da tarde, fica junto ao postigo. Tem um olho roxo. Presente de seu gentil maridinho no primeiro dia – e quem tiver um palpite é certo que adivinhou.

Mas, amado leitor, já estás a bocejar. Pelo visto, já basta de esboçar silhuetas. Tens razão; mais que narizes e lábios, lábios e narizes, não haverá. E eu não entendo como distingues o pó branco do ruge.

– Karp Deméntitch, o que comercializas atualmente? Não vais a Petersburgo, não trazes linho, não compras açúcar, nem café, nem tinta. Não me parece que teu negócio está dando prejuízo.

– Quase fali por causa dele. Mas, por força e obra de Deus, fui salvo. No único ano em que tive um lucro razoável, construí uma casa para minha mulher. No ano seguinte, a safra de linho foi ruim e não pude honrar o estabelecido no contrato. Eis por que deixei de comercializar.

– Eu me lembro, Karp Deméntitch, que pelos 30 mil rublos cobrados antecipadamente enviaste mil *puds* de linho para serem divididos entre os credores.

– Ei, mais seria impossível, confia em minha consciência.

– Claro, e foi uma safra ruim também para os produtos de além-mar. Tomaste emprestado cerca de 20 mil... Sim, eu me lembro: foi uma dor de cabeça.

– Certamente, benfeitor, minha cabeça doía tanto que chegou quase a estourar. Ora, o que os credores têm para se queixar de mim? Dei-lhes minha propriedade inteira.

– Por três copeques por rublo.

– De modo algum, foi por quinze.

– E a casa da esposa?

– Como eu poderia tocá-la? Não é minha.

– Diga-me, afinal, o que estás negociando?

---

[7] Era moda entre a fidalguia russa dos séculos XVII e XVIII tingir os dentes de preto. (N. T.)

– Nada, ei, nada. Desde que fui à falência, é meu rapaz que faz os negócios. Neste verão, graças a Deus, entregou o linho por 20 mil.

– E, é claro, futuramente, fará um acordo de 50 mil, tomará a metade do dinheiro adiantado e construirá uma casa para a jovem esposa.

Aleksei Kárpovitch apenas sorriu.

– Um velho brincalhão, meu benfeitor. Basta de martelar ninharias; comecemos os trabalhos.

– Eu não bebo.

– Só um gole, pelo menos, vais tomar.

Só um gole, só um gole – logo senti que minhas bochechas começavam a ficar vermelhas, e assim eu terminaria o banquete tão bêbado quanto os demais. Mas, felizmente, não se pode passar um século sentado à mesa, tanto quanto ser sempre inteligente é impossível. E, pela mesma razão que, às vezes, faço papel de tolo e deliro, no banquete de casamento, mantive-me sóbrio.

Ao deixar meu amigo Karp Deméntitch, afundei-me em reflexões. Estimava eu, até então, que a lei da letra de câmbio introduzida em toda parte, ou seja, a cobrança estrita e expedita das obrigações comerciais, era uma confiança garantida pela disposição legal; estimava eu que era uma invenção feliz dos novos tempos, para estimular a rápida circulação no comércio, algo que não ocorrera aos povos antigos. Mas, se não há honestidade por parte daquele que emite uma letra de câmbio, ela não seria apenas um pedaço de papel inútil? Se não existisse a execução rigorosa da letra de câmbio, porventura o comércio não desapareceria? Não caberia ao credor saber em quem confiar? A quem um regulamento deve mais amparo, ao credor ou ao devedor? Quem, aos olhos da humanidade, merece mais respeito: o credor, que perde seu capital porque não conhecia a quem o confiou, ou o devedor, preso em grilhões e na masmorra? De um lado, ingenuidade; de outro, quase um roubo. Aquele acreditou, esperando um regulamento rígido, já este... E se a execução das letras de câmbio não fosse tão rígida? Não haveria lugar para a credulidade, não haveria, talvez, fraude nas negociações cambiais... Comecei a pensar outra vez, o sistema antigo foi para o inferno, e fui dormir com a cabeça vazia.

BRÓNNITSY

Entrementes, enquanto na *kibitka* meus cavalos eram trocados, quis visitar a montanha alta que fica perto de Brónnitsy, na qual, segundo dizem, nos tempos antigos, acredito que antes da chegada dos eslavos, havia um templo à época famoso pelas profecias que emitia; tanto que, para ouvi-las, vinham muitos senhores do Norte. Nesse local, relata-se, onde hoje em dia fica a aldeia de Brónnitsy, encontrava-se Kholmograd, famosa cidade da história antiga do Norte. Atualmente, no lugar desse glorioso templo antigo, foi construída uma pequena igreja.

Ao subir a montanha, imaginei-me transportado para a Antiguidade, indo conhecer o porvir da divindade soberana e encontrar serenidade para minha inquietação. Um terror divino apoderou-se de meus membros, meu peito começou a arfar, as vistas enturvaram e a luz diante delas desvaneceu. Ouvi uma voz, semelhante a um trovão, proferir:

– Insano! Por que desejas conhecer o mistério que escondi dos mortais com o manto impenetrável da obscuridade? Por que, insolente, anseias conhecer aquilo que apenas o pensamento eterno pode apreender? Compreende que a obscuridade do futuro é proporcional à fragilidade de teu organismo. Compreende que a bem-aventurança, conhecida previamente, perde sua doçura com a espera de longa duração, que o charme da alegria do presente, tendo encontrado as energias combalidas, é impotente em produzir na alma um tremor tão agradável quanto a alegria que se experimenta com o inesperado. Compreende que a morte conhecida com antecedência arranca de forma intempestiva a serenidade, envenena aqueles prazeres dos quais desfrutarias se não conhecesses previamente teu fim. O que procuras, filho insensato? Minha sabedoria suprema plantou tudo o que era necessário em tua mente e em teu coração. Pergunta-lhes nos dias de tristeza e encontrarás quem te console. Pergunta-lhes em dias de alegria e encontrarás quem refreie a felicidade descomedida. Retorna ao teu lar, retorna à tua família; acalma os pensamentos inquietos; mergulha no teu íntimo, ali encontrarás minha divindade, ali sentirás minha profecia.

E um estrondo de um forte golpe trovejante, enviado por Perun, ecoou nos vales distantes. Recobrei a consciência. Alcançara o topo da montanha e, ao ver a igreja, levantei as mãos ao céu.

– Senhor – gritei –, este é o Vosso templo, é o templo, afirmam, do único e verdadeiro Deus. Neste lugar, no lugar de Vossa atual estada, contam, erguia-se a catedral do erro. Não posso acreditar, ó, Todo-Poderoso!, que o ser humano enviasse as preces de seu coração a outro ser que não a Vós. Vossa poderosa mão direita, alcançando invisível todos os lugares, impele o maior negador da onipotência de Vossa vontade a reconhecer a natureza do construtor e mantenedor. Se um mortal, em seu erro, apela a Vós por meio de nomes estranhos, impróprios e bestiais, sua reverência, todavia, flui até Vós, Supremo Eterno, e ele treme diante de Vosso poder. Jeová, Júpiter, Brama; deus de Abraão, deus de Moisés, deus de Confúcio, deus de Zaratustra, deus de Sócrates, deus de Marco Aurélio, deus dos cristãos, ó, meu Deus!, Vós sois o único em todos os lugares. Se, em sua ilusão, os mortais pareciam não Vos honrar como o único, eles, porém, idolatravam Vossas forças incomparáveis, Vossas obras inimitáveis. Vosso poder, sentido em toda parte e em todas as coisas, estava em toda parte e em todas as coisas era venerado. O ímpio que Vos nega ao reconhecer a lei da natureza como indispensável está, afinal, rendendo a Vós louvores e louvando-Vos ainda mais que nossos cânticos. Pois, penetrado até o âmago pela graça de Vossa criação, diante dela, ele treme. Buscai, Pai Magnânimo, um coração sincero e uma alma imaculada; eles estão em toda parte abertos ao Vosso advento. Descendei, Senhor, e neles começareis a reinar.

Passei alguns instantes alheio aos objetos a meu redor, absorvido em meu íntimo profundo. Depois, meus olhos se ergueram, direcionando a vista para as aldeias próximas:

– Estas choupanas da humilhação – eu disse – estão no lugar onde outrora uma grandiosa cidade erguia suas paredes altivas. Não restou delas sequer o menor vestígio. A razão é avessa a ter fé, ainda que seja na própria história: tão sedenta está de argumentos convincentes e empíricos. E tudo o que miramos passará; tudo desmoronará, tudo será pó. Mas uma voz misteriosa me comunica: algo permanecerá para sempre vivo.

> As estrelas devem desaparecer, o próprio sol
> Escurecer com a idade, e a natureza afundar em anos;
> Mas tu florescerás na juventude imortal,
> Ileso em meio à guerra de elementos,
> O naufrágio da matéria, e o esmagamento de mundos.*[1]

* *A morte de Catão*, tragédia de [Joseph] Addison, ato V, cena 1. (N. A.)

[1] A tragédia citada por Radíschev era popular na Rússia naquele momento. (N. T.)

ZÁITSOVO

Em Záitsovo, encontrei no pátio dos correios meu amigo de longa data, o sr. Krestiánkin. Conhecemo-nos desde a infância. Raramente nos encontrávamos na mesma cidade; mas nossas conversas, apesar de não serem frequentes, eram, todavia, francas. O sr. Krestiánkin atuou por um longo tempo no serviço militar e, aborrecido com suas crueldades, especialmente em momentos de conflito, quando ocorrem enormes violências em nome do direito de guerra, transferiu-se para o serviço civil. Para sua infelicidade, também no serviço civil não evitou aquilo de que, tendo deixado o militar, desejava afastar-se. Tinha uma alma muito sensível, e o coração, filantrópico. Atingidas qualidades tão excelentes, entregaram-lhe o cargo de presidente da câmara penal. Primeiramente, relutou em assumir o título, mas, depois de refletir durante um tempo, disse-me:

– Meu amigo, que vasto campo me é descortinado para a satisfação das inclinações amistosas de minha alma! Que exercício para o coração sensível! Esmaguemos o cetro da crueldade que, com tanto mais frequência, pesa sobre as espáduas da inocência; que as masmorras sejam esvaziadas, e que não se veja mais a fraqueza descuidada, a inexperiência negligente, e que o revés não seja jamais tratado como delito. Meu amigo! O cumprimento de meu dever verterá as lágrimas de mães e pais pelos filhos, os suspiros dos casais; mas essas lágrimas serão de renovação para o bem. Já as lágrimas de dor da inocência e da simplicidade secarão. Quanto me encantam tais pensamentos. Vamos, apressemos minha partida. Talvez minha breve chegada seja necessária. Se me atraso, posso tornar-me um assassino, por não prevenir um encarceramento ou emitir uma sentença de perdão ou a soltura dos grilhões.

Com esses pensamentos, partiu meu amigo para ocupar seu posto. Qual não foi minha surpresa ao saber que ele tinha deixado o serviço e estava decidido a se aposentar para sempre.

– Pensei, meu amigo – disse-me o sr. Krestiánkin –, que encontraria uma safra satisfatória e abundante para a mente no cumprimento de meu dever. Em vez disso, tudo o que encontrei foi fel e espinhos. Agora, tendo me aborrecido com ele, sem forças para fazer o bem, cedi meu posto a uma verdadeira fera de rapina. Em pouco tempo, ele ganhou elogios por sua rápida resolução dos casos atrasados; e eu ganhei fama de moroso. Outros, às vezes, consideravam-me corrupto pelo fato de não me apressar a agravar o destino dos infelizes que haviam cometido um crime, não raro, de maneira involuntária. Antes de minha entrada no serviço civil, adquiri, para minha lisonja, o título de chefe filantrópico. Agora, essa mesma qualidade, da qual tanto se orgulhou meu coração, é considerada uma fraqueza ou uma conivência inadmissível. Vi minhas decisões serem ridicularizadas pelo mesmo motivo que as tornava belas; testemunhei serem deixadas inativas. Com desprezo, contemplei como, para a libertação de um verdadeiro malfeitor e de um membro nocivo à sociedade, ou a fim de punir crimes imaginários por meio da privação da propriedade, da honra, da vida, meu chefe, sem forças para me recrutar à expiação ilegal de um delito ou à acusação de um inocente, recrutou meus colegas e, não raras vezes, vi minhas disposições benéficas desaparecerem feito fumaça no ar. Eles, todavia, como pagos por sua obediência obscena, recebiam honrarias, as quais, a meus olhos, eram tão pálidas quanto os fascinavam por seu brilho. Não raro, nos casos difíceis, quando a confiança na inocência daquele que era considerado criminoso me encorajava a ter um bom coração, eu recorria à lei, a fim de encontrar nela um apoio para a minha hesitação; mas, com frequência, encontrava nela, em vez de filantropia, crueldade, cujo princípio não estava na própria lei, mas em sua obsolescência. A desproporção da pena ao crime muitas vezes arrancava-me lágrimas. Eu vi (sim, e como poderia ser de outra forma) que a lei julga os atos sem tocar nas causas que os engendraram. E o último caso, relacionado a tais atos, levou-me a deixar o serviço. Ora, incapaz de salvar os que haviam sido arrastados para o crime pela poderosa mão do destino, não quis tomar parte em sua punição. Incapaz de aliviar sua sorte, lavei minhas mãos, em minha inocência, e afastei-me da crueldade.

Em nossa província, havia um nobre que renunciara ao serviço já havia alguns anos. Eis seu registro de serviços. Começara seu serviço na corte como foguista, fora promovido a pajem e pajem de câmara, depois, mordomo-mor; quais méritos são necessários para a passagem de tais degraus no serviço da corte são-me desconhecidos. Mas sei que o vinho ele amou até seu último suspiro. Tendo servido como mordomo-mor por quinze anos, foi enviado ao gabinete heráldico para a nomeação de acordo com seu posto. Mas, sentindo sua incapacidade para as atribuições, solicitou a aposentadoria e foi condecorado com o posto de assessor colegiado, com o qual chegou ao local de seu nascimento, ou seja, a nossa província, há seis anos. Não raro, a excepcional afeição por sua pátria tem base na vaidade. Uma pessoa de um estrato mais baixo, tendo se alçado à nobreza, ou um pobre que tenha adquirido riqueza, tendo sacudido todo o acanhamento da timidez, a última e mais frágil raiz da virtude, prefere seu local de nascimento para exibir sua pompa e seu orgulho. Ali, o assessor encontrou muito rapidamente uma ocasião para comprar a aldeia, na qual se instalou com sua família, que não era pequena. Se, entre nós, tivesse nascido um Hogarth, ele teria encontrado um campo fértil para caricaturas na família do sr. assessor. Mas sou um pintor ruim; ou, se eu pudesse ler as entranhas de uma pessoa com a mesma penetração de um Lavater, o quadro da família do assessor seria digno de nota. Na falta de tais virtudes, tratarei de transmitir seus atos, os quais são sempre a verdadeira essência das características da educação espiritual.

O sr. assessor, descendente do estrato mais baixo, viu-se senhor de algumas centenas de seus semelhantes. Isso lhe virou a cabeça. E ele não será o único a queixar-se que o exercício do poder lhe causou isso. Considerava seu posto o mais alto, considerava os camponeses como um gado que lhe havia sido dado (não seria improvável que ele julgasse seu poder como proveniente de Deus) e os usava para o trabalho conforme sua vontade. Era ganancioso, acumulava dinheiro, era cruel por natureza, irascível, vil e, por isso, arrogante para com os mais fracos. A partir disso, podes julgar como ele tratava os camponeses. O primeiro proprietário lhes cobrava o tributo, já ele os submeteu à corveia; tomou-lhes toda a terra e comprou deles o gado por um preço que ele mesmo estabelecera, forçou-os a trabalhar durante toda a semana para ele e, a fim de evitar que morressem de fome, alimentava-os no pátio senhorial, e apenas uma vez ao dia, enquanto a outros dava, por caridade, uma cota mensal. Se algum lhe parecia preguiçoso, açoitava-o com varas, bastões, chicotes ou com o gato de nove caudas[1], de acordo com a medida da indolência; sobre crimes reais, quando o roubo era dos demais e não dele mesmo, não dizia palavra. Parecia querer restaurar em sua aldeia os costumes do antigo Lacedemon ou do povoado de Zoporójskaia Sietch. Aconteceu que seus mujiques, para a subsistência, saquearam um transeunte e, depois, assassinaram outro. Ele não os entregou ao tribunal, mas os escondeu em casa, declarando ao governo que haviam fugido; dizendo que não teria lucro caso os camponeses fossem feridos com o chicote ou enviados para trabalhos forçados pelo crime. Se um dos camponeses furtasse algo dele, açoitava-o como fazia pela indolência ou por uma resposta ousada e espirituosa; ademais, amarrava-lhe as pernas a um tronco, a grilhões e, no pescoço, prendia arreios. Muita coisa eu poderia contar-te sobre suas sábias ordens, mas isso é o suficiente para que conheças meu herói. Sua esposa dispunha de pleno domínio sobre as camponesas. Os ajudantes, no cumprimento de suas ordens, eram os filhos e as filhas, assim como eram de seu marido. Pois fizeram eles mesmos uma regra segundo a qual os camponeses nem para as necessidades podiam se afastar do trabalho. No pavilhão dos criados, havia um garoto comprado em Moscou, o cabeleireiro

[1] Instrumento de punição física severa que consiste em um chicote composto de nove caudas. Do inglês *cat o' nine tails*, em português "gato de nove caudas" ou simplesmente abreviado para "gato". (N. T.)

da filha e uma velha cozinheira. Não tinha cocheiro nem cavalos; viajavam sempre com os cavalos de arado. Os próprios filhos açoitavam os camponeses com o chicote ou o gato. As filhas batiam no rosto e puxavam os cabelos das mulheres e das moças. Os filhos, no tempo livre, perambulavam pela aldeia ou pelo campo para brincar e bolinar as moças e as mulheres, e nenhuma escapava de sua violência. As filhas, por não terem noivos, descontavam seu tédio em cima das fiandeiras, muitas das quais mutilaram. Julga por ti mesmo, amigo meu, que fim podem ter tais condutas. Notei, por um sem-número de exemplos, que o povo russo é muito paciente e mantém sua paciência até o limite; mas, quando sua paciência chega ao fim, não há nada que possa evitar que recorram à crueldade. Foi isso mesmo o que aconteceu com o assessor. A causa foi dada pela conduta desenfreada e dissoluta ou, melhor dizendo, bestial de um de seus filhos.

Havia ali uma jovem camponesa, bem-feita de corpo, prometida em casamento a um jovem camponês da mesma aldeia. O filho do meio do assessor gostava dela e fazia todo o possível para atrair seu amor; mas a camponesa permanecera fiel à promessa dada ao noivo, o que, embora raro, pode suceder entre o campesinato. O casamento deveria ocorrer num domingo. Seguindo o costume introduzido por muitos proprietários, o pai do noivo foi com o filho ao pátio senhorial e levaram o tributo nupcial de dois *puds* de mel. Aquele era o último momento, e o jovem nobre quis usá-lo para a satisfação de sua paixão. Tomou consigo os dois irmãos e, atraindo a noiva para o pátio por meio de um garoto desconhecido, arrastou-a para a despensa, depois de lhe tapar a boca. Sem condições de gritar, ela resistiu com todas as suas forças à intenção bestial de seu jovem senhor. Finalmente, submetida a todos os três, foi obrigada a ceder à força; quando o monstro sovina estava prestes à execução premeditada, o noivo retornou da casa senhorial, entrou no pátio e, ao ver um dos jovens senhores junto à despensa, desconfiou da má intenção. Pediu ajuda ao pai e voou mais rápido que um raio para ela. Que espetáculo o aguardava! Quando ele se aproximou, a porta fechou-se; mas as forças combinadas dos dois irmãos foram impotentes para deter as investidas do noivo enfurecido. Ele pegou uma estaca que estava próxima e, pulando despensa adentro, desferiu-a nas costas do predador de sua noiva. Tentaram apanhá-lo, mas, ao ver o pai do noivo que corria em socorro com outra estaca, largaram a presa, saltaram despensa afora e correram. O noivo, tendo conseguido alcançar um deles, deu-lhe um golpe com a estaca na cabeça, fraturando-a. Esses malfeitores, desejando desagravo para sua ofensa, foram direto ao pai e lhe disseram que, caminhando pela aldeia, encontraram com a noiva e com ela gracejaram; que o noivo, ao vê-los, começou a lhes bater, sendo ajudado pelo pai. Como prova, mostraram a cabeça partida de um dos irmãos. Enfurecido até o âmago de seu coração pela ofensa a seu rebento, o pai foi tomado pela ira. Ordenou que trouxessem imediatamente a sua presença os três malfeitores – assim ele chamou o noivo, a noiva e o pai do noivo. Ao encontrarem-se os três diante dele, sua primeira pergunta foi sobre quem havia arrebentado a cabeça de seu filho. O noivo não negou o feito, relatando todo o incidente.

– Como ousaste – disse o velho assessor – levantar a mão a teu senhor? E, ainda que ele tivesse dormido com tua noiva na véspera do casamento, terias de lhe ser grato. Não casarás com ela; ela ficará em minha casa, e tu serás punido.

Tomada a decisão, ordenou que o noivo fosse açoitado impiedosamente com o gato de nove caudas, entregando-o à vontade de seus filhos. O espancamento ele enfrentou com coragem; não deixou transparecer sequer um ar amedrontado, mesmo quando começaram a infligir a mesma tortura ao pai. Mas não pôde suportar quando viu que o pessoal do senhor tentava levar a noiva para dentro da casa. O castigo ocorria no pátio. Em um instante, arrancou-a das mãos dos sequestradores e, libertos, fugiram ambos do pátio. Ao vê-los, os filhos do senhor pararam de açoitar o velho e correram atrás deles, perseguindo-os. O noivo, vendo que começavam a alcançá-lo, pegou uma tábua e pôs-se a defender-se. Enquanto isso, o barulho atraiu outros camponeses para o pátio senhorial. Condoídos do destino do jovem camponês e com o coração tomado de raiva de seus senhores, intercederam por ele. Ao vê-lo, o assessor, tendo ele mesmo corrido até ali, começou a ralhar e deu com a bengala de maneira tão forte no primeiro que encontrou, que este caiu no chão desacordado. Esse foi o sinal para a ofensiva geral. Cercaram os quatro senhores e, para dizer de maneira curta e grossa, espancaram-nos até a morte ali mesmo. Odiavam-nos tanto que ninguém quis se furtar a tomar parte nesse assassinato, como eles mesmos reconheceram depois. Naquele momento, ocorreu de o chefe de polícia daquele distrito parar por ali com seu esquadrão. Ele foi testemunha ocular desse incidente. Depois de levar os culpados sob custódia, e os culpados eram metade da aldeia, procedeu a uma investigação que, de maneira gradual, chegou à câmara penal. O caso foi conduzido de maneira muito clara, e os culpados admitiram tudo, justificando-se apenas pela conduta excruciante de seus senhores, a qual já era conhecida em toda a província. A tal caso, em razão das obrigações de meu título, fui obrigado a proferir um veredito, condenar os culpados à morte ou, em vez disso, ao castigo público e à prisão perpétua nos campos de trabalhos forçados. Ao analisar esse caso, não encontrei razão suficiente e convincente para condenar os criminosos. Os camponeses que mataram seu senhor eram assassinos. Mas esse assassinato não fora coercitivo? A razão não foi causada pelo próprio assessor assassinado? Se, na aritmética, dois números são seguidos implicitamente por um terceiro, também nesse incidente uma investigação se fazia necessária. A inocência dos assassinos era, pelo menos para mim, uma certeza matemática. Se estou caminhando e um malfeitor investe contra mim, levanta uma adaga sobre minha cabeça e intenta esfaquear-me, seria eu um assassino se o impedisse em seu delito e o derrubasse sem vida a meus pés? Se um gabola do presente século, que angariou um desdém merecido, deseja vingar-se de mim e, ao encontrar-me em um lugar isolado, saca da espada e me ataca, para me privar da vida ou, ao menos, ferir-me, serei eu culpado se desembainho a espada em minha defesa e livro a sociedade de um membro que lhe perturba a ordem? Pode-se considerar esse um ato que viola a segurança de um membro da sociedade se o executo para minha própria salvação, se ele previne minha ruína, se sem ele meu bem-estar estará arruinado para sempre?

Tomado por tais pensamentos, podes imaginar o tormento de minha alma ao considerar esse caso. Com a habitual franqueza, comuniquei minha posição a meus colegas. Todos se levantaram unanimemente contra mim. Consideravam a clemência e a filantropia uma defesa culposa de atos criminosos; chamaram-me de incitador de assassinatos; chamaram-me de cúmplice de assassinos. Na opinião deles, caso minhas opiniões nocivas se espalhassem, desapareceria a segurança doméstica. Poderia, doravante, um nobre, diziam eles, viver em paz na aldeia? Poderia ver o cumprimento de suas ordens? Se os malmandados da vontade de seu senhor, sem mencionar seus assassinos, forem considerados inocentes, a obediência será interrompida, os laços domésticos serão desfeitos, o caos inerente às sociedades primordiais retornará. A agricultura morrerá, as ferramentas serão arruinadas, as lavouras secarão e ervas daninhas crescerão estéreis; os aldeões, sem um poder acima deles, vagarão na preguiça, no parasitismo, e se dispersarão. As cidades experimentarão o poder de destruição da mão direita. O artesanato será estranho ao cidadão, a manufatura extinguirá sua aplicação e sua diligência, o comércio secará em sua fonte, a riqueza dará lugar à pobreza avara, deteriorar-se-ão os edifícios mais magníficos, serão as leis eclipsadas e se tornarão inativas. Então, o enorme corpo da sociedade se partirá em pedaços e atrofiará, apartado de seu todo; então, o trono do tsar, onde hoje se assentam o pilar, a fortaleza, a integração da sociedade, ruirá e quebrantará; então, o soberano dos povos será considerado um cidadão comum, e a sociedade testemunhará seu fim. Tal pintura, digna de um pincel infernal, meus colegas esforçaram-se para fazer chegar aos olhos de todos aqueles que o boato alcançasse.

– Era de esperar que nosso presidente – pontificavam – defendesse o assassinato cometido pelos camponeses. Pergunte qual é a origem dele? Se não estamos enganados, em sua juventude, ele mesmo andava atrás de um arado. São sempre esses nobres novatos a ter conceitos estranhos sobre o direito natural da nobreza em relação ao campesinato. Se dele dependesse, pensamos, transformaria todos nós em *odnodvórtsy*[2], a fim de nos

[2] Em russo, *однодворцы*: proprietários de um pequeno terreno ou uma quinta. Eram parte nobres, descendentes de servos, parte camponeses pertencentes ao Estado. (N. T.)

igualar à sua origem. Com palavras como essas, meus colegas me ultrajaram e me tornaram odiado por toda a sociedade. Mas com isso não ficaram satisfeitos. Disseram que eu aceitara suborno da mulher do assessor assassinado, a qual não seria privada dos camponeses caso fossem enviados aos trabalhos forçados, e que essa era a verdadeira razão pela qual, com minhas estranhas e nocivas opiniões, eu insultava os direitos de toda a nobreza. Levianos, pensaram que sua zombaria me feriria, que a calúnia me afrontaria, que o espetáculo da mentira me desviaria de meu bom propósito! Ignoravam meu coração. Não sabiam eles que sempre me mantivera inabalável no julgamento de minha consciência, que não ruborizaria com o carmesim da consciência.

Basearam meu suborno no fato de que a esposa do assessor não quis reclamar a morte do marido e, acompanhada de interesse próprio e seguindo as regras do marido, quis livrar os camponeses da pena, a fim de não ser privada de sua propriedade, como disse ela. Com tal pedido, veio ela ter comigo. No perdão pelo assassinato do marido, concordei com ela, mas diferimos em nossos motivos. Garantiu-me que ela mesma os puniria a contento, enquanto eu tentava convencê-la de que ao absolver os assassinos do marido, não era desejável lhes impingir os mesmos castigos extremos, a fim de não os tornar de novo malfeitores – como eram, inapropriadamente, chamados.

Logo o governador tomou conhecimento de minha opinião sobre esse caso, tomou conhecimento de que eu tentara conquistar meus colegas para minhas ideias e que eles começavam a ficar hesitantes em relação a meus raciocínios – muito embora não fosse a firmeza e a persuasão de meus argumentos o que os motivava, mas o dinheiro da esposa do assessor. Tendo sido ele mesmo formado nas regras do poder incontestável sobre os camponeses, não pôde estar de acordo com minhas ponderações e indignou-se ao ver que começavam a favorecer a causa no julgamento, ainda que por razões pessoais. Ele convoca meus colegas, persuade-os da abominação que representam tais opiniões, que são ofensivas à sociedade nobiliárquica, ofensivas ao poder supremo, violando o regulamento; promete condecorações aos que cumprirem a lei, ameaçando de vingança os que a desobedecerem; e logo tais juízes vacilantes, desprovidos de firmeza de pensamento e de presença de espírito, curvam-se às suas opiniões anteriores. Não me surpreendi ao observar tal mudança, pois não havia me surpreendido com a reviravolta anterior. É de esperar que as almas fracas, temerosas e vis estremeçam diante do poder e alegrem-se com seu aceno. O governador, tendo convertido a opinião de meus colegas, planejou e, talvez tenha disso se gabado, tentou converter também a minha. Com essa intenção, chamou-me para ter com ele numa manhã que, por acaso, era feriado. Fora obrigado a convocar-me, pois nunca fui dado a essas adorações irrefletidas, as quais o orgulho considera um dever nos subordinados, a bajulação como uma necessidade, enquanto o sábio a considera abominável e um insulto à humanidade. Escolheu propositalmente um dia solene, quando havia muita gente reunida; escolheu propositalmente uma reunião pública para seu discurso, esperando que isso pudesse me convencer de modo mais enfático. Esperava encontrar em mim o medo da alma ou a fraqueza do pensamento. Contra um e outra, dirigiu seu discurso. Mas, em nome da necessidade, não me ponho a parafrasear para ti toda a arrogância, todo o sentimento de poder e a prepotência em relação à própria percepção e à instrução que animaram sua eloquência. À sua arrogância, respondi com indiferença e calma; ao poder, com impassibilidade; aos argumentos, com argumentos; e por muito tempo falei, mantendo o sangue-frio. Mas, finalmente, meu coração, que tremia, transborda sua abundância. Quanto mais eu via o beneplácito da audiência, mais afiada se tornava minha língua. Com voz inquebrantável e pronúncia sonora, enfim bradei:

– Uma pessoa que nasce neste mundo é igual a todas as outras. Temos todos os mesmos membros, temos todos razão e liberdade. Consequentemente, uma pessoa fora da relação com a sociedade é um ser que não depende de ninguém em suas ações. Mas ele mesmo coloca-se limites, concorda em não obedecer em tudo unicamente à sua vontade, torna-se sujeito aos ditames de seus semelhantes; em resumo, torna-se um cidadão. Graças a que razão ele restringe seus desejos? Por que estabelece um poder sobre si mesmo? Por que, ilimitado no cumprimento de sua liberdade, limita-a com a obediência? "Em benefício próprio", dirá a razão; "em benefício próprio", dirá o sentimento no íntimo; "em benefício próprio", dirá o sábio regulamento. Consequentemente, ali onde não há benefício em ser cidadão, ele não será cidadão. Consequentemente, pois, aquele que desejar privá-lo do benefício do título de cidadão será seu inimigo. Contra o inimigo, busca proteção e vingança na lei. Se a lei não tem forças para defendê-lo, ou assim não quer, ou o poder não pode ampará-lo imediatamente num momento de dor, então o cidadão se vale de seu direito natural de defesa, de preservação, de bem-estar. O assessor assassinado pelos camponeses lhes violou o direito de cidadão com suas bestialidades. Naquele momento em que ele tolerou a violência de seus filhos, quando acrescentou à dor do coração dos noivos a profanação, quando passou à tortura ao ver que resistiam à sua dominação infernal, naquele momento, a lei estava apartada do cidadão que deveria proteger, e seu poder, naquele momento, era imperceptível; naquele momento, renasceu a lei da natureza, e entrou em vigor o poder do cidadão ofendido, inalienável em sua ofensa pela lei positiva; os camponeses que mataram o assessor bestial não têm acusações baseadas na lei. Meu coração os absolve, apoiando-se nos argumentos da razão, e a morte do assessor, embora violenta, é justa. Ora, que ninguém se encarregue de buscar na prudência da política, na paz social, argumento para condenar à tortura os assassinos do assessor que deu seu último suspiro de maldade. Não importa em que condição o céu tenha lhe designado nascer, o cidadão é e permanecerá sempre um ser humano; e, enquanto for um ser humano, o direito da natureza, como fonte abundante de bens, nele, jamais secará; e aquele que ousa feri-lo em sua propriedade natural e inviolável é o criminoso. Desgraçado seja se a lei civil não o punir. Será reconhecido pela marca da corrupção entre seus concidadãos, e qualquer um que tenha forças o bastante, que vingue sua ofensa.

Calo-me. O governador não disse palavra; vez ou outra, levantava para mim os olhos caídos, nos quais reinavam a raiva da impotência e a vingança da maldade. Todos estavam calados, à espera de que eu, o ofensor de todos os direitos, fosse levado sob custódia. Vez ou outra, das bocas do servilismo, ouvia-se um murmurar de indignação. Todos desviavam seus olhos de mim. Parecia que os mais próximos de mim tinham sido abraçados pelo pavor. Afastavam-se discretamente, como de um infectado por uma praga mortal. Exausto do espetáculo de tamanha mistura de arrogância com a mais vil baixeza, retirei-me dessa assembleia de bajuladores. Não tendo encontrado meios de salvar os assassinos inocentes, absolvidos em meu coração, não quis ser cúmplice de sua execução, e menos ainda testemunha; pedi demissão e, uma vez recebida, ando agora a lamentar a lastimável condição camponesa e a distrair-me do tédio na companhia dos amigos.

Depois de dizê-lo, separamo-nos e cada um seguiu seu caminho.

Nesse dia, minha viagem foi um fracasso; os cavalos eram magros, precisavam ser desatrelados a cada minuto; finalmente, ao descer uma montanha pequena, um eixo da *kibitka* se quebrou e eu não pude ir adiante. Estou acostumado a andar a pé. Tomei meu cajado e fui em direção à estação dos correios. Mas uma caminhada numa estrada grande não é tão agradável para um morador de Petersburgo, não é como um passeio no Jardim de Verão ou no Baba[3], de modo que logo me cansei e fui obrigado a me sentar.

Enquanto eu estava sentado em uma pedra, desenhando algumas figuras na areia, muitas vezes irregulares e curvas, pensando nisto e naquilo, passou por mim uma caleça. O passageiro, ao me ver, ordenou que a parassem – e nela reconheci meu amigo.

– O que fazes? – perguntou-me ele.

– Pensando cá com meus botões. Há bastante tempo para o meu pensar: um eixo quebrou-se. Quais as novas?

– A velha porcaria. O tempo muda ao sabor do vento, ora granizo, ora tempo bom. Ah! Eis uma novidade, Duryndin casou-se.

– Não pode ser verdade. Ele já tem seus oitenta anos.

---

[3] Referências a parques da cidade de São Petersburgo. O primeiro foi construído como residência de verão da família real; já o segundo é um parque de estilo inglês próximo do Golfo da Finlândia, no caminho de São Petersburgo para Peterhof, configurando um local de passeios dominicais. (N. T.)

– Pois é exatamente isso. Eis uma carta para você... Leia no seu ócio; já eu devo me apressar. Adeus – e nos despedimos.

A carta era de um amigo meu. Caçador de quaisquer notícias, prometeu-me abastecer-me com elas durante minha ausência e cumpriu sua palavra. Enquanto isso, colocaram um novo eixo em minha *kibitka*, guardado, felizmente, como reserva. Seguindo viagem, leio:

Petersburgo.

Meu caro!

Por esses dias, houve por aqui um casamento entre um rapaz de 78 anos e uma moça de 62 anos. Será difícil que adivinhes a razão de um ajuntamento de idade tão avançada se eu não a contar. Abre os ouvidos, amigo meu, e ouvirás. A senhora Ch... é, à sua maneira, uma guerreira, e não das piores, aos 62 anos, viúva desde os 25 anos de idade. Casou-se com um comerciante malsucedido nos negócios; bela de rosto; deixada, após a morte do marido, na condição de pobre órfã e ciente da crueldade dos confrades de seu cônjuge, não quis contar com esmolas de arrogantes e achou por bem alimentar-se com os frutos do próprio trabalho. Enquanto a beleza da juventude ainda folgava no rosto, sempre havia trabalho e recebia recompensas generosas dos apreciadores. Mas tão logo percebeu que sua beleza começava a desvanecer-se e os desvelos amorosos davam lugar à solidão entediante, tornou-se mais prudente e, não encontrando mais compradores para seus encantos em ruínas, começou a negociar os encantos alheios, os quais, se não tinham o mérito da beleza, tinham, ao menos, o mérito da novidade. Com isso, acumulou alguns milhares, retirou-se com honra da sociedade de alcoviteiras desprezíveis e começou a emprestar o dinheiro acumulado, para sua vergonha e a alheia. Com o passar do tempo, seu ofício anterior foi esquecido, e a antiga alcoviteira tornou-se uma criatura requerida na sociedade de esbanjadores. Tendo vivido de maneira tranquila até os 62 anos, a malícia a convenceu a se casar. Todos os seus conhecidos estão admirados. Sua amiga próxima N. foi ter com ela:

– Corre um boato, alma minha – disse ela à noiva grisalha –, de que pretendes casar. Acredito que seja mentira. Algum zombeteiro inventou essa fábula.

Ch.: É a mais pura verdade. Amanhã celebramos o acordo, venha festejar conosco.

N.: Perdeste o juízo. Por acaso teu velho sangue está a fervilhar? Por acaso algum rapazote cheirando a leite conseguiu meter-se debaixo de tuas asas?

Ch.: Ah, mamãezinha! Acaso me consideras uma jovem cabeça de vento? O marido, escolhi alguém que seja digno de mim...

N.: Sim, sei bem o que passará com esse digno de ti. Mas, lembra-te, é impossível nos amarem por outra coisa que não pelo dinheiro.

Ch.: Eu não escolheria um que pudesse me trair. Meu noivo é mais velho que eu dezesseis anos.

N.: Estás brincando!

Ch.: A mais honesta verdade: o barão Duryndin.

N.: Não podes fazer isso.

Ch.: Venha amanhã à noite: verás que não gosto de mentir.

N.: Mesmo assim, não se casará contigo, mas com teu dinheiro.

Ch.: E quem é que vai dá-lo a ele? Não me empolgarei tanto assim na primeira noite, para que lhe dê toda minha propriedade: esse tempo já passou. Uma tabaqueira de ouro, fivelas de prata e outras porcarias deixadas comigo em penhor, das quais não posso me livrar. Eis todo o lucro do meu bem-amado noivo. E, se tiver o sono agitado, espanto-o de minha cama.

N.: Pelo menos lhe cairá uma tabaqueira; já para ti, qual é o lucro?

Ch.: Como, mamãezinha? Além do fato de que, nos tempos correntes, não é nada mal ter um bom posto e ser chamada de "Vossa Senhoria" e, por quem for mais tolo, "Vossa Excelência", ainda haverá alguém com quem jogar varetas nas noites longas de inverno. Já agora é ficar sentada, sentada e sempre sozinha; não tenho mais o prazer de espirrar e alguém me dizer: saúde. Mas, quando se tem o próprio marido, não importa quão forte seja a coriza, sempre ouvirá: saúde, minha luz do dia, saúde, minha alminha...

N.: Adeus, mamãezinha.

Ch.: Amanhã é o noivado, em uma semana, a festa de casamento.

N. (*Sai.*)

Ch. (*Espirra.*): Parece que não voltará. Que seja, terei meu próprio marido!

Não te admires, amigo meu! No mundo, tudo gira feito a roda. Hoje, a inteligência está na moda, amanhã, a estupidez. Espero que encontres muitos Duryndins. Se não é pelo casamento que se destacam, será por outra coisa. Mas o mundo, sem os Duryndins, não duraria três dias.

KRIÉSTTSY

Em Kriésttsy, fui testemunha da separação entre um pai e seus filhos, o que me tocou da maneira mais sensível, já que eu mesmo sou pai e, em breve, talvez, separar-me-ei de meus filhos. Infeliz preconceito quanto ao título de nobreza os obriga ao serviço militar. Essa única locução faz ferver meu sangue de maneira extraordinária! Pode apostar mil contra um que, de 100 jovens nobres que ingressam no serviço militar, 98 se tornam libertinos, e 2, quando estiverem envelhecendo, ou, melhor dizendo, e 2, quando já decrépitos, ainda que não nos anos da velhice, tornar-se-ão boas pessoas. Outros entram no serviço civil, desperdiçam ou acumulam propriedades, e assim por diante...

Às vezes, olhando para meu filho mais velho, penso que logo ele ingressará no serviço militar, ou, em outras palavras, que o passarinho voará da gaiola, e meus cabelos se arrepiam. Não porque o serviço por si só corrompa o moral; mas pelo fato de que, para se iniciar no serviço, é desejável ter amadurecido o moral. Alguém dirá: e arrastam esses rapazotes cheirando a leite pelo pescoço? Quem? Exemplo geral. Um oficial do Estado-maior tem dezessete anos; um coronel, vinte anos; um general, vinte anos; e o camareiro, o senador, o governador, o chefe de tropas. E que pai não quereria que seus filhos, embora jovens, ocupassem as fileiras da nobreza, às quais seguem a riqueza, a glória e a inteligência? Olhando para meu filho, imagino: iniciou o serviço militar, foi apresentado a frívolos, desregrados, jogadores, almofadinhas. Aprendeu a vestir-se de maneira asseada, jogar cartas, ganhar a vida com as cartas, falar sobre tudo sem pensar em nada, arrastar-se atrás das raparigas ou tagarelar disparates às damas. De algum modo, a fortuna, girando em suas patas de galinha*, favoreceu-o; e meu filho, ainda sem barba para fazer, tornou-se um distinto boiardo. Em seus devaneios, descobriu-se mais inteligente que todos no mundo. O que esperar de bom de um comandante ou de um governador de província assim?

Dize, pai de teu amado filho, dize a verdade, ó, cidadão verdadeiro! Não preferirias estrangular teu próprio filho ao vê-lo começar a servir? Não te dói o coração ver que teu filhinho, um distinto boiardo, despreza os méritos e as virtudes, curvando-se sorrateiramente, uma vez que tais qualidades condenam a rastejar nas trilhas das fileiras dos serviços? Não objetarás se teu filhinho amado, com um encantador sorriso, subtrair a propriedade, a honra; envenenar e mutilar pessoas, nem sempre com as próprias mãos, mas mediante as patas de seus protegidos?

O nobre de Kriésttsy, pareceu-me, tinha cerca de cinquenta anos. Os raros cabelos grisalhos mal tinham irrompido entre os de cor loiro-claro de sua cabeça. Os traços regulares de seu rosto denotavam sua serenidade de alma, inexpugnável às paixões. O sorriso gentil da satisfação plácida, nascida da bondade, cavou covinhas em suas bochechas, as quais, nas mulheres, são tão atraentes; seu olhar, quando entrei no cômodo onde estava sentado, fixava-se em seus dois filhos. Seus olhos, olhos da razão benevolente, pareciam cobertos por um leve véu de tristeza; mas as centelhas da firmeza e da confiança atravessaram-no imediatamente. Diante dele, estavam de pé dois jovens, de idades quase idênticas, um ano apenas entre seus nascimentos, mas que na marcha da razão e do coração se diferenciavam. Pois a veemência do pai acelerou a abertura de mente no mais novo, já o amor fraterno temperou os êxitos do mais velho nas ciências. Para eles, os conceitos sobre

---

* Referência à "cabana sobre pernas de galinha", que, na mitologia eslava, representa o lugar de transição entre os mundos terrenos e do além; a cabana, girando em seus pés de galinha, abre suas portas ora para o mundo dos vivos, ora para o mundo dos mortos. (N.T.).

as coisas eram idênticos, conheciam identicamente as regras da vida, mas a natureza lhes plantara de maneira distinta a agudeza da razão e os movimentos do coração. No mais velho, o olhar era firme, os traços do rosto, estáveis, manifestavam os rudimentos de uma alma destemida e inabalável nos empreendimentos. O olhar do mais novo era agudo, os traços do rosto, instáveis e inconstantes. Mas o movimento suave de ambos era sinal indelével dos bons conselhos paternos.

Olhavam para o pai com uma timidez que não lhes era própria, proveniente da tristeza da separação iminente, não do sentimento de um poder ou autoridade sobre eles. Lágrimas esparsas brotavam de seus olhos.

– Meus amigos – disse o pai –, hoje, estamos nos separando – e, abraçando-os, pressionava-os contra o peito, enquanto soluçavam.

Eu já estava ali havia alguns minutos como testemunha daquele espetáculo, de pé, imóvel junto às portas, quando o pai se voltou a mim:

– Sê testemunha, viajante sensível, sê testemunha perante o mundo de quão duro é a meu coração cumprir a vontade soberana da tradição. Ao afastar meus filhos da vista paterna vigilante, meu único desejo é que adquiram experiência, que reconheçam um ser humano por suas ações e, uma vez cansados das agitações da vida mundana, que a abandonem com alegria; mas que possam também ter descanso de perseguições e o pão diário na penúria. É por isso que permaneço em meu campo. Não deixeis, Senhor Todo-Poderoso, não deixeis que perambulem atrás de esmolas de um rico homem e encontrem nisso um consolo! Que seu coração seja cheio de compaixão; que, em sua razão, floresça a misericórdia.

Tomai assento e prestai atenção às minhas palavras como algo que deve permanecer no íntimo de vossas almas.

Repito, mais uma vez, hoje, estamos nos separando.

É com inefável alegria que vejo as lágrimas rolando em vossas faces. Que a agitação de meu conselho seja levada ao santuário de vossas almas, que ela ressuscite à minha memória e que, na ausência, eu possa vos proteger do mal e da tristeza.

Tendo vos recebido em meus braços desde que saístes do útero materno, nunca desejei que outro alguém fosse vosso guardião no cumprimento daquilo que vos toca. Jamais uma cuidadora contratada acarinhou vosso corpo e jamais um preceptor contratado tocou em vosso coração e em vossa mente. O olhar vigilante de meu ardor sobre vós é trabalho do dia e da noite, para que de vós não se aproxime a ofensa; e bem-aventurado é meu nome, que vos guiei até a separação de mim. Mas não imagineis que quero arrancar, de vossas bocas, gratidão pelo cuidado convosco ou um reconhecimento, ainda que pálido, em virtude do que fiz por vós. Levado pelo impulso do interesse próprio, o que foi empreendido em vosso favor tinha sempre em vista minha própria satisfação. E, assim, afastai de vossos pensamentos que estais sob meu poder. Não tendes nenhuma obrigação para comigo. Nem na razão, muito menos na lei, almejo buscar a firmeza de nosso laço. Ele está fundado em vosso coração. Desgraçados sois, se o relegardes ao esquecimento! Minha imagem, perseguindo o violador dos laços de nossa amizade, segui-lo-á em seu esconderijo e lhe impingirá um castigo insuportável, até que os laços sejam restituídos. E vos digo mais: não me deveis nada. Olhai-me como para um peregrino ou um forasteiro, e, se vosso coração sentir alguma inclinação gentil em relação a mim, viveremos em amizade, na maior prosperidade encontrada nesta terra. Mas, se ele permanecer insensível, que nos esqueçamos uns dos outros como se nunca tivéssemos nascido. Permiti, Todo-Poderoso, que eu não veja isso, que às Vossas entranhas eu retorne antes que isso aconteça! Não me deveis nada pela alimentação, pela instrução e, menos ainda, pelo nascimento.

– Pelo nascimento?

– Tivestes participação nele? Fostes consultados antes do nascimento? Se nascer foi para vós benefício ou prejuízo? Saberiam pai e mãe, ao gerar seu filho, se ele será bem ou mal-aventurado? Quem dirá que, ao iniciar um matrimônio, pensava em herança e nos descendentes? E, se tinha esse propósito, era para a benesse dos filhos que os desejou em geral ou para a conservação de seu nome? Como desejar o bem a alguém que não se conhece? Pode-se chamar de bondade um desejo indefinido, ungido pelo desconhecido?

O impulso ao matrimônio mostrará também a culpa do nascimento. Atraído mais pela alma gentil de vossa mãe que pelo rosto gracioso, empreguei um meio confiável para o nosso ardor mútuo: o amor sincero. Recebi a mão de vossa mãe em casamento. Qual foi a motivação de nosso amor? A satisfação mútua; satisfação da carne e do espírito. Ao desfrutar de uma alegria ordenada pela natureza, não foi em vós que pensamos. Para nós, vosso nascimento foi agradável, mas, para vós, não foi. A reprodução de si mesmo é uma lisonja à vaidade; vosso nascimento foi, por assim dizer, novo e sensual, uma união, a união dos corações que se confirma. É a fonte do ardor primordial dos pais para com os filhos; reforçado pelo costume, pelo sentimento de poder, pelo reflexo dos louvores dos filhos em relação ao pai. Vossa mãe compartilha da mesma opinião sobre a insignificância de vossos deveres resultantes do nascimento. Nunca se envaideceu por vos ter carregado no ventre, nem exigiu reconhecimento por vos ter alimentado; não quis glórias pela dor do parto, nem pelo tédio de alimentar com os próprios seios. Empenhou-se em vos dar uma alma digna, como era a dela, e nela quis plantar a amizade, mas não a obrigação, nem o dever ou a obediência servil. Não permitiu a sina que colhesse os frutos de seu cultivo. Ela nos deixou, mas, enquanto seu espírito esteve firme, não desejou seu fim, assistindo à vossa infância e à minha paixão. Ao nos parecermos com ela, jamais a perderemos por completo. Ela viverá conosco até o momento em que partirmos a seu encontro. Saibam que minha amável conversa é também sobre aquela que vos deu à luz. Assim, é como se a alma dela conversasse conosco, assim, ela se apresenta a nós, aparece em nós, assim, ela ainda está viva.

E ele enxugou as lágrimas que estavam contidas na alma.

– Tendes tão poucas obrigações pelo nascimento quanto tendes obrigações pelo sustento. Quando ofereço hospitalidade a um forasteiro, quando alimento um filhote de passarinho, quando dou de comer a um cachorro que lambe minha mão, eu o faço com que fim? Nisso, encontro alegria, diversão ou benefício próprio. É com essa mesma motivação que alimento meus filhos. Ao nascerdes neste mundo, vos tornastes cidadãos da sociedade em que viveis. Meu dever era alimentar-vos; pois, se eu tivesse vos provocado uma morte prematura, teria sido um assassino. Se fui mais zeloso com vossa alimentação do que muitos costumam ser, foi porque segui o sentimento de meu coração. Estava em meu poder assegurar vosso sustento ou ser negligente em relação a ele; conservar vossos dias ou desperdiçá-los; mantê-los vivos ou deixar que morrêsseis antes do tempo – e essa é a prova clara de que não me deveis nada pelo fato de estardes vivos. Se tiverdes perecido em razão de minha negligência, como muitos morrem, a reparação da lei não teria me perseguido.

Mas dirão que me deveis o estudo e a instrução.

Não teria sido em meu próprio benefício que busquei que fôsseis bons? Os elogios suscitados por vosso bom comportamento, vossa inteligência, vosso conhecimento e vossa arte, ao se estenderem sobre vós, refletem-se em mim feito raios solares de um espelho. Aqueles que vos elogiam estão a me elogiar. Qual teria sido meu êxito se tivésseis cedido ao vício, se tivésseis sido alheios aos ensinamentos, néscios nos raciocínios, maldosos, vis, desprovidos de sentimentos? Não apenas teria sofrido por vossa caminhada errática, mas teria sido vítima, talvez, de vossa fúria. Mas hoje me mantenho tranquilo quando vos afastardes de mim; tendes a razão firme, o coração forte, e eu moro nele. Ó, amigos meus, filhos de meu coração! Tendo-vos trazido ao mundo, tive muitos deveres para convosco, mas não me deveis nada; busco vossa amizade e vosso amor; se me concederdes, abençoado serei no início da vida e não me rebelarei ao final, ao deixar-vos para todo o sempre, pois viverei em vossas memórias.

Mas, se cumpri meu dever em vossa educação, sou obrigado a vos dizer por que vos eduquei assim e não assado, e com que fim vos ensinei assim e não de outro modo; e, para tal, ouvireis a história de vossa educação e conhecereis a causa de todas as minhas ações sobre vós.

Desde a infância, não sentistes sobre vós coerção alguma. Embora vossas ações tenham sido guiadas por minha mão, não percebestes, todavia, nem sinal de seu direcionamento. Vossas ações foram previstas e prevenidas; não desejei que o peso de minha digital deixasse em vós a menor marca da timidez e da obediência submissas. É por isso que vosso espírito, intolerante ao ditame irrefletido, é dócil ao conselho da amizade. Mas, se percebia que minhas crianças estavam a desviar do caminho por mim designado, movidas por uma força aleatória, devolvi-vos ao vosso percurso ou, melhor dizendo, guiei-vos de volta ao caminho anterior, como a correnteza de um rio que, tendo transbordado, foi posta de volta às suas margens por uma mão habilidosa.

A ternura tímida não estava presente em mim quando não parecia diligente em proteger-vos das intempéries dos elementos do clima. Preferia eu que vosso corpo fosse ferido por uma dor momentânea do que permanecessem débeis numa idade madura. Por isso, caminhastes descalços, com a cabeça descoberta; descansastes no pó, na lama, num banco ou numa pedra. Tampouco tentei eu afastar-vos dos alimentos e das bebidas prejudiciais. Nosso trabalho era o melhor tempero para nossas refeições. Lembrai como era prazeroso almoçarmos na aldeia, quando nos perdíamos no caminho para casa. Quão saborosos eram o pão de centeio e o *kvas* da aldeia!

Não vos queixeis de mim se, às vezes, zombarem que não tendes o andar gracioso, que vossa postura é confortável, e não conforme ditam a moda ou o costume; que vos vestis sem bom gosto, que vossos cabelos são encaracolados pelas mãos da natureza e não de um cardador. Não vos queixeis se fordes ignorados nas reuniões, e mormente pelas mulheres, porque não sabeis elogiar-lhes a beleza; mas lembrai-vos de que correis velozmente, nadais de maneira incansável, levantais peso sem esforço, que sabeis manejar o arado, cavar sulcos, que dominais a foice e o machado, o *strug*[1] e o cinzel; que sabeis montar a cavalo e atirar. Não vos entristeçais se disserem que não sabeis pular feito bufão. Tenhais ciência de que a melhor dança nada representa de majestoso; e, se algum dia fordes tocados por sua visão, será a libertinagem a raiz disso, e tudo o mais será alheio.

Mas sois capazes de retratar os animais e a natureza morta, retratar os traços do rei da natureza, o ser humano. Na pintura,

[1] Tipo de embarcação comum na Rússia entre os séculos XI e XVIII, utilizado para transporte de cargas e de pessoas, bem como para fins militares. (N. T.)

encontrareis o verdadeiro deleite não apenas dos sentidos, mas da razão.

Ensinei-vos a música a fim de que um acorde vibrante, em consonância com vossos nervos, despertasse o coração adormecido, pois a música, ao colocar o íntimo em movimento, faz com que a ternura seja um hábito em nós.

Ensinei-vos também a arte bárbara de pelejar com a espada. Mas que essa arte esteja em vós adormecida até que a necessidade de conservar a própria integridade a exija. Isso, espero, não vos tornará arrogantes; pois tendes o espírito firme e não tomareis por ofensa se um jumento lhes escoicear ou um porco vos tocar com o focinho fétido. Não tenhais medo de dizer a alguém que sabeis ordenhar uma vaca, preparar o repolho e o mingau de aveia ou que um pedaço de carne assado por vós estará saboroso. Aquele que sabe fazer para si mesmo saberá compelir outros a fazê-lo e será complacente com o defeito, pois de tudo soube no cumprimento da dificuldade.

Na infância e adolescência, não sobrecarreguei vossas mentes com reflexões prontas ou pensamentos alheios, não sobrecarreguei vossas memórias com assuntos supérfluos. Mas, havendo vos oferecido o caminho para o conhecimento, a partir do momento em que começaram a sentir as forças de vosso próprio intelecto, vós mesmos marchastes pelas veredas abertas. Vosso conhecimento é mais fundamentado, já que o adquiristes não repetindo, como diz o ditado, feito um papagaio. Seguindo tal regra, até que a força da razão não estivesse agindo em vós, não vos apresentei nenhum conceito sobre o Ser Todo-Poderoso e, menos ainda, sobre a Revelação. Isso porque tudo o que tivestes aprendido antes de terdes razão teria sido, em vós, preconceito e teria atrapalhado o raciocínio. Quando, afinal, avistei que, em vossos julgamentos, vos guiastes pela razão, apresentei-vos a conexão entre os conceitos que conduzem à compreensão de Deus; convencido no âmago de meu coração que ao Pai Eterno é mais agradável ver duas almas imaculadas, cuja luz do conhecimento não se extinguiu em preconceitos, mas que elas mesmas se elevam ao fogo primordial para incendiar-se. Foi então que vos apresentei a lei da Revelação, sem esconder tudo o que fora dito por muitos como refutação. Ora, desejava eu que pudésseis eleger entre o mel e o fel, e com alegria vi que receberam de modo destemido o vaso da consolação.

Ao vos lecionar noções das ciências, não deixei de vos fazer familiarizados com os diferentes povos, ensinando-vos línguas estrangeiras. Mas, antes de tudo, cuidei para que soubésseis a vossa própria, para que fostes capazes de expressar nela vossos pensamentos de maneira verbal e escrita, para que essa expressão fosse natural e não produzisse suor em vossos rostos. Busquei fazer do inglês, e depois do latim, línguas mais conhecidas que as outras. Pois a resiliência do espírito de liberdade, ao se trasladar para a representação do discurso, acostumará também a razão aos conceitos concretos, tão necessários a quaisquer tipos de governo.

Mas, se permiti que vossa razão guiasse vossos passos nas veredas das ciências, tanto mais vigilante busquei ser quanto à vossa moralidade. Tentei moderar em vós a raiva momentânea, submetendo ao discernimento a raiva duradoura, que produz a vingança. Vingança!... Vossa alma a abomina. Desse movimento natural das criaturas sensíveis, conservastes apenas o sentimento de proteção da sua integridade, evitando o desejo de devolver a ofensa.

Agora chegou o tempo em que vossos sentidos, havendo atingido a perfeição do estímulo, porém não a perfeição do conceito estimulado, começam a alarmar-se com qualquer estímulo exterior e começam a produzir em vosso íntimo uma agitação perigosa. Alcançastes agora um tempo no qual, como se diz, a razão se tornou determinante do que fazer e do que não fazer; ou, melhor dizendo, em que os sentimentos, até aqui dominados pela suavidade da infância, começam a sentir os tremores, ou em que os sucos vitais, depois de encherem os vasos da juventude, começam a transbordar em sua busca nas veredas de suas próprias aspirações. Eu vos mantive, até aqui, inalcançáveis às perturbações corruptas dos sentimentos, mas não escondi, com o manto da ignorância, as consequências nocivas da sedução de desviar-se do caminho da moderação para aquele dos prazeres sensuais. Fostes testemunhas de quão nefasto é o excesso da satisfação sensual, e o rejeitastes; fostes testemunhas da terrível agitação das paixões, que ultrapassa as margens de seu curso natural, conhecestes suas devastações fatais, e ficastes horrorizados. Minha experiência, pairando sobre vós tal uma nova Égide, protegeu-vos de ferimentos injustos. Sereis, agora, vossos próprios guias, e, ainda que meus conselhos sejam sempre luminares de vossas iniciativas, pois vosso coração e vossa alma estão abertos a mim, a luz que se afasta do objeto menos o ilumina, e assim também vós, apartados de minha presença, sentireis o fraco aquecimento de minha amizade. E, para tanto, ensinar-vos-ei as regras da vida privada e civil, a fim de que, por meio da pacificação das paixões, abominem os atos realizados sob sua influência e não saibam o que é o remorso.

As regras da vida privada, tanto quanto possível, relacionam-se a vós mesmos, devem referir-se ao vosso corpo e à vossa moralidade. Não esqueçais jamais de exercitar vossa força física e vossos sentimentos. O exercício moderado vos fortalecerá sem esgotar-vos e servirá a vossas saúde e vida longas. Exercitai-vos nas artes, nas belas-artes e nos ofícios que conheceis. O domínio deles, às vezes, pode ser necessário. Não sabemos o que está por vir. Se uma sorte hostil vos tirar tudo o que vos foi dado, sereis ricos na moderação dos desejos, alimentando-vos das obras de vossas mãos. Mas, se fores negligentes nos dias bem-aventurados, depois será tarde para sobre isso pensardes nos dias de tristeza. A luxúria, a indolência, a satisfação imoderada dos sentidos arruínam o corpo e o espírito. Pois aquele que esgotar o corpo por meio do descomedimento também esgotará a fortaleza do espírito. O emprego das forças, porém, fortificará o corpo e, com isso, também o espírito. Se sentires aversão aos manjares e a doença bater à porta, levanta-te, então, de teu leito, no qual mimas teus sentimentos, coloca teus membros adormecidos em movimento por meio de exercícios e sentir-te-ás instantaneamente com as forças renovadas; abstenha-te da comida necessária quando estiverdes saudável, e a fome fará doce a comida que tinha gosto amargo quando estavas farto. Lembrai sempre que, para saciar a fome, são necessários apenas um pedaço de pão e uma concha d'água. Se o sono, privação benevolente dos sentimentos exteriores, afastar-se da cabeceira de tua cama e não puderes renovar as forças da razão e do corpo, corra dos teus aposentos e, depois de cansar os membros até a exaustão, cairá em teu leito e dormirás de maneira saudável.

Sede asseado em vossos trajes; mantende o corpo limpo, pois a limpeza serve à saúde, e o desleixo e o desmazelo com o corpo, não raro, abrem sendas imperceptíveis aos vícios vis. Mas nisso não sejais, também, descomedido. Não vos esquiveis de ajudar a desencalhar uma telega atolada na lama e, com isso, aliviar a carga do caído; sujarás as mãos e os pés, mas o coração se iluminará. Caminhai entre as choupanas da humilhação; consolai aqueles que definham na miséria; provai de seu repasto e vosso coração se deleitará ao dar alegria aos desolados.

Chegastes, repito, àquele tempo e àquela hora em que as paixões começam a ser despertadas, mas a razão ainda é fraca para pôr-lhes freios. Ora, o prato da razão sem experiência, na balança da vontade, eleva-se, enquanto o prato das paixões despencará imediatamente. E, dessa maneira, aproximar-se do equilíbrio não é possível de outra forma que não pelo trabalho duro. Trabalhai o corpo; vossas paixões não terão tantas inquietações. Trabalhai o coração, exercitando-se na bondade, na sensibilidade, na compaixão, na generosidade, no perdão, e vossas paixões serão direcionadas para um bom fim. Trabalhai a mente, exercitando-se na leitura, na reflexão, na pesquisa da verdade ou dos fatos, e a mente governará vossa vontade e vossas paixões. Mas, no entusiasmo da razão, não presumais que podeis esmagar a raiz das paixões, que é necessário ser absolutamente desapaixonado. A raiz das paixões é benéfica e fundada pela própria natureza em nossa sensibilidade. Quando nossos sentidos, externos e internos, enfraquecem e embotam, nossas paixões também enfraquecem. Produzem no ser humano uma inquietação benéfica, sem a qual ele adormeceria na paralisia. Uma pessoa completamente sem paixões é um tolo e uma imagem absurda, não lhe toca nem o bem nem o mal. Não há dignidade em abster-se de desígnios ruins, por não poder realizá-los. Uma pessoa sem braços não pode matar ninguém; mas não pode também socorrer um afogado ou manter na margem alguém que está prestes a cair nas profundezas do mar.

E, assim, a moderação nas paixões é um bem; a marcha na vereda do meio é segura. O excesso nas paixões é a ruína; o desapego é a morte moral. Qual um peregrino que, ao afastar-se do caminho do meio, corre o risco de voltar-se a um ou outro fosso, tal é a marcha da moralidade. Mas, se vossas paixões forem dirigidas pela experiência, pela razão e pelo coração em direção a um fim benéfico, ponha de lado as rédeas da prudência langorosa, não lhes abrevie o voo; a meta das paixões será sempre a grandeza; só nela podem repousar.

Mas, se não vos estimulo a serem desapaixonados, é porque a moderação da paixão erótica é mais necessária na juventude. Foi plantada em nosso coração pela natureza para nosso deleite. E, assim, jamais estará errada em seu nascimento, mas, sim, no objeto e na imoderação. E, assim, cuidai para não vos enganar no objeto de vosso amor e não tomai a aparência por ardência mútua. Com um objeto de amor benéfico, a imoderação das paixões vos será desconhecida. Ao falar do amor, seria natural falar também do matrimônio, esse laço sagrado da sociedade, cujas regras não foram delineadas no coração pela natureza, mas cuja santidade decorre da condição primária da sociedade. Para vossa razão, mal iniciada nessa marcha, falar-vos disso seria incompreensível; já para vosso coração, que não experimentou ainda a paixão egoísta do amor em sociedade, seria intangível e, portanto, inútil. Se desejais ter um conceito de matrimônio, lembrai-vos de vosso genitor. Imaginai-me com ela e convosco, restituí a vossos ouvidos nossos verbos e nossos beijos mútuos, e esse quadro fixai em vosso coração. Então sentireis um arrepio prazeroso. O que há? Conhecereis com o tempo; por ora, contentai-vos com a sensação.

Passemos agora, brevemente, às regras da vida civil. É impossível prescrevê-las com exatidão, pois dependem quase sempre das circunstâncias do momento. Mas, a fim de errar o mínimo possível, em cada iniciativa, questionai vosso coração; ele é bom e ninguém poderá enganá-lo. O que ele disser, fazei. Ao seguir, na juventude, o coração, não vos enganará, se o coração tiver bondade. Mas é um louco quem conclui que pode seguir a razão, sem ter ainda os pelos da experiência na face.

As regras da vida pública referem-se ao cumprimento das tradições e dos costumes dos povos, ou ao cumprimento da lei, ou ao cumprimento da virtude. Se, na sociedade, os costumes e as tradições não estão contra a lei, se a lei não representa um obstáculo para a virtude em sua marcha, então o cumprimento das regras da sociedade é fácil. Mas onde é que existe uma sociedade assim? Todos os nossos conhecidos estão repletos de contradições tanto nas tradições e nos costumes quanto nas leis e nas virtudes. Por isso, torna-se difícil o cumprimento dos deveres da pessoa e do cidadão, pois, não raro, encontram-se em perfeita oposição.

Posto que a virtude é o ápice das ações humanas, seu cumprimento não deve ser pontuado por nada. Desconsidera as tradições e os costumes, desconsidera a lei do cidadão e a sacra, coisas tão sagradas na sociedade, se em seu cumprimento te apartares da virtude. Não te atrevas jamais a violá-la em nome da prudência tacanha. Serás, sem ela, bem-aventurado na aparência, mas jamais serás abençoado.

Ao seguir o que nos impõem a tradição e os costumes, conquistaremos a boa-vontade daqueles com quem convivemos. Ao cumprir o prescrito pela lei, podemos conquistar o título de pessoa honesta. No cumprimento da virtude, conquistaremos a confiança, o respeito e a admiração geral, mesmo daqueles que não desejam senti-las em sua alma. O insidioso Senado ateniense, ao dar o cálice de veneno a Sócrates, tremeu por dentro perante a sua virtude.

Não te atrevas jamais a cumprir uma tradição condenada pela lei. A lei, por pior que seja, é a conexão da sociedade. E, se o próprio soberano te ordenar infringir a lei, não obedece, pois ele equivoca-se e causa danos à sociedade. Se ele ordenar que a mesma lei que manda violar seja extinta, obedece, pois na Rússia o soberano é a fonte das leis.

Mas, não importa que lei, soberano ou qualquer outro poder na Terra vos incite à mentira e à violação da virtude, nela, permanecei inabalável. Não temais o escárnio, o tormento, a doença ou a própria morte. Permanecei inabalável, tal rocha entre ondas revoltosas, mas impotentes. A fúria de vossos torturadores será esmagada por vossa firmeza; e, se vos condenarem à morte, serão ridicularizados, enquanto vivereis na memória das almas nobres até o fim dos séculos. Temei nomear de antemão como prudência a fraqueza, pois esta é a primeira inimiga da virtude. Hoje a violais graças a alguma deferência, amanhã sua violação parecerá a própria virtude; e assim o vício reinará em vosso coração e distorcerá os traços de integridade em vossa alma e em vosso rosto.

As virtudes são ou privadas ou públicas. As motivações para a primeira são sempre a gentileza, a docilidade, a compaixão, e a raiz delas é sempre o bem. As motivações para a virtude pública têm, não raro, seu princípio na vaidade e na ambição. Mas não convém detê-las por isso. O propósito que sobre elas gira confere-lhes importância. Na salvação de Curtius, de sua pátria da peste fatal, ninguém enxerga uma pessoa vaidosa, desesperada ou enfadada da vida, mas um herói. Se, todavia, nossos impulsos para as virtudes públicas tiverem seu princípio na tenacidade filantrópica da alma, então seu brilho será muito maior. Exercitai sempre as virtudes privadas, a fim de que possais ser honrados com o cumprimento das públicas.

Apresentar-vos-ei mais algumas regras de vida a serem cumpridas. Mais que tudo, em todas as vossas ações, tentai ser digno do vosso próprio respeito, a fim de que, em retiro, ao voltar os olhos ao íntimo, não só não tenhais do que vos arrepender, mas, ainda, que possais mirar-vos com reverência.

Seguindo essas regras, removais, quão possível seja, até o menor aspecto de servilismo. Ao estrear no mundo, logo descobrireis que na sociedade existe um certo costume. Visitar figuras ilustres nos dias de festa de manhã é um costume tacanho, sem significado, que expõe nos visitantes o espírito da timidez, e nos visitados, o espírito da soberba e a razão débil. Entre os romanos, havia um hábito, o qual denominavam *ambitio*, ou seja, solicitação ou manejo; daí o amor pelas honras ser chamado de *ambitio*, pois, com visitas a pessoas eminentes, os jovens conquistavam um caminho para si nas fileiras e nas virtudes. O mesmo se faz hoje em dia. Mas se, entre os romanos, esse costume foi introduzido para que os jovens aprendessem por meio do cortejo dos mais experientes, tenho minhas dúvidas de que o objetivo de tal costume tenha permanecido sempre imaculado. Em nossos tempos, todavia, nas visitas aos senhores ilustres, o aprendizado não é o objetivo de ninguém, mas a solicitação de seus favores. Assim, que vossos pés nunca ultrapassem o limite que separa o servilismo do cumprimento do dever. Não visites jamais a sala de um senhor ilustre, exceto no cumprimento do próprio dever. Então, entre a multidão desprezível, e mesmo àquele que ela adula com servilismo, tu te distinguirás, em tua alma, ainda que com indignação.

Se acontecer de a morte acabar com meus dias antes que vos firmeis no caminho do bem e, ainda jovens, as paixões vos arrebatar das veredas da razão, não caias em desespero com vossa marcha, às vezes inconstante. Em vossa ilusão, em vosso esquecimento de vós mesmos, amai o bem. A vida desregrada, a ambição desmedida, a insolência e todos os vícios da juventude conservam uma esperança de correção, pois deslizam pela superfície do coração, sem feri-lo. Prefiro que, em vossos anos juvenis, sejais desregrados, esbanjadores e imprudentes que avaros ou excessivamente frugais, mais preocupados com vossos trajes que com outras coisas. Uma disposição sistemática, por assim dizer, para a ostentação significa sempre uma mente fechada. Relata-se que Júlio César era um janota, mas sua ostentação tinha um propósito. A paixão pelas mulheres era um estímulo a isso. Mas ele, de um janota, vestir-se-ia com o mais fétido andrajo se isso contribuísse para a realização de seus desejos.

Em uma pessoa jovem, não apenas o janotismo passageiro é perdoável, mas o é quase qualquer tipo de tolice. Se, todavia, vais encobrir, com as ações mais belas da vida, a perfídia, a mentira, a deslealdade, a avareza, o orgulho, a vingança, a bestialidade, ainda que deslumbre vossos contemporâneos com o verniz de uma aparência lustrosa – e ainda que não encontreis ninguém que vos ame tanto a ponto de vos apresentar o espelho da verdade – não suponhais, entretanto, que estais a ofuscar os olhos da perspicácia. Ela penetrará o manto reluzente da perfídia, e a virtude revelará a escuridão de vossa alma. Teu coração passará a odiá-la, e tal qual erva daninha murchará ao teu toque, não instantânea, mas vagarosamente, com suas flechas que te ferirão e atormentarão.

Adeus, meus bem-amados, adeus, amigos de minh'alma; neste dia, ajudados por um vento bom, afastai vosso barco das margens da experiência alheia; esforçai-vos nas ondas da vida humana, para que aprendais a governar a vós mesmos. Bem-aventurados sereis se, sem sofrer um naufrágio, alcançares o porto seguro que desejamos. Sede feliz em vossa navegação. É esse o meu sincero desejo. Naturalmente, minhas forças, minadas pelas movimentações e pela vida, esgotar-se-ão e se extinguirão; deixar-vos-ei para todo o sempre: mas esse é o meu testamento para vós. Se o destino abominável esgotar em ti todas as suas flechas, se tua virtude não encontrar na Terra um refúgio, se, levado ao extremo, não tiveres proteção contra a opressão, lembra-te de que és um ser humano, lembra-te de tua majestade, veste a coroa da bem-aventurança, ainda que queiram tirá-la de ti.

Morre.

Como legado, deixo-vos as palavras do agonizante Catão.

Se fores capaz de morrer na virtude, saberás morrer no vício, que sejas, por assim dizer, virtuoso no próprio mal.

Se, tendo esquecido meus preceitos, correres na direção de atos malignos, tua alma acostumada à virtude alarmar-se-á; e a ti aparecerei em sonho.

Levanta-te da tua cama, persegue em alma minha aparição. Se, então, uma lágrima escorrer de teus olhos, dorme novamente; tu despertarás para a correção. Mas se, em meios aos teus empreendimentos malignos, perante minha memória, a alma não estremecer e teus olhos permanecerem secos... É este o aço, é esse o veneno.

Poupa-me da mágoa; poupa a terra de um fardo vergonhoso.

Ainda serás meu filho.

Morre na virtude.

Enquanto o velho discursava, um rubor juvenil cobria-lhe as faces; seus olhos emitiam raios de uma alegria esperançosa, as feições de seu semblante brilhavam com uma substância sobrenatural. Beijou os filhos e, conduzindo-os até a carroça, manteve-se firme até o último adeus. Mas, mal o tilintar da sineta postal avisou-lhe que começavam a se afastar dele, essa alma resiliente abrandou. As lágrimas brotaram em seus olhos, seu peito arfava;

estendeu os braços no rastro dos que se afastavam; era como se desejasse deter os cavalos em seu galope. Os jovens, ao ver de longe seu genitor em tal estado de tristeza, começaram a chorar tão alto que o vento soprou seus gemidos de lamento até nossos ouvidos. Estendiam os braços em direção ao pai; e era como se o chamassem para si mesmos. O velho não pôde suportar esse espetáculo; suas forças desvaneceram e ele caiu em meus braços. Enquanto isso, um outeiro escondeu de nossas vistas os jovens que partiam; o velho voltou a si, colocou-se de joelhos e ergueu as mãos e os olhos para o céu.

– Senhor – clamou –, rogo para que os fortaleçais nas veredas da virtude, rogo para que bem-aventurados sejam. Sabeis que jamais vos atormentei, Pai Misericordioso, com preces inúteis. Estou certo em minha alma quão bom e justo sois. Em nós, a virtude é aquilo que vos é mais caro; os atos de um coração puro são, para vós, o melhor sacrifício... Hoje, apartei de mim meus filhos... Senhor, que seja feita a vossa vontade.

Perturbado, mas firme em sua esperança, partiu para o interior da habitação.

As palavras do nobre de Kriésttsy não saíam de minha cabeça. Suas demonstrações da insignificância do poder dos pais sobre os filhos pareceram-me incontestáveis. Mas se, em uma sociedade bem estabelecida, os jovens devem respeito aos velhos, e a inexperiência, à perfeição, ao que parece, não há necessidade de tornar o poder dos pais ilimitado. Se os laços entre pai e filho não se basearem nos sentimentos ternos do coração, é claro que não serão sólidos; e sólidos não serão, não obstante todas as disposições legais. Se um pai vê em seu filho um escravo e busca seu poder nos regulamentos, se um filho honra o pai por causa da herança, o que há nisso de benéfico para a sociedade? Trata-se de mais um cativo em meio a muitos outros ou uma serpente em seu seio... Um pai é obrigado a alimentar e instruir o filho e deve ser culpado por suas faltas até que atinja a maioridade; já o filho deve encontrar seus deveres em seu coração. Se ele não sente nada, o pai é culpado por não ter plantado nele quase nada. O filho tem o direito de exigir do pai ajuda material enquanto permanecer indefeso e imaturo; mas, na maioridade, esse laço nativo e natural se desmancha. Um filho de passarinho não procura ajuda daqueles que o geraram assim que começa a encontrar a própria comida. O macho e a fêmea esquecem-se de seus filhotes tão logo eles amadurecem. É essa a lei da natureza. Se as leis civis dela se afastarem, produzir-se-á uma aberração. A criança ama seu pai, sua mãe ou seu preceptor até que seu amor não se volte a outro objeto. Que com isso não se ofenda teu coração, ó, pai, que ama tua criança; a natureza o exige. Teu único consolo será lembrar que também o filho de teu filho amará o pai apenas até a maioridade. Então, caberá a ti atrair a afeição dele. Se tiveres êxito, serás abençoado e digno de honra.

Com tais reflexões, cheguei à estação dos correios.

IAJÉLBITSY

Foi determinado pelo destino que este dia seria, para mim, uma provação. Sou pai, tenho um coração terno para com meus filhos. Por isso, as palavras do nobre de Kriésttsy me tocaram tanto. Mas aquilo que me abalou intimamente fez verter também uma agradável sensação de esperança de que nossa bem-aventurança em relação a nossos filhos depende muito de nós mesmos. Contudo, em Iajélbitsy, foi-me dado ser testemunha de uma desgraça que fincou raízes em minha alma, e não há esperanças de ser extirpada. Ó, juventude! Ouve minha história; reconhece teu erro; evita uma catástrofe voluntária e bloqueia o caminho para o remorso futuro.

Eu passava em frente ao cemitério. O lamento incomum de uma pessoa arrancando os próprios cabelos me deteve. Ao aproximar-me, vi que ali se realizava um funeral. Já estava na hora de o caixão ser baixado para a sepultura, mas aquele que eu avistara arrancando os próprios cabelos lançara-se sobre o caixão e, agarrando-o com demasiada força, não permitia que ninguém o descesse à terra. Foi com grande esforço que o desviaram do caixão e, depois de descê-lo à sepultura, enterraram-no às pressas. Nesse momento, o sofredor dirigiu-se aos presentes:

– Por que dele me privastes, por que não me enterrastes vivo com ele e não acabastes com meu sofrimento e remorso? Sabei, sabei que sou o assassino de meu amado filho, do morto que entregaram à terra. Não vos assusteis com isso. Não interrompi sua vida nem com o veneno nem com a espada. Não, fiz pior. Preparei sua morte ainda antes do nascimento, ao dar-lhe uma vida envenenada. Sou um assassino, como muitos que existem, mas sou um assassino mais atroz que os outros. Um assassino de meu filho antes de seu nascimento. Eu, eu, sozinho, encurtei seus dias, ao derramar-lhe o veneno do langor desde o princípio. Ele impediu seu corpo de desenvolver-se forte. Durante todo o seu tempo de vida, não desfrutou sequer de um dia de saúde; e a disseminação do veneno, definhando suas forças, interrompeu o curso da vida. E ninguém, ninguém vai me punir por meu crime!

O desespero estava estampado em sua face, e ele foi levado dali quase desfalecido.

Um arrepio repentino percorreu minhas veias. Fiquei petrificado. Parecia-me ter ouvido minha própria condenação. Lembrei-me dos dias de minha juventude desregrada. Vieram-me à memória todos os casos em que minha alma perturbada pelos sentimentos perseguia sua satisfação, considerando a parceira amorosa corrompida como o verdadeiro objeto de meu ardor. Recordei-me de que a falta de comedimento na luxúria rendeu a meu corpo uma doença fétida. Ó, se ao menos suas raízes não tivessem se fincado tão profundamente! Ó, se ao menos tivesse sido interrompida pela satisfação da luxúria! Ao tomarmos esse veneno na alegria, não apenas o abrigamos em nossas entranhas, mas o transmitimos como herança a nossos descendentes. Ó, meus mui amados amigos, ó, filhos de minha alma! Não sabeis quantos pecados cometi antes de vós. Vossa fronte pálida é a minha condenação. Apavora-me informar-vos da doença de que, às vezes, padeceis. Odiar-me-eis, talvez, e vosso ódio será justo. Quem garantirá, a vós e a mim, que não carregais em vosso sangue o ferrão oculto destinado a encerrar vossos dias prematuramente? Tendo contraído o fétido veneno no corpo já em idade adulta, a fortaleza de meus membros resistiu à sua propagação e lutou contra sua letalidade. Mas como podereis, tendo-o recebido desde vosso nascimento, carregando-o como uma parte do organismo, resistir à sua combustão destrutiva? Todas as vossas doenças são consequência dessa peçonha. Ó, meus amados! Chorai pelos erros de minha juventude, recorrei à ajuda das artes médicas e, se possível, não me odieis.

Doravante, porém, revela-se diante de meus olhos toda a extensão desse crime da luxúria. Pequei contra mim, adquirindo uma velhice prematura e a decrepitude ainda nos anos juvenis. Pequei contra vós, envenenando vossos sucos vitais antes de vosso nascimento e, com isso, preparei uma saúde langorosa e, talvez, a morte prematura. Pequei, e que esse seja o meu suplício, pequei em meu ardor amoroso ao tomar vossa mãe em matrimônio. Quem poderá garantir que não fui eu a causa de seu falecimento? O veneno mortífero, exsudando-se em alegria, foi transferido para seu corpo casto e envenenou seus membros imaculados. Quanto mais era mortífero, tanto mais oculto estava. A falsa vergonha impediu-me de adverti-la; ela, todavia, não se resguardou de seu envenenador, no ardor que por ele sentia. A inflamação que a acometera, talvez, tenha sido fruto da peçonha que lhe transmiti... Ó, meus bem-amados, quanto deveis me odiar!

Mas quem é o culpado por essa doença fétida causar em todos os Estados tão grandiosa devastação, não apenas ceifando a vida da geração atual, mas encurtando os dias da vindoura? Quem é o culpado, por acaso não seria o governo? Ele, ao sancionar a devassidão corrompida, abre caminho não apenas para muitos vícios, mas envenena a vida dos cidadãos. As mulheres públicas encontram defensores e, em alguns Estados, estão sob os auspícios das autoridades. Se, dizem alguns, fosse proibida a satisfação da paixão amorosa mediante pagamento, as fortes convulsões sociais seriam sentidas com mais frequência; não raro, a paixão amorosa seria a fonte de raptos, estupros, assassinatos. Poderiam abalar os próprios alicerces da sociedade.

E preferis a tranquilidade e, com ela, o sofrimento e a desolação à inquietação e, com ela, a saúde e a coragem. Calai-vos, professores sovinas, sois mercenários da tirania; ela que, ao pregar sempre a paz e a tranquilidade, encerra em grilhões os adormecidos pela bajulação. Ela, que teme até mesmo as perturbações vindas do exterior. Ela desejaria que todos pensassem como ela em toda parte, a fim de mimar-se na majestosidade e chafurdar na luxúria... Vossas palavras não me surpreendem. É esperado dos escravos que desejem ver todos em grilhões. A mesma fortuna para todos alivia seu fardo, já a superioridade de alguém oprime sua mente e seu espírito.

VALDAI

Essa nova cidade, pelo que dizem, é habitada por poloneses capturados no reinado do tsar Aleksei Mikháilovitch. A pequena cidade é célebre pela disposição amorosa de seus habitantes, em especial, das mulheres solteiras.

Quem já não esteve em Valdai, quem não conhece as rosquinhas de Valdai e as moças maquiladas de Valdai? As impudentes moças de Valdai, tendo colocado a vergonha de lado, interceptam qualquer transeunte e tentam despertar a luxúria no viajante, tirando proveito da generosidade dele à custa de sua própria castidade. Comparando os costumes dos habitantes dessa aldeia promovida a cidade com os costumes de outras cidades russas, pensarás que é a mais antiga e que os costumes devassos são os únicos resquícios de sua antiga formação. Mas, como foi povoada há pouco mais de cem anos, é possível julgar quão devassos eram seus primeiros moradores.

Os banhos eram, e ainda são hoje em dia, o lugar das celebrações amorosas. O viajante, tendo feito um arranjo com uma senhora prestativa ou com um rapaz, dirige-se ao pátio, onde tem a intenção de oferecer-se em sacrifício à Lada, adorada por todos. Cai a noite. Seu banho já está pronto. O viajante se despe, encaminha-se ao banho, onde encontra ou a anfitriã, se for jovem, ou a filha dela, ou seus parentes, ou os vizinhos. Esfregam-lhe os membros cansados; limpam-lhe a sujeira. Fazem isso depois de ele ter tirado as roupas, acendem nele o fogo da luxúria, e ele permanece ali a noite toda, perdendo dinheiro, a saúde e o precioso tempo de viagem. Reza a lenda que, antigamente, esses monstros luxuriosos condenavam à morte o viajante incauto e aturdido pelas façanhas amorosas e pelo vinho, a fim de subtrair sua propriedade. Não sei se é verdade, só sei que é verdade que a desfaçatez das moças de Valdai diminuiu. E, embora não se recusem a satisfazer os desejos de um viajante, a desfaçatez de antigamente já não está à mostra.

O lago de Valdai, sobre o qual a cidade foi erigida, permanecerá memorável nas narrativas de um monge que sacrificou a vida em nome de sua amante. A uma versta e meia da cidade, no meio do lago, em uma ilha, encontra-se o mosteiro Íverski, construído pelo glorioso patriarca Nikon. Um dos monges, ao visitar Valdai, apaixonou-se pela filha de um morador da cidade. Logo o amor tornou-se mútuo, logo eles trataram de consumá-lo. Uma vez que desfrutaram dos prazeres, não tiveram forças para resistir ao desejo. Mas a posição de cada um representava um obstáculo. O amante não podia se afastar do mosteiro com frequência; a amante não podia visitar a cela de seu amor. Mas o ardor que havia entre eles superou tudo; fez do monge libidinoso um homem destemido e deu-lhe forças quase sobrenaturais. Esse novo Leandro, a fim de desfrutar diariamente das alegrias nos braços de sua amada, mal a noite cobria tudo o que é visível com seu manto negro, saía silenciosamente de sua cela e, tirando sua batina, nadava pelo rio até a margem oposta, onde era envolto pelos braços de sua amada. O banho e os prazeres do amor estavam prontos para ele, e ali esquecia-se do perigo e da dificuldade da travessia, e do medo, caso sua ausência fosse notada. Retornava à sua cela a algumas horas da alvorada. Assim, passava ele um longo tempo nessas travessias perigosas, recompensando com os prazeres noturnos o tédio do confinamento diurno. Mas o destino colocou um fim em suas façanhas amorosas. Numa dessas noites em que o amante destemido partiu por entre as ondas para a contemplação de sua amada, de repente, levantou-se um vento cortante que o apanhou no meio do caminho. Todos os seus esforços para vencer as águas enfurecidas foram impotentes. Em vão, exauriu-se, retesando os músculos; em vão, elevou a voz, para que fosse ouvido no momento de perigo. Diante da impossibilidade de alcançar a margem, teve a ideia de retornar ao mosteiro, pois, tendo o vento a seu favor, seria mais fácil alcançá-lo. Mas, mal colocou-se em marcha, as ondas, dominando seus músculos exaustos, lançaram-no abismo adentro. De manhã bem cedo, seu corpo foi encontrado em uma costa distante. Se eu estivesse a escrever um poema, representaria, ao meu leitor, a amante em desespero. Mas, aqui, isso seria supérfluo. Qualquer um sabe que as amantes, ainda que no primeiro instante, ficam desoladas ao saber do falecimento do amado. Não sei se essa nova Hero se lançou ao lago ou se, afinal, na noite seguinte estava outra vez a preparar o banho para um viajante. As crônicas de amor dão conta de que as beldades de Valdai jamais morreram de amor... salvo no hospital.

Os costumes se trasladaram para a estação dos correios mais próxima, Zimogórode. Ali, há para o viajante a mesma recepção encontrada em Valdai. Antes de mais nada, moças maquiladas se apresentam com suas rosquinhas. Mas, como meus anos de juventude já se foram, despedi-me sem demora das sereias de Valdai e de Zimogórode.

IÉDROVO

Ao pararmos diante da hospedaria, desci da *kibitka*. Próximas à estrada, na água, estavam muitas mulheres e moças. A paixão que predominara em mim durante toda a minha vida, mas já adormecida, tomou seu curso habitual e conduziu meus pés na direção daquelas beldades rurais. Era um agrupamento de mais de trinta mulheres. Todas elas estavam em trajes de festa, pescoços desnudos, pés descalços, cotovelos à mostra, o vestido preso na parte da frente pelo cinto, camisas brancas, olhos alegres, a saúde inscrita em suas bochechas. Os atrativos, embora embrutecidos pelo calor e pelo frio, eram encantadores sem o véu dos artifícios; a beleza da juventude em todo o seu esplendor, nos lábios, um sorriso ou um riso cordial; e neles se mostrava uma fileira de dentes mais brancos que o mais puro marfim. Dentes que fariam qualquer janota perder a cabeça. Trazei até aqui nossas amáveis boiardas moscovitas e petersburguesas, vede esses dentes, aprendei com elas como mantê-los limpos. Elas não têm médicos de dentes. Não lustram seus dentes todos os dias com escovas ou pós. Colocai-vos boca a boca com qual delas quiser; o hálito de nenhuma delas infectará o pulmão. Já o vosso, talvez, transmita-lhes o princípio de... uma doença... qual seja, tenho até medo de dizer: ainda que não vos faça corar, irritar-vos-ei.

Acaso digo alguma mentira?

Um de vossos maridos arrasta-se atrás de todas as moças ordinárias; depois de contrair uma doença, bebe, come e dorme contigo; já outra moça vangloria-se de ter amantes anuais, mensais, semanais ou, Deus tenha piedade, diários. Conhece hoje e já consuma o desejo, amanhã não o conhece mais; e, às vezes, sequer sabe que já contraiu uma doença no beijo.

E tu, minha pombinha, moça de quinze anos, ainda imaculada, talvez; mas, em tua fronte, vejo que teu sangue está todo envenenado. O senhor teu pai, de abençoada memória, não saía dos cuidados das mãos dos médicos, e a senhora tua mãe, guiando-te pelo caminho da devoção, encontrou-te um noivo, um velho general muito honrado, com o qual se apressou a casar-te, para não ter de contigo visitar uma casa de enjeitados. Não é de todo mal ser casada com um velho, terás liberdade para tuas vontades; só trata de te manter em casa, e os filhos serão todos dele. Se tiver ciúmes, tanto melhor: há mais satisfação nos prazeres furtados; desde a primeira noite, não se pode habituá-lo a seguir de maneira tola a velha moda de dormir com a esposa.

Não percebi por quanto tempo, minhas amadas casamenteiras das cidades, titias, irmãzinhas, sobrinhas, e assim por diante, fostes capazes de me deter. A verdade é que não valeis a pena. Ruge nas bochechas, ruge no coração, ruge na consciência e na sinceridade... fuligem. Tanto faz o ruge ou a fuligem. Das senhoras, fujo em meu corcel direto para as beldades da aldeia. É verdade que, entre elas, há aquelas que se parecem convosco, mas há algumas das quais, nas cidades, nunca se ouviu falar nem nunca se viu igual. Vede como são redondos, bem formados, sem torções, sem máculas todos os membros das minhas beldades. Achais graça no fato de que os pés delas têm cinco, talvez, até seis *verchok* de comprimento. Ora, minha amada sobrinha, coloca-te ao lado dela, com teus pés de três *verchok*, e aposta uma corrida; quem chegará mais rápido à bétula alta que se ergue no fim do prado? Ui-ui, isso não é da tua conta.

E tu, irmãzinha, pombinha minha, com tua cintura de três quartos de *archin*, cansas de zombar do fato de que a pancinha de minha ondina rural cresce em liberdade. Aguarda, minha pombinha, também rirei um pouco de ti. Já estás casada há dez meses e tua cinturinha de três quartos já está arruinada. E, quando chegares até o parto, cantarás em outro tom. Queira Deus que tudo não custe mais que o riso. Meu querido cunhado anda por aí com a cara murcha. Já atirou no fogo todos os teus espartilhos. Arrancou-os de teus vestidos, mas já é tarde. É impossível endireitar a compleição distorcida de teu corpo.

Chora, meu amado cunhado, chora. Nossa mãe, seguindo a deplorável e afamada moda que causa a morte das mulheres no parto, preparou-te, ao longo de muitos verões, essa tristeza; já para sua filha, a doença responsável pela constituição corpórea frágil de teus filhos. Ela agora oscila sobre a cabeça de tua esposa com sua lâmina afiada mortal; e, se ela não ceifar os seus dias, agradece ao acaso; e, se crês que a divina providência se preocupa com isso, agradece também, se quiseres. Mas cá estou eu ainda com as boiardas da cidade.

Eis o que faz o hábito; não quer se desvencilhar delas. E a verdade é que de vós eu não me separaria se pudesse convencer-vos a não disfarçar a sinceridade com o ruge. Agora, adeus.

Enquanto eu admirava as ninfas da aldeia lavando seus vestidos, minha *kibitka* afastou-se de mim. Pretendia eu seguir em seu encalço, quando uma moça, uns vinte anos pela aparência, mas, é claro, não devia ter mais que dezessete, colocando o vestido molhado no balancim, seguiu a meu lado pelo caminho. Aproximando-me dela, travei conversa.

– Não é difícil carregar uma carga tão pesada, minha querida, cujo nome não sei?

– Chamo-me Anna, e minha carga não é pesada. Ainda que fosse pesada, amo, eu não te pediria ajuda.

– Para que tanta aspereza, Annuchka, alma minha, não te desejo o mal.

– Obrigada, obrigada: sempre vemos janotas do teu tipo; por favor, segue o teu caminho.

– Aniutuchka, eu, honestamente, não sou como te pareço, e não sou como estes dos quais falas. Estes, penso, não entabulam conversa com uma moça da aldeia, como faço eu, mas sempre começam beijando; eu, porém, se te beijasse, seria, claro, como a uma irmã minha.

– Não te aproximes mais, por favor; histórias como esta já ouvi; se não pretendes me fazer o mal, o que queres de mim?

– Annuchka, alma minha, gostaria de saber se tens um pai e uma mãe, como vives, se há fartura ou escassez, se és feliz, se tens um noivo.

– Mas o que é que há, senhor? É a primeira vez que ouço essas conversas.

– Por isso, podes julgar, Aniuta, que não sou um canalha, não quero te ofender ou desonrar. Amo as mulheres, porque elas têm uma composição em conformidade com a minha ternura; e amo ainda mais as mulheres da aldeia, ou camponesas, porque ainda não conhecem a dissimulação, não assumem as feições do amor dissimulado, quando amam, amam de todo o seu coração e com sinceridade...

Durante todo esse tempo, a moça olhava para mim com os olhos arregalados de espanto. E assim deveria ser; ora, quem não conhece com que desfaçatez a mão atrevida da nobreza agarra-se a piadas obscenas e ofensivas à castidade das moças da aldeia? Aos olhos dos nobres novos e antigos, foram criadas para seu bel-prazer. É assim que se comportam, e especialmente com os infelizes submetidos às suas ordens. Na recente rebelião de Pugatchov, quando todos os servos voltaram as armas contra seus senhores, alguns camponeses (essa história não é falsa) amarraram seu senhor, levaram-no à execução inevitável. Qual foi a razão para isso? Era um senhor gentil e filantrópico para com todos, mas um marido inseguro em relação à sua esposa, e um pai, em relação à filha. Toda noite seus enviados levavam a vítima da desonra, aquela que ele tinha escolhido naquele dia. Sabia-se, na aldeia, que macularа sessenta moças, privando-as de sua virgindade. Um destacamento que ali chegara arrancou esse bárbaro das mãos dos que se enfureceram contra ele. Camponeses tolos, buscastes justiça no impostor! Mas por que não relatastes o caso às vossas autoridades legais? Tê-lo-iam condenado à pena de morte, e teríeis permanecido inocentes. Por agora, o criminoso foi salvo. Bem-aventurado seja se a visão da morte mudou seus pensamentos e deu novo rumo a seus sucos vitais. "Mas, perante a lei, os camponeses estão mortos" – dizemos nós... Não, não, eles estão vivos, e vivos estarão sempre que quiserem...

– Se tu, amo, não estás zombando – disse-me Aniuta –, eis o que te contarei: não tenho pai, já faz uns dois anos; tenho mãe e uma irmã pequena. O senhor meu pai nos deixou cinco cavalos e três vacas. Tem também gado miúdo e bastante passarinho; mas na casa não há trabalhador. Arranjaram com uma família rica o meu casamento, com um rapaz de dez anos, mas eu não quis. O que vou querer com uma criança: não poderei amá-lo. E, quando ele estiver na idade, estarei velha, e ele vai se arrastar atrás de outras. Pois dizem que o sogro dorme com as jovens noras até que os filhos cresçam. Foi por isso que não quis me juntar a essa família. Quero alguém da minha idade. Vou amar meu marido, ele vai me amar, disso não tenho dúvidas. Não gosto de andar por aí com os jovens, mas de um marido, amo, eu gostaria. Sim, e sabes por quê? – disse Aniuta, baixando os olhos.

– Diga, Aniutuchka, alma minha, não te envergonhes; nos lábios da inocência, todas as palavras são imaculadas.

– Pois eis o que te contarei. No verão passado, há um ano, nosso vizinho casou o filho com uma amiga minha, com a qual eu costumava frequentar a *possidiélki*[1]. O marido a ama, ela o ama tanto que, no décimo mês depois do casamento, deu-lhe um filho. Todos os dias, ao cair da tarde, ela sai com ele no portão. Não cansa de olhá-lo. E parece que o rapazinho também já ama sua mãezinha. Quando ela lhe diz gugu, ele dá risada. Todos os dias, meus olhos enchem-se de lágrimas; eu também queria ter um rapazinho assim...

Nesse momento, não pude me conter e, abraçando Aniuta, beijei-a com todo o meu coração.

– Estás vendo, amo, como és mentiroso, já estás zombando de mim. Afasta-te, senhor, de mim, deixa esta pobre órfã em paz – disse Aniuta, depois de começar a chorar. – Se o senhor meu pai estivesse vivo e visse isso, não se importaria com o fato de seres um senhor, pegar-te-ia pelo pescoço.

---

[1] Nome dado a uma forma de lazer juvenil que se manifesta no outono e no inverno, mais característica dos eslavos orientais e do Sul. Os eslavos ocidentais não tinham reuniões regulares. Ao contrário das festas de verão "de rua", essas reuniões ocorriam no interior das casas. (N. T.)

– Não te ofendas, minha querida Aniutuchka, não te ofendas, meu beijo não maculará tua castidade. A meus olhos, ela é sagrada. Meu beijo é um sinal de minha reverência em relação a ti e foi arrancado pelo arrebatamento de uma alma profundamente tocada. Não tenhas medo, querida Aniuta, não sou como um animal de rapina, como nossos jovens fidalgos, para os quais a violação da castidade não significa nada. Se eu soubesse que meu beijo te ofenderia, juro-te por Deus que não teria ousado.

– Julga por ti mesmo, amo, como não me irritar com o beijo, se todos eles já estão prometidos a outro. Eles já foram dados antecipadamente, e não tenho poder sobre eles.

– Tu me encantas. Já sabes amar. Encontraste um coração adequado ao teu. Serás abençoada. Nada corromperá vossa união. Não estarás rodeada de espiões, tentando enganá-la em sua rede de intrigas. O amigo de teu coração não terá os ouvidos feridos por uma voz sedutora a invocá-lo a violar sua fidelidade a ti. Mas por que, então, minha querida Aniuta, estás privada de desfrutar das felicidades nos braços de teu amigo amado?

– Ah, amo, porque não o deixam entrar em nossa casa. Pedem cem rublos. E a senhora minha mãe não me dará em casamento: sou sua única trabalhadora.

– Ele te ama?

– E como não? Ele vem à nossa casa à noite, e juntos ficamos olhando para o rapazinho da minha amiga... Ele também quer um rapazinho. Ficarei triste; mas terei de suportar. Meu Vaniuchka quer ir trabalhar nas barcas em Píter e não voltará até que junte os cem rublos de sua alforria.

– Não o deixes, querida Aniutuchka, não o deixes ir; ele caminhará para sua ruína. Lá, vai aprender a beber, a ser devasso, a ser guloso, deixará de amar a lavoura e, acima de tudo, deixará de te amar.

– Ah, amo, não me assustes – disse Aniuta, quase começando a chorar.

– E ainda mais rapidamente, Aniuta, se acontecer de ele servir na casa de um nobre. O exemplo dos senhores contamina os serviçais superiores, os inferiores são contaminados pelos superiores e, a partir deles, a libertinagem chega também à aldeia. O exemplo é uma verdadeira praga; quem o vir, fá-lo-á.

– Sim, e como é que vai ser? Nem em um século me casarei com ele. Já está na hora de ele casar; ele não anda com outras; não me permitem ir à casa dele; então o casarão com outra, e eu, pobre de mim, morrerei de desgosto... – isso ela disse derramando lágrimas amargas.

– Não, minha querida Aniutuchka, vais te casar com ele amanhã. Leva-me à tua mãe.

– Aqui está nosso quintal – disse ela, detendo-se –, se a senhora minha mãe passa e me vê, pensará mal de mim.

– Não, Aniuta minha, vou contigo... – E, sem esperar resposta, entrei pelo portão e fui direito à soleira da isbá.

Aniuta gritou em meu encalço:

– Para, senhor, para.

Mas eu não lhe dei atenção. Na isbá, encontrei a mãe de Aniuta sovando a massa; ao pé dela, estava sentado o futuro genro. Sem mais delongas, disse-lhe que desejava que sua filha casasse com Ivan e, para tanto, trazia-lhe o necessário para tirar os obstáculos do caso.

– Obrigada, amo – disse a velha –, agora não há mais necessidade disso. Vaniukha chegou há pouco e disse que o pai permitirá que se mude para minha casa. E no domingo será o casamento.

– Então, permita que aquilo que prometi seja o dote de Aniuta.

– Também por isso agradeço. Os boiardos não dão dotes às moças de graça. Se fizeste algum mal à Aniuta e por isso queres lhe dar um dote, Deus te castigará por teu malfeito; mas dinheiro não aceitarei. Se és uma pessoa boa e não abusas dos pobres, se aceito teu dinheiro, o que pensarão as pessoas maldosas?!

Eu não parava de me surpreender ao encontrar tanta nobreza no pensamento dos moradores da aldeia. Entrementes, Aniuta entrou na isbá e começou a tecer elogios sobre mim à sua mãe. Ainda tentei lhes dar dinheiro, entregando-o a Ivan, para o estabelecimento da casa; mas ele me disse:

– Eu, amo, tenho duas mãos e, com elas, estabelecerei a casa.

Percebendo que minha presença não lhes era muito agradável, deixei-os e retornei a minha *kibitka*.

Enquanto eu partia de Iédrovo, Aniuta não saía de meus pensamentos. Agradou-me imensamente sua sinceridade inocente. A conduta nobre de sua mãe me cativou. Comparei essa mãe de mangas arregaçadas sovando a massa ou com um balde de ordenha ao lado de uma vaca com as mães da cidade. A camponesa não quis aceitar os cem rublos bem-intencionados e imaculados, os quais, proporcionalmente, devem ser 5, 10, 50 mil ou mais para a esposa de um coronel, conselheiro, major ou general; se à senhora de um coronel, major, conselheiro ou general... (na proporcionalidade de minha promessa à viúva do cocheiro de Iédrovo), por cuja filha, que não é feia de rosto, ou simplesmente ainda é virgem – o que por si só já basta –, um distinto boiardo, de 70 ou, benza-o Deus, 72 anos, oferecesse 5, 10, 50 mil, ou um belo dote de valor indeterminado, ou se ela encontrasse um noivo do alto escalão, ou solicitasse uma dama de honra; sendo assim, pergunto-vos, senhoras mães da cidade, vossos coraçõezinhos não saltariam no peito? Não gostaríeis de ver a filhinha em uma carruagem dourada, coberta de brilhantes, puxada por quatro cavalos, em vez de andar a pé; ou levada por uma comitiva de cavalos em vez de dois famintos, que se arrastam? Concordo convosco no sentido de que observaríeis a cerimônia e a decência e não vos entregaríeis tão facilmente como as moças do teatro. Não, minhas pombinhas, dou-vos o prazo de um ou dois meses, não mais. Mas, se obrigais um noivo de primeira linha a suspirar por muito tempo sem colher os frutos, então ele, estando muito ocupado com os assuntos do Estado, deixar-vos-á, a fim de não perder convosco seu preciosíssimo tempo, o qual emprega melhor em benefício à sociedade.

Mil vozes levantam-se contra mim; repreendem-me com os nomes mais baixos: vigarista, trapaceiro, cana..., desaverg..., e assim por diante. Pombinhas minhas, acalmai-vos, não estou insultando vossa honra. Porventura, são todas assim? Olhai para esse espelho; se alguma das senhoras não se reconhece nele, repreenda-me sem misericórdia. Não apresentarei nenhuma queixa, não as levarei ao tribunal por causa disso.

Aniuta, Aniuta, viraste minha cabeça! Por que não te conheci há uns quinze anos? Tua sinceridade inocente, impenetrável à ousadia de um sedutor lascivo, teria me ensinado como caminhar nas veredas da castidade. Por que meu primeiro beijo não foi aquele que dei em tua bochecha em estado de êxtase espiritual? O reflexo de tua vitalidade teria penetrado no fundo de meu coração, e eu teria evitado a mesquinhez com a qual minha vida foi preenchida. Eu teria me mantido afastado das fétidas mercenárias da luxúria, honraria o leito nupcial, não violaria os laços familiares com minha insaciabilidade carnal; a virgindade seria, para mim, entre tudo o que é sagrado, a coisa mais sagrada, e eu não ousaria tocá-la. Ó, minha Aniutuchka! Permanece para sempre sentada junto à porteira da aldeia e dá conselhos com tua sinceridade desinibida. Estou certo de que colocarás de volta no caminho do bem aquele que principia a se desviar ou aquele que dele ameaça desviar-se. Não te preocupes se um lascivo inveterado, feito grisalho nos braços da devassidão, ao passar diante de ti, desprezar-te; não te aflijas em deter sua marcha com o prazer da tua conversa. No lugar do coração, já tem uma pedra; e sua alma está coberta por uma carapaça de diamante. O agulhão benevolente da virtude ingênua não pode deixar nele marcas profundas. Sua ponta deslizará sobre a superfície endurecida pelo vício. Cuida para que teu gume não fique embotado. Mas não deixes passar o jovem, suscetível aos perigos dos encantos das vestes; apanha-o em tua rede. Ele parece orgulhoso, presumido, impetuoso, insolente, desdenhoso e ofendido. Mas seu coração cederá à tua aparência e se abrirá à percepção de teu exemplo benéfico.

Aniuta, não posso separar-me de ti, muito embora já comece a avistar a vigésima coluna que marca minha distância de ti.

Mas que hábito é esse sobre o qual Aniuta me contara? Queriam dar sua mão em casamento a uma criança de dez anos. Quem poderia consentir com tal união? Por que a mão que guarda as leis não é empregada na erradicação de tal abuso? Na lei cristã, o casamento é um sacramento, na civil, um acordo ou um contrato. Que sacerdote pode abençoar tal união desigual ou que juiz pode anotá-la em seu livro de registros? Onde não há equilíbrio de idade, ali também não pode haver casamento. Isso é proibido pelas regras da natureza, como algo inútil para o ser humano; deveria ser proibido pela lei civil, como algo prejudicial à sociedade. O marido e a mulher na sociedade são dois cidadãos que estabelecem um contrato aprovado por lei, por meio do qual comprometem-se, antes de mais nada, ao prazer mútuo dos sentidos (e que ninguém me venha aqui contestar a primeiríssima lei da coabitação e do fundamento da união conjugal, princípio do amor imaculado e pedra sólida das bases do acordo nupcial), comprometem-se a viver juntos, manter juntos uma propriedade, cultivar os frutos de seu fervor recíproco e viver pacificamente, respeitando um ao outro. Com a disparidade dos anos, seria possível manter os termos desse acordo? Se o marido tem dez anos, enquanto a esposa tem 25, como muitas vezes acontece no campesinato; ou se o marido tem cinquenta anos, enquanto a esposa tem quinze ou vinte, como acontece na nobreza – poderia haver prazer mútuo dos sentidos? Dizei-mo, maridos vetustos, mas dizei segundo a consciência, mereceis o título de marido? Sois capazes apenas de acender o fogo do amor, mas não tendes condições de apagá-lo. A disparidade dos anos viola uma das primeiras leis da natureza; assim, poderia uma lei positiva ser sólida, se não tem fundamento naquilo que é próprio da natureza? Sejamos bem claros: ela nem sequer existe.

Cultivar os frutos do fervor recíproco.

Mas poderia haver reciprocidade ali, onde, de um lado, há chama e, de outro, indiferença? Poderia haver aqui um fruto, se a árvore plantada foi privada da chuva benevolente e do orvalho nutritivo? Mas, quando houver, se houver, um fruto, ele será magro, feio e propenso à decomposição.

Não desrespeitar um ao outro.

Essa é uma regra eterna, correta; havendo uma simpatia feliz entre o casal, os sentimentos se satisfazem de maneira equilibrada, assim a união matrimonial será bem-aventurada; as pequenas atribulações domésticas logo se aquietarão com a invasão da alegria. E, quando o frio da velhice cobrir as alegrias sensuais com sua carapaça impenetrável, serão as lembranças dos tempos idos a acalmar a antiguidade ranzinza dos anos.

Uma única condição do contrato nupcial pode ser cumprida na disparidade: viver juntos.

Mas haverá nisso reciprocidade? Um será um chefe autoritário, detendo toda a força em suas mãos, o outro será um súdito fraco e um perfeito escravo, capaz apenas de cumprir os ditames de seu senhor.

Eis, Aniuta, os bons pensamentos que me inspiraste. Adeus, minha querida Aniutuchka, teus ensinamentos ficarão para sempre gravados em meu coração, e os filhos dos meus filhos os receberão como herança.

O posto de Khotílov já estava visível, mas eu ainda tinha os pensamentos na moça de Iédrovo e, tomado pelo êxtase de minha alma, pronunciei em voz alta:

– Ó, Aniuta! Aniuta!

O caminho não era suave, os cavalos avançavam em passo lento; meu cocheiro ouviu minha fala e, virando-se para mim, disse:

– É visível, amo – disse-me ele, ajeitando o chapéu –, que nossa Aniuchka atraiu teu olhar. Sim, que moça! Não és o único a perder o olho ali... Conquista a todos... Em nosso posto, há muitos moços bem-apanhados, mas ela lhes dá de ombros. Que maestria na dança! Coloca todos no bolso, não sobra um... E como vai ao campo nas colheitas... um espetáculo. Pois bem... o irmão Vanka que é feliz.

– Ivan é teu irmão?

– Primo. Mas é ainda moço! De repente, eram três jovens querendo pedir Aniutka em casamento; mas Ivan deixou todos para trás. Eles rodeando aqui e ali, mas ela nem cá nem acolá. Daí o Vaniukha foi lá e zás... (Já estávamos atravessando a porteira da aldeia...) Ora, ora, amo! Quem pode toca, quem não pode dança.

E assim chegamos ao pátio da estação dos correios.

– Quem pode toca, quem não pode dança – concordei eu, descendo da *kibitka*. – Quem pode toca, quem não pode dança – repeti, abaixando-me e apanhando no chão um maço de papéis que então desembrulhei.

KHOTÍLOV

Projeto para o futuro

Tendo sido nossa amada pátria conduzida ao estado de florescimento no qual hoje em dia se encontra; vendo as ciências, as artes e a manufatura elevadas até o estágio mais alto de perfeição ao qual o ser humano pôde chegar; vendo que em nossas terras a razão humana, batendo livremente suas asas, elevou-se em toda parte sem restrições e obstáculos à grandeza e à solidez, e se tornou, nos dias de hoje, a guardiã dos regulamentos da sociedade. Sob seu véu soberano, também nosso coração está livre para, nas orações enviadas ao Todo-Poderoso Criador, poder dizer com inefável alegria que nossa pátria é morada aprazível para a divindade; pois sua composição não se baseia em preconceitos e superstições, mas em nosso sentimento interior das generosidades do Pai de todos. As inimizades que tantas vezes dividiram as pessoas em razão de sua profissão de fé são, para nós, desconhecidas, assim como é desconhecida a coerção. Nascidos em meio a essa liberdade, somos verdadeiramente irmãos, pertencentes a uma única família, sendo filhos do mesmo pai, Deus.

O luminar da ciência que ilumina nossos regulamentos distingue-os hoje de muitos dos regulamentos do planeta Terra. O equilíbrio entre os poderes e a igualdade de propriedades corta pela raiz até mesmo os desacordos civis. A moderação nas punições obriga a respeitar as leis dos poderes superiores, como a influência de um pai carinhoso sobre seus filhos, prevenindo até mesmo os crimes não premeditados. A clareza nas disposições sobre aquisição e conservação de propriedades não permite que desavenças familiares ressurjam. Os limites que separam a posse de um cidadão da de outro são profundos e visíveis a todos, e sagradamente respeitados por todos. Entre nós, ofensas privadas são raras e resolvidas amigavelmente. A educação pública tornou-se uma preocupação de todos, para que sejamos dóceis, cidadãos pacíficos, mas, antes de tudo, seres humanos.

Desfrutando de paz doméstica, sem ter também inimigos externos, o que leva a sociedade ao ápice da bem-aventurança da convivência civil, poderíamos, porventura, ficar alheios aos sentimentos do ser humano, alheios aos movimentos da piedade, alheios à ternura dos corações gentis, alheios ao amor entre irmãos e permanecer de olhos fechados para o fato – uma constante reprovação para nós e um vitupério para as gerações vindouras – de que um terço de nossa sociedade inteira, de cidadãos que nos são iguais, de adorados irmãos da natureza, está preso aos pesados grilhões da escravidão e do cativeiro? O costume bárbaro da escravização de uma pessoa por outra, engendrado nas regiões tórridas da Ásia, um costume que descende das nações selvagens, um costume que significa um coração petrificado e uma completa ausência de alma, espalhou-se pela face da Terra de maneira rápida, ampla e distante. E nós, filhos da glória, nós, que pelo nome e pelas obras somos glorificados pelas gerações terrestres, afetados pela ignorância das trevas, assimilamos esse costume; e, para nossa vergonha, para a vergonha dos séculos passados, para a vergonha desta era da razão, mantivemo-lo inviolável até os dias de hoje.

Sabeis pelas ações de vossos pais, sabem todos, a partir de nossas crônicas, que os sábios governantes de nosso povo, estimulados pela verdadeira filantropia, buscando os laços naturais das relações sociais, tentaram colocar um limite nesse monstro de cem cabeças. Mas seus feitos soberanos foram ridicularizados pela nobreza herdeira, então conhecida por seus privilégios arrogantes de nosso Estado estamental, mas que hoje em dia é retrógrada e afundada no desprezo. Apesar do poder de seu cetro, nossos ancestrais soberanos eram impotentes para a destruição dos grilhões do cativeiro do cidadão. Não apenas não podiam cumprir suas nobres intenções, como, ainda, estavam enredados no Estado estamental mencionado, levados a adotar regras contrárias a sua razão e a seu coração. Nossos pais testemunharam a ação desses destruidores com, talvez, as lágrimas do coração, apertando, porém, os laços e pesando ainda mais os grilhões dos membros mais úteis da sociedade. Até hoje, os agricultores são, entre nós, escravos; não os reconhecemos como cidadãos iguais a nós, esquecemos que são seres humanos. Ó, nossos concidadãos amados! Ó, filhos verdadeiros de sua pátria! Olhai em vossa volta e reconhecei vosso erro. Os servos eternos da divindade, servidores do bem da sociedade e da bem-aventurança do ser humano, seguidores de ideias semelhantes às nossas, explicaram em seus sermões, em nome do Deus onisciente que por meio deles se manifestou, quanto sua sabedoria e seu amor são opostos à dominação arbitrária do próximo. Tentaram, por meio de argumentos extraídos da natureza e de nosso coração, provar-vos vossa crueldade, vossa injustiça e vosso pecado. Nos tempos do Deus vivo, suas vozes ainda clamam alto e solenemente: acordai, almas perdidas, abrandai vossos corações implacáveis; quebrai os grilhões de vossos irmãos, libertai-os das masmorras do cativeiro e deixai vosso semelhante experimentar a doçura da convivência social, que lhes foi preparada pelo Onisciente tanto quanto a vós. Tanto quanto vós, desfrutam dos benevolentes raios solares, talqualmente a vós, têm membros e sentimentos, e o direito de usá-los deve ser o mesmo.

Mas, se os servos da divindade representaram a vossos olhos o erro da escravização em relação ao ser humano, é nosso dever demonstrar-vos seu dano em relação à sociedade e sua injustiça em relação ao cidadão. Pareceria supérfluo a um espírito há tanto tempo marcado pela filosofia ter de procurar e defender argumentos sobre a igualdade essencial entre os seres humanos e, portanto, entre os cidadãos. Àqueles que cresceram sob o manto da liberdade, repletos de sentimentos de bondade, e não de preconceitos, a prova da primazia da igualdade é a essência dos movimentos ordinários do coração. Mas é esta a infelicidade de um mortal sobre a Terra: errar em plena luz, e não ver aquilo que está diante de seus olhos.

Nas escolas, quando jovens, ensinaram-vos os fundamentos do direito natural e do direito civil. O direito natural mostrou-vos os seres humanos concebidos fora da sociedade que, pela natureza, têm a mesma composição e, por isso, têm os mesmos direitos; consequentemente, são iguais entre si, e um não pode ser subjugado pelo outro. O direito civil mostrou-vos que os seres humanos trocaram a liberdade ilimitada por seu uso pacífico. Mas, se todos colocam limite em sua liberdade e regra em suas ações, é porque todos são iguais desde o ventre materno em relação à liberdade natural, e iguais devem ser também quanto à sua limitação. Disso se conclui, portanto, que um não deve ser subjugado pelo outro. Mas qual é a motivação para se inserir na sociedade e estabelecer limites arbitrários para os atos? A razão dirá: para o próprio bem; o coração dirá: para o próprio bem; a lei civil incorruptível dirá: para o próprio bem. Vivemos em uma sociedade em que já transcorreram diversos estágios de aperfeiçoamento e, por isso, olvidamos sua posição inicial. Mas mirai todas as jovens nações e todas as sociedades em estado natural, se é possível falar assim. Em primeiro lugar, a escravidão é um crime; em segundo, um malfeitor ou um inimigo experimenta ali o fardo do cativeiro. Ao observar esses conceitos, compreenderemos quanto nos afastamos do objetivo social, quanto ainda estamos longe do cume da bonança social. Tudo o que por nós foi dito é vosso costume, e as regras sugastes com o leite materno. Um preconceito momentâneo, um único ato em interesse próprio (e não vos ultrajeis com meus dizeres), um único ato de egoísmo pode nos escurecer a visão e nos equiparar aos desvairados caídos nas trevas.

Mas quem entre nós está preso a grilhões, quem carrega o fardo do cativeiro? O agricultor! Que alimenta nossas necessidades, mata nossa fome, dá-nos saúde, garante a continuidade de nossa vida, sem ter o direito de dispor daquilo que cultiva e produz. Quem, afinal, tem mais direito ao campo se não quem o cultiva? Imaginemos aqueles homens que chegaram aos desertos para edificar uma sociedade. Pensando na própria alimentação, dividem a terra coberta de grama. Quem recebe seu quinhão de terra? Não seria aquele capaz de cultivá-la? Não seria aquele que tem força e desejo suficientes para tal? A criança, o ancião, um inválido, um enfermo e o negligente seriam inúteis no campo. Ela permaneceria não arada, e o vento não produziria farfalhar no milho. Se é inútil para quem a cultiva, é inútil para a sociedade; pois o cultivador não poderá ceder o excedente à sociedade se não tem o necessário para si. Consequentemente, no início da sociedade, aquele que podia cultivar o campo tinha direito à sua posse, e aquele que o cultivava tinha seu uso exclusivo. Mas quanto nos afastamos da condição social primordial em relação à posse! Entre nós, aquele que tem o direito natural dela não apenas está absolutamente excluído, mas, ao trabalhar no campo alheio, vê seu sustento dependente do poder de outro! A vossas mentes iluminadas essas verdades não podem ser incompreensíveis, mas vossas ações no cumprimento dessas verdades, como já dissemos, estão baseadas em preconceitos e interesse próprio. Por acaso vossos corações, cheios de amor pela humanidade, preferem o interesse próprio em lugar dos sentimentos que deleitam o coração? Pode um Estado em que dois terços dos cidadãos estão privados do título civil e uma parte é morta perante a lei intitular-se bem-aventurado? Pode a posição civil do camponês na Rússia ser chamada de bem-aventurada? Somente um sanguinário insaciável dirá que o camponês é bem-aventurado, já que não conhece condição melhor.

Doravante, tentaremos refutar os regulamentos desses governantes bestiais, como outrora refutaram, sem sucesso, com suas ações nossos antecessores.

A bem-aventurança civil pode se apresentar com distintos aspectos. Bem-aventurado é o Estado, dizem, se nele reinam a paz e a ordem. Bem-aventurado parece se seus campos não secam e nas cidades erguem-se edifícios altivos. Bem-aventurado denomina-se aquele que expande seu poder e governa para além de seus domínios, não apenas pelo uso da força, mas, ainda, por meio das próprias palavras sobre a opinião dos outros. Mas todas essas formas de bem-aventurança podem ser chamadas de superficiais, momentâneas, passageiras, particulares e imaginárias.

Contemplemos o vale que se estende perante nossos olhos. O que vemos? Um extenso acampamento militar. Nele, a paz reina em todos os lugares. Cada guerreiro está em seu lugar. A mais grandiosa ordem é vista em suas fileiras. Um único comando, um único aceno da mão de seu chefe, e todo o acampamento se move em harmonia. Mas podemos chamar os guerreiros de bem-aventurados? Convertidos em marionetes pela precisão da obediência militar, são alijados até mesmo da liberdade de movimento, tão característica das matérias vivas. Conhecem apenas o comando do chefe, pensam como ele deseja, apressam-se em chegar ao lugar onde ele caminha. Tal é a onipotência do cetro sobre a forma mais poderosa do Estado. Em conjunto, conquistam tudo, mas dispersos e individualmente pastam, tal gado, onde quer que o pastor deseje. A ordem, à custa de nossa liberdade, é tão contrária à nossa bem-aventurança quanto os próprios grilhões.

Cem escravos acorrentados aos bancos de um navio, movidos em seu caminho pelos remos, vivem na paz e na ordem; mas olhai para seu coração e para sua alma. Tormento, mágoa, desespero. Desejariam, muitas vezes, trocar a vida pela morte; mas mesmo isso lhes é recusado. O fim do sofrimento lhes é uma bem-aventurança; e bem-aventurança e cativeiro não são compatíveis, destarte, estão vivos. E, assim, não nos cegamos pela placidez aparente do Estado e sua estrutura e, somente por essas razões, não consideramos o Estado bem-aventurado. Observa sempre o coração dos cidadãos. Se nele encontrares placidez e paz, então poderás dizer de verdade: esses são abençoados.

Os europeus, depois de saquear a América, de regar seus campos com o sangue de seus habitantes nativos, só colocaram um fim na matança em nome de seus novos interesses. Os campos devastados, renascidos graças às forças da natureza, sentiram suas estranhas sendo rasgadas pelo arado. O mato que crescia e secava estéril nos prados abundantes sentiu seus caules serem ceifados pelo fio da foice. Árvores altivas despencavam em montanhas em cujos picos serviram de sombra desde tempos imemoriais. Florestas estéreis e mata fechada convertem-se em campos produtivos e cobrem-se de cultivos variados, próprios da América ou transportados para lá com sucesso. Prados abundantes são pisoteados por um sem-número de animais, destinados à alimentação e ao trabalho do ser humano determinado. A mão edificante do cultivador pode ser vista em toda parte, em toda parte parece haver prosperidade e o sinal externo da harmonia. Mas quem, com mão tão poderosa, estimula a natureza mesquinha, preguiçosa, a dar seus frutos em tamanha abundância? Depois de dizimar os indígenas de uma só vez, os europeus enfurecidos, pregadores da paz em nome do Deus da Verdade, professores da brandura e da filantropia, na raiz do assassinato cruel dos conquistadores, incutiram o assassinato a sangue-frio da escravização de cativos por meio da compra. Essas infelizes vítimas das costas do Níger e do Senegal, apartadas de suas casas e famílias, transferidas para países desconhecidos sob o pesado bastão da prosperidade, aram os campos exuberantes da América, que despreza o trabalho delas. E esse país devastado chamaremos de abençoado, porque em suas terras não crescem espinhos e seus campos abundam numa diversidade de colheitas? Chamaremos de abençoado esse país, onde cem cidadãos soberbos chafurdam no luxo, enquanto milhares não têm provisão segura nem abrigo contra o calor e a geada? Ó, que se esvaziem novamente esses países abundantes! Que os espinhos e as ervas daninhas cravem profundamente suas raízes, exterminando os caros produtos da América! Orai, meus mui amados, para que não digam de vós: "Muda de nome, a história dará conta de ti".

Ainda hoje nos impressionamos com a enormidade das construções egípcias. As incomensuráveis pirâmides provarão por muito tempo a corajosa criação arquitetônica dos egípcios. Mas para que essas pilhas absurdas de pedras foram construídas? Para o sepultamento de faraós arrogantes. Esses governantes presunçosos, sedentos de imortalidade, mesmo no falecimento queriam se distinguir, na aparência, de seu povo. E, assim, as enormes construções, inúteis para a sociedade, são prova evidente de sua escravização. Nos escombros de cidades perdidas, nas quais outrora se instalara a bem-aventurança geral, encontramos ruínas de escolas, hospitais, hospedarias, aquedutos, teatros e construções semelhantes; já em cidades onde era famoso o "eu", em vez do "nós", encontramos restos de magníficos palácios reais, amplos estábulos, moradia para animais. Comparai uma e outra: nossa escolha não será difícil.

Mas o que se obtém da própria glória das conquistas? Barulho, grandiloquência, pompa e exaustão. Comparo tal glória aos balões inventados no século XVIII: feitos de tecido de seda, enchem-se em um instante de ar quente e saem voando na velocidade do som até os limites mais extremos do éter. Mas aquilo que constitui sua potência vaza constantemente de seu interior pelas menores frestas: a força da gravidade sobre o artefato em movimento de rotação ascendente o faz tomar seu caminho natural da queda; de modo que, aquilo que levou meses inteiros para ser construído com trabalho árduo, diligência e despesas, mal pode alegrar por algumas horas o olhar do espectador.

Mas pergunte a um conquistador o que ele anseia ao devastar países ou submeter desertos a seu poder. A resposta receberemos do mais feroz entre todos, Alexandre, dito "o Grande": mas sua grandeza, na verdade, não está em seus feitos, e sim na força de seu espírito e em suas destruições. "Ó, atenienses!", proclamou. "Quão caro me custou vosso louvor." Insensato! Olha teu percurso. O turbilhão abrupto de teu voo, atravessando teu território, traz seus habitantes em movimento de rotação e, arrastando a força do Estado em tua ambição, deixa atrás de si deserto e espaço morto. Não refletes, javali fervoroso, que, ao deixar a terra arrasada com tua vitória, não terás na conquista nada que te dê prazer. Se capturaste um deserto, ele servirá de túmulo a teus cidadãos, que poderão se esconder nele; ao povoar um novo deserto, converterás um país fértil em estéril. Que lucro há, porém, em fazer do deserto um assentamento, se outras povoações tornaste desertas? Já se capturaste um país habitado, conta teus assassinatos e horroriza-te. Deverás extirpar todos os corações que passaram a te odiar em razão de tua tempestade; não se pode esperar que amem aqueles que foram forçados a temer. Após o extermínio dos cidadãos corajosos, restarão apenas as almas tímidas, que estarão subjugadas a ti, prontas para aceitar a escravidão; mas também nelas o ódio de tua vitória devastadora fincará raízes profundas. O fruto de tua conquista será – não te vanglories – assassinato e ódio. O tormento permanecerá na memória dos descendentes; estarás condenado a saber que teus novos escravos te insultam e desejam tua morte.

Mas, ao nos aproximarmos dos conceitos sobre a condição do agricultor, veremos quão prejudicial ela é para a sociedade. É prejudicial para as plantações e para o povo, prejudicial a título de exemplo e perigoso por sua insegurança. Uma pessoa, motivada em suas iniciativas pelo interesse próprio, empreende aquilo que lhe pode ser útil, imediata ou futuramente, e livra-se daquilo que não lhe apresenta utilidade, imediata ou futuramente. Seguindo esse impulso natural, tudo aquilo que é iniciado para nós mesmos, que fazemos sem coerção, fazemos com assiduidade, diligência e bem. Ao contrário, tudo aquilo em que trabalhamos de maneira forçada, tudo aquilo que realizamos sem que nos seja útil, fazemos de maneira desleixada, preguiçosa, desordenada e torta. Assim encontramos os agricultores em nosso Estado. A lavoura não é deles, o fruto que nela produzem não lhes pertence. É por isso que a cultivam de maneira tão vagarosa e não se preocupam em deixá-la vazia entre seus afazeres. Compara essa lavoura com aquela cedida por um proprietário arrogante ao cultivador para sua subsistência. Não se queixa dos esforços nela empregados. Nada o distrai do afazer. A crueldade do tempo ele domina com a vigília; as horas designadas para o descanso, ele passa na lida; nos dias designados para as festas, ele as evita. Isso porque está cuidando de si, trabalhando para si, fazendo para si. E, assim, sua lavoura lhe dará um fruto excepcional; e, assim, todos os frutos do trabalho do lavrador morrerão ou nem sequer nascerão; eles, todavia, teriam nascido e estariam vivos para a saciedade dos cidadãos se o trabalho no campo tivesse sido feito de maneira diligente, se ele fosse livre.

Mas, se o trabalho coercitivo dá menos frutos, a produção da terra não atinge seus objetivos, de modo que impede o crescimento do povo. Ali, onde não há o que comer, não existirá ninguém, pois, se existisse, morreria. Tal é o cultivo da escravidão: ao dar frutos insuficientes, faz perecer o cidadão a quem a natureza alocou o seu excedente. Mas seria essa a única maneira por meio da qual, na escravidão, impede-se a abundância? À insuficiência de alimentação e vestimenta foi adicionado, ainda, o trabalho até a exaustão. Acrescentam-se as humilhações da arrogância e os abusos de poder, até mesmo nos sentimentos mais ternos de uma pessoa; então, testemunharás com horror a destruição decorrente do cativeiro, que se diferencia da vitória e da conquista apenas no fato de que não deixa nascer, de que cortará a vitória pela raiz. Mas, nela, há ainda outros males. É fácil, para qualquer um, notar que uma assola aleatória e instantaneamente; a outra destrói a longo prazo e sempre; uma, terminado seu voo, esgota sua ferocidade; a outra começará tão logo esta termine, e não pode ser mudada a não ser, quase sempre, por meio de um colapso de toda a sua estrutura interna.

Mas não há nada mais nocivo que ter sempre à vista o objeto da escravidão. De um lado, nascerá a arrogância; de outro, o acanhamento. Aqui, não pode haver conexão, exceto a violência. E isso, concentrado em um pequeno meio, exerce pesadamente seu poder opressor em todos os lugares. Mas os campeões do cativeiro são não apenas detentores do poder e da espada nas mãos, como são eles mesmos os próprios elos das correntes, seus defensores mais fanáticos. Parece que o espírito da liberdade está minguando nos escravos, que não apenas não desejam extinguir o próprio sofrimento, mas que consideram penoso testemunhar os outros sendo livres. Começam a amar seus grilhões, se é possível que uma pessoa possa amar sua ruína. Parece-me que podemos testemunhar neles a cobra que levou à queda o primeiro ser humano. Exemplos de dominação são contagiosos. Devemos nós mesmos admitir que, portadores do cajado da coragem e da natureza, para esmagar o monstro de cem cabeças que suga a comida da sociedade, preparada para alimentar os cidadãos, tenhamos, talvez, sucumbido à ação autocrata, e, ainda que nossas intenções tenham sido sempre boas e buscassem o bem geral, nossa conduta tirânica não pode ser justificada por sua utilidade. E, assim, rogamos agora perdão por nossa ousadia irrefletida.

Mas sabeis, concidadãos, quão esperado é nosso fim, quão grande é o perigo que nos ronda? Tornando mais rudes os sentimentos dos escravos, e sem colocar em movimento o aceno da vareta da bondade, esses sentimentos apenas se fortalecerão e se aperfeiçoarão no íntimo. O fluxo, bloqueado em sua correnteza, torna-se mais forte quanto mais robusta for a resistência que encontrar. Ao romper a barreira, nada mais poderá resistir a seu transbordamento. Assim são nossos irmãos, por nós acorrentados a seus grilhões. O sino já está badalando. E, então, a feroz atrocidade transbordará rapidamente. Ver-nos-emos cercados por espadas e tochas. Morte e fogo serão as recompensas por nossa inclemência e desumanidade. E, quanto mais lentos e mais teimosos formos na dissolução de suas argolas, mais céleres eles serão em sua vingança. Lembrai-vos da história recente. Como palavras sedutoras incitaram os escravos a assassinar seus senhores! Atraídos por um impostor rude, correram em seu encalço e não desejavam nada além de libertar-se do jugo de seus governantes; em sua incipiência, não pensaram em outro meio que não a matança. Não pouparam nem o sexo nem a idade. Buscavam mais o prazer da vingança que o benefício de se livrar de seus grilhões[1].

Eis o que temos pela frente, eis o que devemos esperar. A destruição vai gradativamente aumentando a tristeza, e o perigo já ronda sobre nossas cabeças. Já faz tempo que a foice foi erguida, aguardando o momento certo, e o primeiro bajulador ou amante da humanidade surgido para despertar os infelizes apressará seu golpe. Vigiai.

Mas, se o medo da morte e o perigo da perda da propriedade podem colocar em movimento o fraco no meio de vós, porventura não seríamos mais corajosos ao derrotar nossos preconceitos, ao refrear nossa ganância e ao liberar nosso irmão dos grilhões da escravidão, restaurando-lhe a igualdade natural de todos? Conhecendo vossos corações, ser-vos-á mais aprazível vos convencer com argumentos sobre o coração humano que com a consideração dos cálculos da prudência egoísta, e menos ainda com o perigo. Ide, meus mui amados, ide à morada de vossos irmãos, anunciai a mudança de sua sorte. Anunciai com sentimentos sinceros: movidos pela piedade de vosso destino, condoídos com nossos semelhantes, bem entendida vossa igualdade conosco e convencidos do bem comum, viemos para beijar nossos irmãos. Abandonamos a distinção orgulhosa que por tanto tempo nos separou, esquecemos a desigualdade que entre nós existia, celebraremos agora nossa vitória, e que esse dia em que os grilhões de nossos queridos concidadãos forem quebrados seja o mais famoso em

[1] Referência indireta à "Revolta de Pugatchov". (N. T.)

nossas crônicas. Esquecei nosso antigo crime cometido contra vós, e que nos amemos sinceramente.

Esse será vosso verbo; isso já é audível no âmago de vossos corações. Não protelai, meus mui amados. O tempo voa; nossos dias correm na inatividade. Não findemos nossas vidas tendo apenas um pensamento bom e sendo incapazes de realizá-lo. Que nossos descendentes não se aproveitem disso, que não tirem os louros de nossa glória e que de nós não digam com desprezo: eles passaram.

***

Eis o que li no papel manchado de lama que peguei do chão diante da isbá dos correios, ao sair de minha *kibitka*.

Ao entrar na isbá, perguntei quais viajantes tinham passado pouco antes de mim.

– O último viajante – disse-me o chefe da estação – foi uma pessoa de mais ou menos cinquenta anos; possui um certificado de viagem para Petersburgo. Esqueceu-se de um monte de papéis que, agora, pede-me que os envie em seu rastro.

Solicitei ao chefe dos correios que me desse esses papéis para que eu pudesse dar uma olhada neles e, ao desembrulhá-los, constatei que aquele encontrado por mim pertencia ao conjunto. Convenci-o a entregar-me esses papéis, oferecendo-lhe uma gratificação. Ao examiná-los, identifiquei que pertenciam a um sincero amigo meu e, portanto, não considerei sua aquisição um roubo. Até agora, ele não os exigiu de mim, deixando-me livre para fazer deles o que eu desejasse.

Enquanto atrelavam meus cavalos, fiquei curioso para folhear os papéis adquiridos. Encontrei muitos semelhantes ao que lera. Em todas as passagens, encontrei a disposição de uma pessoa caridosa; em todas as passagens, vi um cidadão dos tempos futuros. Acima de tudo, ficara evidente que meu amigo estava assombrado com a desproporção das classificações do serviço civil. Todo um conjunto de papéis e esboços de regulamentos referiam-se à extinção da escravidão na Rússia. Mas meu amigo, sabendo que o poder supremo não tem forças suficientes para implementar opiniões imediatamente, traçou um caminho por meio de regulamentos temporários para a emancipação gradual dos agricultores na Rússia. Mostrarei aqui o percurso de seu pensamento. Sua primeira disposição refere-se à distinção entre a escravidão rural e a escravidão doméstica. Esta última deve ser abolida antes de tudo, e fica proibido levar os aldeões, e todos aqueles da aldeia registrados pelo censo, para a residência. Se um proprietário levar um agricultor para sua residência para o serviço ou o trabalho, o agricultor estará liberto. Fica autorizado aos camponeses se casarem sem que se exija a permissão de seu senhor. Fica proibida a cobrança do noivo pela noiva, quando forem servos de senhores diferentes. A segunda disposição refere-se à propriedade e à defesa dos lavradores. Devem ter a propriedade da porção de terra que cultivam, pois pagam tributo por ela. A propriedade adquirida pelo camponês deve a ele pertencer; que ninguém o prive dela por vontade arbitrária. Restituição do agricultor ao posto de cidadão. Convém que seja julgado por seus iguais, ou seja, no tribunal de pequenos proprietários e servos do Estado com um júri selecionado entre os camponeses de proprietários de terra. Fica permitido que um camponês adquira propriedade de imóvel, ou seja, compre terra. Fica permitida a aquisição irrestrita da liberdade, pagando ao senhor uma soma conhecida como alforria. Fica proibida a pena arbitrária sem julgamento.

"Que se extinga o costume bárbaro, que se destrua o poder dos tigres!", anuncia nosso legislador... Segue-se a completa extinção da escravidão.

Entre muitas deliberações relativas à restauração, na medida do possível, da igualdade entre os cidadãos, encontrei a Tabela de Classificações. Quão desproporcional é em relação aos dias de hoje, cada um pode imaginar por si. Mas, doravante, o arco do cavalo nativo já soa seu guizo e me chama para a partida; e, para o bem da razão, coloquei-me a refletir sobre o que seria mais adequado àquele que viaja via estações dos correios, que os cavalos fossem no trote ou na marcha, ou o que seria mais adequado ao pangaré dos correios, ser um marchador ou um trotador – em vez de ocupar-me com aquilo que não existe.

VÍCHNI VOLOTCHOK

Jamais passei por esta nova cidade sem que me detivesse para olhar as eclusas locais. A primeira pessoa a cujo pensamento adveio a ideia de imitar a natureza em suas benesses e fazer um rio artificial com a intenção de estabelecer uma ligação entre o fim e o início de uma região merece um momento para a longínqua prosperidade. Quando os poderes atuais, por razões morais ou naturais, entrarem em colapso, quando seus campos dourados estiverem cobertos de espinhos e cobras, quando sapos e lagartos estiverem escondidos nos palácios magníficos de governantes orgulhosos, um viajante curioso descobrirá remanescentes eloquentes de sua grandeza no comércio. Os romanos construíram grandes estradas, aquedutos, cuja resistência ainda hoje, e com justeza, surpreende; mas da comunicação fluvial que existe na Europa não tinham nem o conceito. Nossas estradas jamais serão como as dos romanos; impedem-no nosso longo inverno e as fortes nevascas, mas ainda demorará muito para que os canais, mesmo sem o forro, sejam cobertos pelas ervas.

Foi bastante recreativo para mim o espetáculo do canal de Víchni Volotchok, repleto de barcas, carregadas de trigo e outras mercadorias, preparando-se para atravessar as eclusas em uma nova longa navegação rumo a Petersburgo. Via-se aqui a verdadeira abundância da terra e o excedente do agricultor; aqui ficava evidente em todo o seu esplendor o motor das ações humanas: a ganância. Mas, se, à primeira vista, minha mente se satisfazia com a visão da prosperidade, com a fragmentação de meu pensamento minha alegria logo se dissipava. Pois lembrei-me de que, na Rússia, muitos agricultores não trabalham para si mesmos; assim, a abundância da terra em muitas regiões da Rússia prova o destino oprimido de seus moradores. Minha satisfação transformou-se naquela mesma indignação que sinto quando caminho no cais da alfândega durante o verão, quando vejo os navios que nos trazem os excedentes da América, seus produtos caros, como o açúcar, o café, a tintura, entre outros, que ainda não secaram do suor, das lágrimas e do sangue que os encharcaram durante seu cultivo.

– Imagina – disse-me certa vez um amigo meu – que o café derramado em tua xícara, bem como o açúcar nele dissolvido, privou da paz um semelhante teu, que foram a causa de trabalhos além de suas forças, a razão de suas lágrimas, seus gemidos, seus castigos e seus abusos; vai em frente, coração duro, delicia tua laringe.

O olhar de reprovação que acompanhara tais sentenças abalou-me até o âmago. Minha mão começou a tremer, e derramou-se o café.

Quanto a vós, ó, moradores de Petersburgo, que se refestelam com o excedente das regiões abundantes de vossa pátria, em recepções magníficas ou em banquetes amigáveis, ou sozinhos, quando vossa mão toma o primeiro pedaço de pão, destinado à sua saciedade, parai e pensai. Não poderia eu vos dizer o mesmo que me disse meu amigo sobre os produtos da América? Acaso não foi à custa de suor, lágrimas e gemidos que se encheram os campos onde cresceram? Bem-aventurados sois vós se o pedaço de pão que anseiam é da classe nascida no campo do assim chamado tesouro, ou, pelo menos, em um campo em que se paga o arrendamento ao proprietário. Mas desgraçados sois se vossa massa for feita dos grãos que jaziam no celeiro de um nobre. Sobre ela, deitaram-se a aflição e o desespero; nela, está gravada a maldição do Altíssimo: maldita é a terra por causa de ti[1]. Vigiai, para não serdes envenenados pela tão desejada comida. A lágrima amarga do miserável repousa gravemente sobre ela. Afastai-a de vossa boca; jejuai, essa penitência pode ser verdadeira e útil.

[1] Citação de *Gênesis* 3:17. (N. T.)

O relato de um certo proprietário de terras provará que uma pessoa, graças à sua ganância, esquece-se da humanidade de seus semelhantes e de que não temos necessidade de buscar exemplos de crueldade em países remotos, nem de procurar milagres em terras distantes; em nosso reino, são cometidos na calada da noite.

Esse certo alguém, não tendo encontrado no serviço civil aquilo que, em linguagem popular, dá-se o nome de felicidade, ou não desejando não granjeá-la, retirou-se da capital, adquiriu uma pequena aldeia, por exemplo, de cem, duzentas almas, e decidiu buscar seu lucro na agricultura. Ele mesmo não estava determinado a usar o arado, mas se lançou da maneira mais eficaz que se possa imaginar a fazer todo o possível para o emprego das forças naturais de seus camponeses, aplicando-as no cultivo da terra. Considerou como método mais confiável para isso assemelhar seus camponeses a instrumentos desprovidos de vontade e iniciativa; e os assemelhou, de fato, em certos aspectos, a soldados do presente século, dirigidos feito uma tropa, precipitando-se para a batalha feito uma tropa, os quais, singularmente, não têm significado nenhum. Para atingir seus objetivos, subtraiu deles a pequena porção de terras aráveis e ceifas de feno, necessárias para a subsistência, que lhes é cedida pelos nobres, em retribuição a todo o trabalho coercitivo aos quais estes submetem os camponeses. Em resumo, esse fidalgo Certo Alguém forçou os camponeses, suas mulheres e filhos a trabalhar para ele todos os dias do ano. A fim de que não morressem de fome, porém, dava-lhes uma determinada quantidade de pão, conhecida pelo nome de ração mensal. Aqueles que não tinham famílias não recebiam a ração mensal, mas, segundo o costume dos lacedemônios, ceavam juntos no pátio senhorial, praticando o jejum nos dias de carne permitida e passando a pão e *kvas* os dias de jejum. A abstinência da carne só era quebrada, quiçá, na Semana Santa.

Para os mantidos nessa ordem, produziam-se também roupas adequadas e na medida de sua condição. Sapatos para o inverno, ou seja, calçados de fibra de tília, faziam eles mesmos; o material, recebiam de seu senhor; no verão, andavam descalços. Consequentemente, esses prisioneiros não tinham nem vacas, nem cavalos, nem ovelhas, nem carneiros. Seu senhor não lhes tirara a permissão para tê-los, mas os meios para tal. Aquele que era mais próspero, que era mais moderado na comida, conseguia manter alguns pássaros, tomados, às vezes, pelo senhor, por um pagamento cujo preço era definido de acordo com sua vontade.

Com tal arranjo, não é de surpreender que a agricultura na aldeia do senhor Certo Alguém se encontrava em estado de florescimento. Quando todos tinham uma colheita ruim, seu trigo tinha crescido quatro vezes mais; quando os outros haviam tido uma boa colheita, seu trigo chegara a dez vezes ou mais. Em pouco tempo, às duzentas almas, adicionara a compra de mais duzentas vítimas de sua ganância; e, atuando com estes como com os primeiros, ano após ano, multiplicou sua propriedade, aumentando o número dos que gemiam em suas lavouras. Agora, ele os contava aos milhares e tornou-se célebre como notável proprietário de terras.

Bárbaro! Não és digno de carregar o título de cidadão. Qual é o benefício ao Estado se, em um quarto de ano, crescerão mais vários milhares de trigo, quando aqueles que o produzem são considerados em pé de igualdade com o boi destinado a abrir os sulcos mais árduos? Ou consideramos bem-aventurança dos cidadãos o fato de nossos celeiros estarem cheios de trigo, enquanto os estômagos estão vazios? Que o governo abençoe um único, e não milhares? A riqueza desse sanguessuga não lhe pertence. Foi acumulada por meio de pilhagem e merece punição severa da lei. E há pessoas que, olhando os campos férteis desse carrasco, fazem dele exemplo de aperfeiçoamento da agricultura. E quereis vós serdes chamados de generosos e carregais o título de curadores do bem comum. Em vez de estimulá-lo a tal violência, a qual considerais a fonte da riqueza do Estado, aplicai uma vingança filantrópica a esse vilão da ordem pública. Destruí seus instrumentos de lavoura, queimai seus palheiros, seus currais, seus celeiros, e as cinzas espalhai nos campos onde ele cometeu sua tortura, colocai nele a marca de bandido comum, a fim de que todos, ao vê-lo, não apenas o execrem, mas afastem-se de sua presença, a fim de que não se contaminem com seu exemplo.

VYDOPRUSK

Aqui, peguei novamente os papéis de meu amigo. Deparei-me com o esboço de uma proposta de extinção do funcionalismo da corte.

Projeto para o futuro

Ao restaurar, paulatinamente, na sociedade, a igualdade civil natural abolida, nossos ancestrais de modo algum consideravam a redução dos direitos da nobreza como a última das medidas a serem tomadas. Útil ao Estado no princípio, em razão de seus méritos pessoais, enfraqueceu em seus feitos em razão da herança e, dócil no plantio, sua raiz, finalmente, produziu fruto amargo. No lugar da coragem, instalaram-se a arrogância e o orgulho; no lugar da benevolência da alma e da generosidade, foram semeados o servilismo e a falta de autoconfiança, verdadeiros obstáculos para a grandeza. Habitando entre almas tão estreitas e movidas pela mesquinhez da bajulação das virtudes e dos méritos hereditários, muitos soberanos supuseram que eram deuses e que tudo aquilo que tocassem tornariam abençoado e iluminado. Assim, pois, devem ser nossos atos, mas apenas para o bem comum. Em tal delírio de grandeza de poder, os tsares acreditavam que os escravos e lacaios, ao se apresentarem de hora em hora às suas vistas, assimilavam seu esplendor; que o brilho dos tsares, refratado, por assim dizer, nessas novas respostas, apareceria mais numeroso e com o reflexo mais cintilante. Em tal confusão de pensamentos, os tsares erigiram ídolos da corte, os quais, como verdadeiros deuses teatrais, movem-se ao som de um apito ou de um chocalho. Passemos em revista as fileiras dos servidores da corte e, com um sorriso de compaixão, desviaremos nosso olhar daqueles que se orgulham de seu serviço, mas choraremos ao ver que são eles os preferidos pelo mérito. Meu mordomo, meu cavalariço e até o estribeiro e o cocheiro, o cozinheiro, o garçom, o apanhador de pássaros e os caçadores a ele subordinados, meus lacaios – o que me barbeia, o que penteia os cabelos de minha cabeça, o que tira o pó e a lama de meus calçados, sem mencionar muitos outros, são iguais ou superiores àqueles que servem à pátria com a força de seu corpo e de sua alma, não poupando em nome da pátria nem sua saúde nem seu sangue, amando-a até a morte pela glória do Estado. De que adianta que a limpeza e a ordem reinem em minha casa? Estaríeis mais bem alimentados se a refeição em minha casa fosse mais bem preparada que na vossa e se fossem vertidos em minhas taças vinhos de todas as partes do mundo? Estaríeis protegidos das intempéries em vosso percurso se minha carruagem fosse coberta de ouro e meus cavalos, corpulentos? Vossos campos vos darão melhores frutos, os prados crescerão mais verdes, se forem pisoteados pelas feras caçadas para meu prazer? Sorrireis com um sentimento de pesar. Mas, não raro, nos dirá alguém em sua justa indignação: aquele que cuida da manutenção de teus palácios, aquele que os aquece, aquele que harmoniza o tempero ardente das plantas meridionais com a viscosidade fria das gorduras do Norte para saciar tua barriga flácida e teu paladar entorpecido; aquele que derrama em tua taça o doce suco das uvas africanas; aquele que lubrifica as rodas de tua carruagem, que trata com alimento e água teus cavalos; aquele que em teu nome trava uma batalha sangrenta com as feras do bosque e os pássaros do céu: todos esses parasitas, esses acalentadores da tua arrogância, como tantos outros, estão acima de mim, que derramei rios de sangue no campo de batalha, que perdi os membros mais necessários de meu corpo, defendendo tuas cidades e palácios, nos quais encobres tua pusilanimidade com o véu da pompa disfarçada de coragem; estão acima de mim, que passo os dias de alegria, juventude e prazer poupando o menor centavo para aliviar, tanto quanto possível, o fardo geral dos tributos; que não cuidei do próprio patrimônio, trabalhando dia e noite na busca de meios para atingir a bem-aventurança social; acima de mim, que ignorei o parentesco, a amizade, os laços de coração e sangue, dizendo a verdade no tribunal em teu nome, para que sejas amado. Os cabelos embranqueceram em nossas façanhas, as forças foram esgotadas pelos trabalhos que empreendemos, e à beira do túmulo mal poderemos ser dignos de tua benevolência; já esses bezerros engordados nas tetas da doçura e dos vícios, esses filhos ilegítimos da pátria, herdarão nossos bens.

Isso e mais ainda é o que muitos, legitimamente, proclamarão. O que nós, detentores do poder, daremos como resposta? Cobriremos a humilhação com nossa indiferença, e em nossos olhos será possível avistar a raiva inflamada contra aqueles que assim se pronunciam. Tais são, não raro, nossas respostas às declarações da verdade. E que ninguém se surpreenda quando o melhor entre nós assim proceder: ele vive com bajuladores, conversa com bajuladores, dorme na bajulação, caminha no meio da bajulação. E a bajulação dos bajuladores tornou-o surdo, cego e embotado.

Que tal reprimenda não caia sobre nossas cabeças. Tendo aprendido a odiar bajulação desde nossa infância, resguardamos nosso coração da doçura de seu veneno até os dias atuais; e hoje uma nova experiência de nosso amor e devoção se manifestará. Hoje, estamos extinguindo a paridade entre o serviço da corte e o militar e civil. Eliminemos de nossa memória o costume que, para nossa vergonha, existiu por tantos anos. Que os verdadeiros méritos e as verdadeiras virtudes, o respeito pelo bem comum, sejam recompensados por seus trabalhos e que sejam os únicos a se distinguir.

Depois de extirpar de nosso coração tão insuportável fardo, que tem nos oprimido por tanto tempo, nós vos revelaremos nossos motivos para extinção de patentes tão ofensivas ao mérito e à virtude.

Afirma-se, e nossos ancestrais mantinham as mesmas ideias, que o trono do tsar, cuja força reside na opinião dos cidadãos, deve destacar-se por seu brilho externo, a fim de que a opinião de Sua Majestade seja sempre íntegra e inviolável. Daí a aparência exuberante dos governantes dos povos, daí a manada de escravos que os circundam. Todos devem concordar que as mentes estreitas e as almas pequenas podem maravilhar-se com a forma exterior. Mas, quanto mais esclarecido é um povo, ou seja, quanto mais esclarecidos são os indivíduos, menos a aparência age sobre ele. Numa conseguiu convencer até mesmo os romanos mais rudes que a ninfa Egéria tinha lhe inspirado os regulamentos. Manco Capac conseguiu convencer os fracos peruanos de boa-fé de que era filho do Sol e que sua lei havia sido inspirada pelos céus. Maomé conseguiu seduzir os árabes errantes com seus delírios. Todos eles se beneficiaram da forma exterior, e mesmo Moisés recebeu a tábua dos mandamentos na montanha em meio ao brilho dos relâmpagos. Mas, hoje, aquele que desejar atrair a admiração não precisará de uma forma resplandecente, mas da forma dos argumentos, se se pode dizer assim, da forma da persuasão. Hoje, aquele que pretender sancionar seu mandamento no Altíssimo deverá empregar mais sua utilidade que a aparência, e por isso todos se moverão. Para nós, todavia, que direcionamos todas as nossas forças para o bem de todos e de cada um, o que tem a dizer o brilho da forma exterior? Não seria a utilidade de nossos decretos para o bem de nosso Estado atual, que deve brilhar em nossas faces? Qualquer um que nos olhe verá nossa boa intenção, verá em nossos feitos um benefício a si mesmo e, graças a isso, saudar-nos-á, não como aqueles que marcham no terror, mas como os que estão assentados sobre a bondade. Se os antigos persas tivessem sempre sido governados com generosidade, não teriam imaginado Ahrimã ou a odiosa origem do mal. Mas, se a aparência opulenta nos é inútil, ainda mais prejudicial podem ser seus defensores no Estado. Se o único dever em seu serviço é nos contentar, quão requintados serão em tudo aquilo que puder nos agradar. Nosso desejo será prevenido; mas não apenas não será permitido que renasça em nós o desejo, mas até mesmo os pensamentos, pois sua satisfação já estará preparada. Olhai com horror para tais indulgências. A alma mais firme vacilará em seus princípios, inclinará os ouvidos à bajulação dócil, adormecerá. E essas doces feitiçarias rondarão a mente e o coração. A tristeza dos outros, bem como a ofensa a eles, nem sequer nos parecerá uma moléstia transitória; consideraremos impróprio ou repugnante sentir compaixão por eles, ou mesmo os proibiremos de se lamentar. As dores e as feridas mais pungentes, e a própria morte, parecer-nos-ão ações necessárias do movimento das coisas, e como tudo nos será apresentado por trás de cortinas opacas, nem sequer um efeito efêmero semelhante ao das apresentações teatrais poderá ser produzido em nós. Pois não é em nós que vibram a flecha da doença e o agulhão do mal.

Esse é um quadro pálido das ações nocivas dos tsares opulentos. Não seríamos nós abençoados se conseguíssemos escapar da agitação de nossas boas intenções? Não seríamos nós abençoados se colocássemos um obstáculo diante do contágio do exemplo? Seguros de nossa bondade de coração, seguros de que a corrupção não virá de fora, seguros na temperança de nossos desejos, prosperaremos novamente e seremos exemplo para a posteridade mais distante de como o poder deve se unir à liberdade para o bem mútuo.

TORJOK

Aqui, encontrei no pátio dos correios uma pessoa que se dirigia a Petersburgo para apresentar uma petição. Esta consistia em um pedido de permissão para começar naquela cidade a livre impressão de livros. Eu lhe disse que essa permissão não era necessária, pois a liberdade já havia sido concedida a todos. Mas ele queria liberdade em relação à censura, e eis o teor de suas reflexões.

É permitido que todos tenhamos tipografias, e foi-se o tempo em que se temia concedê-las a particulares; mas, pelo fato de que nas tipografias livres podem ser impressos passes falsos, impediram-se um bem comum e um estabelecimento útil. Doravante, qualquer um pode possuir livremente os instrumentos de impressão, mas aquilo que é permitido imprimir está sob tutela. A censura se tornou a ama-seca da razão, da inteligência, da imaginação, de tudo que é grandioso e eloquente. Mas, onde há amas-secas, segue-se que há crianças andando em arneses, graças a que, não raro, ficam com as pernas tortas; onde há tutores, segue-se que há mentes jovens e imaturas, as quais não são capazes de governar a si mesmas. Se as amas-secas e os tutores permanecerem para sempre, logo a criança perfeita vai andar em arnês e, na idade adulta, será um aleijado. O ignorante será sempre um Mitrofanuchka, incapaz de dar um passo sem um titio, incapaz de administrar sua herança. Tais são as consequências da censura rotineira em toda parte, e, quanto mais severa, mais perniciosas suas consequências. Ouçamos Herder.

> O melhor meio de promover o bem é a desobstrução, a permissão, a liberdade de pensamento. Um inquérito é sempre prejudicial no reino das ciências: condensa o ar e dificulta a respiração. O livro que passa por dez censores antes de conhecer a luz do dia não é um livro, mas um ofício da Santa Inquisição; quase sempre, um prisioneiro mutilado, açoitado, com uma mordaça na boca, e sempre um escravo [...]. No terreno da verdade, no reino do pensamento e do espírito, nenhum poder terreno pode nem deve dar suas aprovações; não o pode o governo e menos ainda seu censor, use ele a batina ou as dragonas. No reino da verdade, ele não é um juiz, mas o réu, assim como o escritor. A correção só pode ser realizada com iluminação; sem cabeça e cérebro, não se movem nem os braços nem as pernas [...]. Quanto mais está fundamentado em suas regras, quanto mais bem proporcionado for, mais claro e firme será ele mesmo, menos ele poderá vacilar e estremecer com o sopro de cada opinião, com o escárnio de um escritor enfurecido; quanto mais benevolente ele for em relação à liberdade de pensamento e à liberdade de escrita, no final o lucro será, é claro, da verdade. Os destruidores são suspeitos; são vilões secretos e tímidos. Um homem transparente, correto em sua verdade e firme em suas regras, permite qualquer palavra sobre si. Caminha na luz do dia e faz bom uso da calúnia de seus detratores. O monopólio dos pensamentos é nocivo [...]. Que o governante de um Estado seja imparcial nas opiniões, a fim de que possa abraçar as opiniões de todos e que permita, no Estado, educar e inclinar as pessoas para o bem comum: é por isso que um soberano verdadeiramente grande é tão raro.

O governo, convencido da utilidade da publicação de livros, concedeu permissão a todos; mas, convencido ainda mais de que proibir a liberdade de pensamento anularia a boa intenção da livre publicação, confiou a censura, ou a supervisão, das edições ao Departamento de Moral e Ordem Públicas. Seu dever nesse sentido, pois, só pode ser proibir a venda de obras ofensivas. Contudo, mesmo essa censura é supérflua. Um único quadrilheiro estulto do departamento pode promover um enorme dano para o esclarecimento e paralisar por muitos anos o progresso da razão: proibir uma invenção útil, um novo pensamento, e privar a todos de algo grande. Um pequeno exemplo: foi levada ao departamento a tradução de um romance para aprovação. O tradutor, seguindo o autor, ao falar sobre o amor, deu-lhe a alcunha de um deus malicioso. O censor em seu uniforme, imbuído do espírito de veneração, sublinhou essa expressão, dizendo: "É indecente nomear uma divindade de maliciosa". Se não entendes de algo, sabe que muito ajuda quem não atrapalha. Se queres respirar um ar saudável, afasta-te do fumeiro; se queres a luz, remove a escuridão; se queres que tuas crianças não sejam tímidas, elimina a palmatória da escola. Em uma casa onde chicotes e porretes são a moda, os serviçais são bêbados, ladrões ou até coisa pior*.

Que todos publiquem o que quer que lhes venha à mente. Quem se sentir ofendido pela publicação, que acione o tribunal nas formas da lei. Não falo como zombaria. Nem sempre as palavras são atos, tampouco os pensamentos, um crime. São as regras da Instrução sobre o novo regulamento. Mas a injúria em palavras ditas ou impressas é sempre injúria. Por lei, não é permitido injuriar ninguém, e qualquer um está livre para fazer uma reclamação. Mas, se alguém disser a verdade sobre alguém, se isso deve ser considerado injúria ou não, não está na lei. Que mal pode haver se livros forem impressos sem o selo da polícia? Não apenas não pode haver mal, como até há benefício; benefício do primeiro ao último, do menor ao maior, do tsar ao último dos cidadãos.

As regras ordinárias da censura são: sublinhar, rasurar, não permitir, rasgar, queimar tudo aquilo que é contrário à religião natural e à revelação, tudo aquilo que é contrário ao governo, que é uma afronta pessoal, que é contrário às boas maneiras, à harmonia e à paz geral. Examinemos detalhadamente. Se um louco, em seu delírio não apenas no coração, mas em voz alta, declara: "Deus não existe", nos lábios de todos os loucos ressoará em alto e bom som o eco: "Deus não existe, Deus não existe". Mas, ora, e daí? O eco é um som; ele atinge o ar, vibra-o e

* Conta-se que esse mesmo tipo de censor não permitiu a publicação de obras em que Deus fosse mencionado, dizendo: "Não tenho nada a ver com ele". Se os costumes de algum país fossem criticados, ele considerava ilegal, dizendo: "A Rússia tem um tratado de amizade com esse país". Se fosse mencionado um príncipe ou um conde, não permitia a publicação, dizendo: "Trata-se de um ataque pessoal, pois temos príncipes e condes entre nossas personalidades ilustres". (N. A.)

desaparece. Raramente deixará um rastro na mente e será fraco; mas no coração, jamais. Deus permanecerá para todo o sempre, é sentido mesmo pelos que Nele não creem. Mas, se pensas que o Todo-Poderoso se ofenderá com uma blasfêmia, acaso poderia ser um funcionário da corte Seu reclamante? O Onipotente não deposita confiança em quem bate a matraca ou o sino. Aquele que empunha trovões e raios, a quem todos os elementos da natureza obedecem, que habita além dos limites do universo e faz estremecer os corações abomina a vingança em Seu nome, mesmo se feita pelo tsar em pessoa, que se imagina Seu representante na Terra. Quem, afinal, pode ser o juiz de uma ofensa ao Pai Eterno? A resposta será dada diante Dele.

Até hoje, os apóstatas da religião revelada fizeram mais mal à Rússia que os negadores da existência de Deus, os ateístas. Eles são poucos entre nós, pois, entre nós, são poucos aqueles que pensam na metafísica. O ateísta se equivoca na metafísica; já o cismático, com os três dedos. Chamamos cismáticos todos os russos que, de alguma forma, afastam-se da Igreja grega. Há muitos deles na Rússia, e é por isso que se permite sua liturgia. Mas para que não permitir a manifestação de um equívoco? Quanto mais manifesto, mais rápido se quebrantará. A perseguição produziu mártires; a crueldade era respaldada pela própria lei cristã. Os cismas, às vezes, têm efeito nocivo. Proíbe-os. Eles se propagam pelo exemplo. Eliminar o exemplo. Um cismático não se lançará ao fogo por causa da publicação de um livro, mas por causa de um exemplo astuto. Proibir a tolice é o mesmo que encorajá-la. Dá-lhes liberdade; todos verão o que é estúpido e o que é inteligente. É o proibido que desejamos. Somos todos filhos de Eva.

Mas governantes pusilânimes, ao proibir a liberdade de impressão, não temem blasfêmias, mas têm medo de ter opositores. Aquele que na hora da loucura não poupa Deus, não poupará, na hora da lucidez e da razão, o poder ilícito. Se não teme os trovões do Onipotente, rirá diante da forca. É por isso que a liberdade de pensamento é tão aterrorizante para os governos. Abalado em seu âmago, o livre-pensador estenderá uma mão ousada, mas poderosa e firme, ao ídolo do poder, arrancará sua máscara e seu manto e deixará sua composição exposta. Todos verão seus pés de barro, retirarão o apoio que lhe deram, a força retornará à fonte, o ídolo cairá. Mas, se o poder não repousa sobre a névoa das opiniões, se seu trono se apoia no amor sincero ao bem comum, não se fortalecerá ainda mais se seu fundamento está manifesto? Acaso não é amado aquele que ama sinceramente? A reciprocidade é um sentimento da natureza, e o desejo repousa na essência. Para uma construção firme e forte, basta-lhe sua própria fundação: não tem necessidade de suportes e contrafortes. Poderá se abalar em razão da ruína, só então necessitará de sustentação lateral. Que os governos sejam verdadeiros, e seus líderes não sejam hipócritas; então todas as discórdias, toda a regurgitação da blasfêmia, retornarão a seu regurgitador; e a verdade permanecerá sempre pura e límpida. Quem, por meio das palavras, chama a rebelar-se (chamemos assim para a conveniência do poder todos os pensamentos firmes, baseados na verdade, contrários ao poder) é tão louco quanto o que blasfema contra Deus. Se o poder trilhar o caminho que lhe foi designado, não lhe incomodará o som de calúnias vazias, assim como o Senhor Todo-Poderoso não se abala com as blasfêmias. Mas desgraçado será se, por ganância, romper com a verdade. Então, um único pensamento de firmeza o fará estremecer; um verbo que comunique a verdade o esmagará, um ato de coragem o dissipará.

Um ataque à personalidade, se for deletério, constitui uma ofensa. Um ataque à personalidade baseado na verdade deve ser tão permitido quanto a própria verdade. Se um juiz tendencioso julgar em favor de uma inverdade e o defensor da inocência publicar seu veredito insidioso, se ele mostrar seu artifício e sua inverdade, será um ataque à personalidade, mas é permitido; se ele o chamar de juiz contratado, mentiroso, estúpido, será um ataque à personalidade, mas se pode permitir. Se, todavia, chamá-lo de nomes obscuros e palavras de baixo calão, como os que se pode encontrar nas feiras, será um ataque à personalidade, mas é deletério e não deve ser permitido. No entanto, não é função do governo defender o juiz, mesmo que tenha sido difamado em uma ação correta. O juiz não será o reclamante, será um indivíduo ofendido. Que o juiz, pois, seja julgado perante o mundo e perante aqueles que o nomearam como juiz*. Assim se deve julgar um ataque à personalidade. Merece punição, mas sua publicação será mais útil que perniciosa. Quanto tudo estiver em ordem, quando as decisões forem sempre tomadas com base na lei, quando a lei for baseada na verdade e a opressão for contida, então um ataque à personalidade pode corromper a moral. Falemos um pouco sobre a boa-fé e o quanto as palavras a prejudicam.

Obras sobre o amor erótico, repletas de traços luxuriosos, cheirando a devassidão, cujas páginas e linhas escancaram a nudez explícita, são nocivas para a juventude e os sentimentos imaturos. Ao atear fogo a uma imaginação já inflamada, perturbando sentidos adormecidos e despertando o coração tranquilo, induzem precocemente à maturidade, iludindo os sentimentos juvenis com sua dureza e preparando-os para a decrepitude. Tais obras podem ser nocivas; mas não são a raiz da devassidão. Se, ao lê-las, os jovens se apaixonam ao extremo pela satisfação do impulso amoroso, nada poderiam fazer na prática, não fossem os mercadores da beleza. Ainda não se imprimem tais obras na Rússia, contudo, em cada rua de ambas as capitais se pode ver concubinas maquiladas. A ação corrompe mais que a palavra e que o exemplo, antes de tudo. Uma concubina itinerante, que entrega seu coração em leilões públicos, contaminará mil jovens com uma praga, bem como toda a sua descendência futura; mas um livro ainda não causou nenhuma doença. E, assim, que permaneça a censura sobre as moças mercadoras; já das obras da razão, ainda que depravadas, não deve se ocupar.

Com isso, concluo: a censura pertence à sociedade, dará ao autor uma coroa de louros ou usará suas páginas como embrulho. Da mesma maneira que o incentivo a uma produção teatral

---

* O sr. Dickinson, que participou da recente Revolução Americana e, com isso, ganhou fama, não se esquivou quando se tornou presidente da Pensilvânia de enfrentar seus detratores. As calúnias mais violentas foram publicadas contra ele. O eminente governador da região desceu à arena, teve sua defesa publicada, justificou-se, refutou as alegações de seus inimigos e os cobriu de vergonha... Esse é um exemplo a se seguir para se vingar quando alguém é atacado por publicar uma obra. Se as linhas publicadas deixam alguém furioso, elas dão razão para pensar que o que foi publicado é verdade e que a pessoa que se vinga é exatamente como foi retratada na impressão. (N. A.)

é dado pelo público, e não pelo diretor de teatro, também não será o censor a dar glória, ou inglória, a uma obra que venha ao mundo. A cortina subiu, os olhares cravaram-se na ação; se gostam, aplaudem; se não gostam, vaiam e zombam. Deixe o tolo à vontade para o julgamento geral: encontrará milhares de censores. A polícia mais severa não será tão páreo para proibir a escória das ideias quanto o público indignado. Tais ideias serão ouvidas uma vez e, depois, não ressuscitarão por séculos. Mas, se reconhecermos a inutilidade da censura, ou, ainda, seu prejuízo para o reino da ciência, reconheceremos o amplo e vasto benefício da liberdade de imprensa.

Quanto a isso, parece não haver necessidade de provas. Se todos puderem pensar e expressar livremente os próprios pensamentos, é natural que tudo o que for criado, inventado, torne-se conhecido; o grande será grande, a verdade não será encoberta. Os governantes dos povos não se desviarão das trilhas da verdade e terão medo, pois seus caminhos, sua maldade e sua malícia serão desnudados. O juiz estremecerá ao assinar uma sentença injusta e a rasgará. O detentor do poder se envergonhará de empregá-lo apenas para a satisfação de seus caprichos. Um roubo secreto será chamado de roubo, e um assassinato encoberto, de assassinato. Todos os ímpios temerão o olhar severo da verdade. A tranquilidade será genuína, pois não haverá nela o grão do fermento. Hoje, apenas a superfície é lisa, mas o lodo que jaz no fundo agita-se e começa a turvar a transparência das águas.

Ao se despedir de mim, o crítico da censura me deu um pequeno caderno. Se tu, leitor, não tens propensão ao tédio, lê o que diante de ti jaz. Se, todavia, acontecer-te de pertencer ao comitê da censura, dobra estas páginas e pula adiante.

Breve narrativa sobre as origens da censura

Se dissermos e afirmarmos, com argumentos claros, que a censura e a inquisição têm a mesma raiz; que os fundadores da inquisição criaram a censura, ou seja, o exame por decreto de livros antes de sua edição conhecer a luz do dia, embora não digamos nada de novo, extrairemos das trevas dos tempos passados prova clara, entre muitas outras coisas, de que os sacerdotes foram sempre os inventores dos grilhões por meio dos quais, em diferentes momentos, oprimiu-se a razão humana, cortaram-se-lhes as asas para que seu voo não alcançasse a grandeza e a liberdade.

Ao percorrer as épocas e os séculos passados, encontramos em toda parte traços de um poder punitivo, em toda parte vemos a força se levantando contra a verdade, às vezes a superstição lutando contra a superstição. O povo ateniense, inflamado pelos sacerdotes, proibiu os escritos de Protágoras, ordenou que todas as cópias fossem apreendidas e queimadas. Acaso não foram as mesmas pessoas insanas que entregaram à morte, condenando-a pelos séculos à infâmia, a personificação da verdade: Sócrates? Em Roma, encontramos mais exemplos dessa brutalidade. Tito Lívio conta que os escritos encontrados no caixão de Numa foram queimados por ordem do Senado. Em diferentes épocas, ocorreu de ordenar-se que os livros de previsões fossem levados ao pretor. Suetônio relata que César Augusto ordenou queimar 2 mil livros como esses. Mais um exemplo da incongruência da razão humana! Porventura, proibindo os escritos supersticiosos, esses governantes pensavam que a superstição seria extirpada? Cada pessoa, em particular, viu-se proibida de recorrer ao augúrio, que ocorria, não raro, em virtude de uma fisgada de dor momentânea; a permissão permaneceu apenas para as previsões estatais de augúrios e arúspices. Mas não seria ridículo se, na época do esclarecimento, se cogitasse proibir e queimar livros que ensinam adivinhação e que pregam a superstição, que a verdade tomasse o cajado da perseguição à superstição? Que a verdade buscasse a derrota da ilusão apoiada no poder e na espada, quando sua visão é o flagelo mais cruel contra a ilusão?

Mas César Augusto não estendeu sua perseguição unicamente à adivinhação: ordenou que queimassem os livros de Tito Labieno. "Seus malfeitores", diz Sêneca, o Orador, "inventaram esse novo tipo de castigo para ele. Um feito inédito e extraordinário: extrair a execução da doutrina. Mas, para a sorte do Estado, esse enfurecimento racional foi inventado depois de Cícero. O que poderia ter ocorrido se, em nome do bem, o Triunvirato tivesse condenado a mente de Cícero?". Mas o torturador logo se vingou daquele que exigira queimar as obras de Labieno. Viu ainda em vida suas próprias obras serem consagradas às chamas*. "Não foi um mau exemplo qualquer que aqui foi seguido", diz Sêneca, "foi o seu próprio."** Queira o céu que o mal sempre retorne ao inventor e que o agente da perseguição ao pensamento veja os próprios pensamentos ridicularizados e condenados ao extermínio! Se, em algum momento, a vingança pode ser desculpada, é aqui. Durante o governo plebeu em Roma, perseguição de tal gênero se voltava contra as superstições, mas, sob os imperadores, estendeu-se a todos os pensamentos firmes. Em sua história, Cremutius Cordus denominou Cassio, que ousou zombar da tirania de Augusto sobre a obra de Labieno, como o último romano. O Senado romano, rastejando aos pés de Tibério, para agradar-lhe, ordenou a queima do livro de Cremutius. Mas muitas cópias sobreviveram. "Além do mais", diz Tácito, "é possível rir do cuidado daqueles que sonham que, em sua onipotência, podem aniquilar a memória da próxima geração. Ainda que o poder execute uma punição enfurecida contra a razão, com sua ferocidade conseguirá atrair a vergonha, enquanto aos outros, a glória."

Os livros judaicos não se livraram do fogo sob Antíoco IV Epifânio, rei da Síria. Sujeitas à mesma sorte, estavam as obras dos cristãos. O imperador Diocleciano ordenou que os livros da Sagrada Escritura fossem lançados ao fogo. Mas a lei cristã, depois de conquistar a vitória sobre os torturadores, submeteu os próprios torturadores, e resta agora como testemunha nada falsa de que a perseguição ao pensamento e às opiniões não apenas não tem forças para os exterminar, mas os enraíza e os espalha. Arnóbio se rebela, com razão, contra tal perseguição e tortura. "Declaram alguns", diz ele, "que é útil para o Estado que o

---

* As obras de Arias Montano, que publicou na Holanda o primeiro registro de livros proibidos, foram inscritas nesse mesmo inventário. (N. A.)

** Cássio Severo, amigo de Labieno, ao ver seus escritos devorados pelo fogo, disse: "Agora você terá de me queimar, pois os conheço de cor". Essa foi a ocasião para a lei de escritos difamatórios sob Augusto, que, pela tendência humana de imitar uns aos outros, foi adotada na Inglaterra e também em outros países. (N. A.)

Senado ordene a extinção dos escritos que refutam a importância da antiga religião e que servem de prova contra a profissão de fé cristã. Mas proibir as escrituras e ansiar exterminar a publicação não é defender os deuses, e sim temer os testemunhos da verdade." Porém, com a disseminação da fé cristã, os sacerdotes se tornaram igualmente virulentos contra os escritos que eram contrários e não favoráveis a eles. Havia pouco, criticavam essa severidade contra os pagãos; havia pouco, consideravam-na sinal de desconfiança pelo que acreditaram, mas logo eles mesmos se apoiaram na onipotência. Os imperadores gregos, mais ocupados com debates eclesiásticos que com questões de Estado, e por isso governados pelos clérigos, perseguiam todos aqueles que compreendiam as ações e os ensinamentos de Jesus de maneira distinta da deles. Tal perseguição estendeu-se, ainda, às obras da razão e do pensamento. Já o torturador Constantino, dito "o Grande", seguindo a decisão do Concílio de Niceia, ao condenar as doutrinas de Ário à excomunhão, proibiu seus livros, condenou-os à fogueira, assim como condenou à morte aqueles que os possuíssem. O imperador Teodósio II ordenou que os livros excomungados de Nestório fossem coletados e lançados ao fogo. No Concílio da Calcedônia, foi tomada a mesma resolução contra os escritos de Êutico. Nos *Pandectas* de Justiniano, algumas dessas decisões foram preservadas. Insanos! Não se deram conta de que, ao eliminar a interpretação correta ou estúpida da doutrina cristã e proibir a razão de trabalhar na investigação de quaisquer opiniões, interrompiam-na em seu percurso? Que privavam a verdade de um apoio firme, a divergência de opiniões, o debate e a exposição livre dos pensamentos? Quem pode garantir que Nestório, Ário, Êutico, entre outros hereges, não foram os precursores de Lutero e que, se esses concílios ecumênicos não tivessem sido convocados, Descartes não teria nascido cem anos antes? Que retrocesso rumo às trevas e à ignorância!

Após a queda do Império Romano, os monges da Europa eram os guardiões dos saberes e da ciência. Mas ninguém contestou sua liberdade de escrever o que desejassem. Em 768, Ambrósio Autperto, um monge beneditino, ao enviar sua interpretação do Apocalipse ao papa Estevão III, solicitando permissão para continuar seu trabalho e publicá-lo, diz que foi o primeiro escritor a pedir tal permissão. "Mas que a liberdade de escrita", continua ele, "não desapareça porque o rebaixamento foi oferecido voluntariamente." O Concílio de Sens, em 1140, condenou as opiniões de Abelardo, e o papa ordenou que suas obras fossem queimadas.

Mas não encontramos nem na Grécia, nem em Roma, nem em lugar nenhum o exemplo de um juiz do pensamento que tenha sido escolhido para ousar dizer: peça permissão a mim se quiserdes abrir vossos lábios para a eloquência; carimbaremos a razão, a ciência e o esclarecimento, e tudo aquilo que conhecer a luz do dia sem nosso carimbo declararemos de antemão como estúpido, vil e inútil. Tal invenção vergonhosa estava reservada ao clero cristão, e a censura é contemporânea da Inquisição.

Não raro, ao revisitar a história, encontramos a razão ao lado da superstição, as invenções mais úteis aos contemporâneos ao lado da ignorância mais grosseira. Enquanto a desconfiança amedrontada em relação a um objeto de uma afirmação levava os monges a estabelecer a censura e a exterminar o pensamento em seu nascimento, Colombo lançava-se à procura da América na obscuridade dos mares; Kepler antecipou a existência da força da gravidade na natureza, comprovada por Newton; ao mesmo tempo, nascia Copérnico, que traçaria no espaço o caminho dos corpos celestes. Mas, para a grande infelicidade da sorte humana, digamos que uma ideia grandiosa deu, às vezes, origem à ignorância. A tipografia deu margem à censura; a razão filosófica do século XVIII produziu os Illuminati.

Em 1479, encontramos a permissão mais antiga, até hoje conhecida, para a impressão de livros. No final do livro intitulado *Conhece-te a ti mesmo*, impresso em 1480, anexa-se o seguinte: "Nós, Maffeo Girardi, pela graça do Deus patriarca de Veneza, primaz da Dalmácia, após a leitura dos senhores supracitados, que testemunham a criação acima descrita, e após sua conclusão e seus acréscimos incluídos, testemunhamos também que este livro é ortodoxo e misericordioso". O mais antigo monumento à censura, mas não o mais antigo monumento à loucura!

A mais antiga regulamentação da censura, conhecida até o momento, encontramos em 1486, na mesma cidade onde foi inventada a impressão. As autoridades monásticas pressentiram que ela seria um instrumento para esmagar seu poder, e que o poderio, baseado na opinião, e não no bem comum, encontraria sua morte na impressão de livros. Permitam-me acrescentar aqui um documento que existe ainda nos dias atuais para a destruição do pensamento e a vergonha do esclarecimento.

Decreto de 1486 sobre a não publicação de livros gregos, latinos, entre outros, em língua popular sem a anuência prévia dos estudiosos*.

"Bertold, arcebispo por graça divina da diocese sagrada de Mainz, arquichanceler e príncipe-eleitor. Não obstante o fato de que a arte divina da impressão possibilite, na aquisição do saber humano, obter em abundância e mais livremente livros relativos a diversas ciências, chegou a nosso conhecimento que algumas pessoas, induzidas pela vaidade da glória e pelo desejo de riqueza, empregam essa arte feita para o ensino da vida humana a serviço do mal e convertem-na em destruição e calúnia.

Vimos livros relativos aos ofícios e às cerimônias sagradas de nossa crença traduzidos do latim para a língua alemã e circulando nas mãos do povo simples, o que é inapropriado de acordo com as leis sagradas; e o que dizer, pois, dos preceitos e dos regulamentos sagrados? Não obstante terem sido escritos racional e minuciosamente por pessoas versadas no estudo das leis, as pessoas mais inteligentes e eloquentes, a ciência por si só é tão difícil que mesmo a vida inteira de uma pessoa douta e eloquente não seria suficiente.

Alguns estúpidos, audaciosos e ignorantes encarregaram-se de traduzir tais livros para o idioma comum. Muitos estudiosos, ao ler essas traduções, reconhecem que, graças à impropriedade e ao mau uso das palavras, são mais incompreensíveis que os originais. O que dizer, pois, das obras relativas a outras ciências, nas quais, com frequência, mistura-se o falso, introduzem-se denominações falsas e, quanto mais atribuem suas próprias ideias a escritores famosos, tanto mais compradores encontram.

---

* Código diplomático, edição de Gudenus, volume IV. (N. A.)

Que tais tradutores, se amam a verdade, qualquer que seja a intenção com que o fazem, se boa ou má, não importa, nos digam se a língua alemã seria adequada para a transposição daquilo que os elegantes escritores gregos e latinos escreveram da maneira mais precisa e refletida sobre as mais elevadas reflexões da fé cristã e sobre as ciências. É forçoso reconhecer que, por conta de sua aridez, nossa língua é demasiado insuficiente para o que foi dito, e é preciso, para tanto, que inventem, em suas cabeças, nomes desconhecidos para as coisas; ou, se empregam palavras antigas, deturpam o verdadeiro sentido, o que tememos nas Sagradas Escrituras, dada a sua importância. Ora, o que revelará às pessoas sem instrução e estúpidas, e ao sexo feminino, o verdadeiro sentido dos livros sagrados que lhes caem nas mãos? Observai as linhas do Evangelho Sagrado ou as Epístolas do apóstolo Paulo, toda pessoa inteligente reconhecerá que há muitos acréscimos e correções dos escribas.

Tudo o que foi dito por nós é bastante conhecido. O que, pois, pensaríamos sobre as Escrituras da Igreja Católica, que dependem do mais rigoroso escrutínio? Poderíamos dar muitos exemplos, mas, para nosso propósito, já foi dito o suficiente.

Porquanto essa arte se iniciou em nossa gloriosa cidade de Mainz, digamos, por meio de palavras verdadeiras, surgiu milagrosamente e hoje nela continua se corrigindo e aprimorando, nada mais justo que tomemos em nossa defesa a importância dessa arte. Ora, nosso dever é conservar as Escrituras Sagradas em sua pureza imaculada. Tendo, dessa maneira, exposto os equívocos e as presunções de pessoas insolentes e maldosas, desejando, quão possível seja, com o auxílio do Senhor, do qual aqui se trata, advertir e impor freios a todos e a cada um, súditos clericais e civis de nossos domínios e aqueles que fora dele comerciam, qual seja seu título e sua posição, ordenamos a cada um que nenhuma obra de nenhuma ciência, arte e área do conhecimento seja traduzida do grego, do latim ou de outra língua para o alemão, ou o que já foi traduzido, com uma mudança no título ou qualquer outra coisa, não seja distribuído nem vendido, aberta ou clandestinamente, de forma direta ou indireta, se antes da impressão ou da publicação depois de impressa não houver a permissão expressa para a impressão ou publicação de nossos mui estimados, brilhantes e nobres doutores e mestres das universidades, a saber: em nossa cidade de Mainz, permissão de Johannes Bertram von Naumburg, no que se refere à teologia; de Alexander Diethrich, na instrução das leis; de Theoderich von Meschede, na ciência médica; de Andreas Öhler, nas letras; doutores e mestres escolhidos para esse fim na cidade de Erfur. Em Frankfurt, se tais livros forem publicados sem a revisão e a autorização de nossos respeitáveis e estimados mestres em teologia e um ou dois doutores e licenciados, terão de pagar uma multa anual à duma da cidade.

Se alguém desprezar este nosso decreto de curatela ou contra esta nossa ordem oferecer aconselhamento, ajuda ou suporte, pessoalmente ou por terceiros, estará sujeito à excomunhão, bem como terá esses livros apreendidos e pagará cem florins dourados de multa a nosso tesouro. E que ninguém ouse violar essa resolução sem uma ordem especial. Firmado no castelo de St. Martin, em nossa cidade de Mainz, com a aplicação de nosso selo. Mês de *januarĭus*, ao quarto dia do ano de 1486."

Ainda ele, referindo-se, da seguinte maneira, à censura: "No ano de 1486, Bertold, entre outros teólogos eruditos e por nós em Cristo estimados, A. Diethrich, na instrução das leis, T. von Meschede, doutor em ciência médica, A. Öhler, mestre em letras, estimo saúde e peço atenção ao anexo abaixo.

Ao sermos informados das provocações e das falsificações colocadas por alguns tradutores e impressores de livros de ciências, e desejando prevenir e bloquear-lhes o caminho, se possível, ordenamos que ninguém na diocese e em nossos domínios ouse traduzir livros para o alemão, imprimir ou distribuir impressos até que tais obras ou livros sejam por vós revisados em nossa cidade de Mainz e, no que se refere ao assunto em si, até que a tradução também seja aprovada por vós para a venda, de acordo com o decreto acima fixado.

Confiando firmemente em vossa sensatez e prudência, confiamos a vós: quando obras e livros designados para tradução, impressão ou venda forem levados a vós, revisareis seu conteúdo e, se não for possível lhes atribuir de maneira simples seu verdadeiro significado, ou se puderem fazer reviver equívocos e tentações, ou ofender a castidade, rejeitai-os; aqueles que deixardes circular livremente, deveis assinar de próprio punho e precisamente dois de vós, ao final, deixando mais visível que os livros foram revisados e aprovados por vós. A nosso Deus e a nosso estimado Estado, prestais um serviço útil. Firmado no castelo de St. Martin, 10 *januarĭus* de 1846."

Ao examinar esse regulamento, novo à época, notamos que proibia mais, para que houvesse menos impressões em língua alemã ou, em outras palavras, para que o povo permanecesse sempre na ignorância. Aparentemente, a censura não abrangia as obras escritas em língua latina. Pois, ao que parece, aqueles que eram versados na língua latina já estavam protegidos contra o equívoco, eram impermeáveis a ele, e os que liam, compreendiam clara e precisamente*. E, assim, o clero queria que apenas alguns participantes de seu poder fossem esclarecidos, para que o povo considerasse a ciência de origem divina, além de sua compreensão, e não ousassem tocá-la.

E, assim, concebido para confinar a verdade e o esclarecimento nos limites mais estreitos, concebido por um poder inseguro quanto à própria potência, concebido para a conservação da ignorância e das trevas, hoje, nos dias das ciências e da sabedoria, quando a razão se livrou das rédeas da superstição, quando a verdade brilha cada vez mais, quando a fonte do saber flui por meio das ramificações mais distantes da sociedade, quando os esforços dos governos vão no sentido de extirpar o equívoco e abrir caminhos desimpedidos para a razão em direção à verdade, a vergonhosa invenção monástica do poder temeroso agora aceita por todos enraizou-se e é tida como um bom baluarte contra o equívoco. Delirantes! Olhai a vossa volta, aspirai usar a falsidade como sustentáculo da verdade, desejai esclarecer o povo com o equívoco. Observai para que a escuridão não retorne. De que vale governar sobre ignorantes, ainda mais que a rudeza não advém da falta de meios para o esclarecimento dos ignorantes que continuaram ignorantes por natureza ou, ainda, por simplicidade inata,

* Pode-se compará-lo com a permissão de possuir livros estrangeiros de qualquer tipo e a proibição dos mesmos livros na língua materna. (N. A.)

mas porque, tendo dado um passo no sentido do esclarecimento, interrompidos em seu percurso e revertidos para trás, perseguidos pela escuridão? De que vos vale lutar contra vós mesmos e arrancar com a mão esquerda o que a direita plantou? Observai como o clero se regozija com isso. Desde já, estais a servi-los. Espalhai a escuridão e sentireis os grilhões: se nem sempre há os grilhões sagrados da superstição, há os grilhões da superstição política, tanto menos ridículos, mas igualmente nocivos.

Feliz da sociedade, porém, na qual a impressão de livros não foi banida de seus territórios. Tal qual árvore plantada em primavera eterna não perde sua vegetação, assim as armas da tipografia podem ser detidas em sua ação, mas não podem ser destruídas.

Os papas, tendo compreendido o perigo para seu poder advindo da potência da liberdade de impressão, não tardaram em estabelecer leis sobre a censura, e essa posição assumiu a força de lei geral logo após o antigo Concílio de Roma. São Tibério, o papa Alexandre VI, foi o primeiro a estabelecer leis sobre a censura em 1501. Curvado ele mesmo perante suas maldades, não se envergonhava em demonstrar as impurezas da fé cristã. Mas quando foi que o poder corou! Ele começa sua bula com uma queixa contra o diabo, que espalhou a erva daninha no trigo, e diz: "Tendo aprendido que, por meio da referida arte, muitos livros e obras são impressos em diferentes partes do mundo, particularmente em Colônia, Mainz, Tréveris, Magdeburgo, contendo em si mesmos diversos equívocos prejudiciais ao saber, hostis à lei cristã, e ainda hoje são impressos em alguns lugares, desejando, sem mais delongas, extirpar essa úlcera odiosa, a todos e a cada impressor da referida arte, bem como a todos que lhe pertencem e exercem a atividade da impressão nos territórios acima mencionados, sob pena de excomunhão ou pagamento de multa em dinheiro em favor da Câmara Apostólica, determinada e cobrada por nossos respeitáveis irmãos arcebispos de Colônia, Mainz, Tréveris e Magdeburgo, ou seus vigários nas regiões, imbuídos do poder apostólico, proibimos da maneira mais rigorosa que ousem imprimir ou enviar para impressão livros, obras e escritos sem o relatório dos arcebispos e vigários acima mencionados e sem sua permissão solicitada, consentida, expressa e livre de cobrança; nós os cobramos em suas consciências, para que, antes de conceder tal permissão, examinem de maneira cuidadosa a impressão designada ou ordenem a estudiosos e ortodoxos que a examinem e a inspecionem de maneira cuidadosa para que não se publique nada que seja contrário à fé ortodoxa, que seja ímpio e que produza tentações." E, a fim de que os livros anteriores não causassem mais infortúnios, ordenou-se que todos os registros de livros e todos os livros impressos fossem examinados, e aqueles cujo conteúdo se verificasse contrário à fé católica fossem queimados.

Ó! Vós, que estabelecestes a censura, lembrai que podeis ser comparados ao papa Alexandre VI, e que a vergonha vos consuma.

Em 1515, o Concílio de Latrão estabeleceu uma censura segundo a qual nenhum livro seria impresso sem a aprovação do clero.

Vimos, a partir do precedente, que a censura foi inventada pelo clero e foi adotada de forma exclusiva por ele. Acompanhada da excomunhão e de uma multa em dinheiro, justamente naquela época, poderia parecer terrível aos violadores dos regulamentos emitidos a esse respeito. Mas a refutação do poder papal por Lutero, a separação das distintas profissões de fé da Igreja Romana, a disputa entre os diferentes poderes durante a Guerra dos Trinta Anos produziram muitos livros, os quais conheceram a luz do dia sem o habitual selo da censura. Em todos os lugares, todavia, o clero se arrogou o direito de censurar as edições; e quando, em 1650, foi estabelecida a censura civil na França, teólogos da Universidade de Paris opuseram-se ao novo estabelecimento, alegando que, durante duzentos anos, haviam gozado desse direito.

Logo após a introdução* da tipografia na Inglaterra, a censura foi estabelecida. A Câmara Estrelada, não menos terrível a seu tempo que a Inquisição na Espanha ou a Chancelaria Secreta

---

* Na Inglaterra, William Caxton, um comerciante londrino, estabeleceu uma gráfica no reinado de Eduardo IV, em 1474. O primeiro livro impresso em inglês foi *Um tratado sobre o jogo de xadrez*, traduzido do francês. O segundo foi a *Coleção de ditos e discursos de filósofos*, traduzido por Lord Rivers. (N. A.)

na Rússia, determinava o número de impressores e de placas de impressão; estabeleceu um revisor, sem cuja aprovação não se ousaria imprimir nada. Suas crueldades para com aqueles que escreviam contra o governo são incontáveis, e sua história está repleta de exemplos delas. Assim, se, na Inglaterra, a superstição clerical não teve forças para impor o pesado cabresto da censura à razão, ela foi confiada à superstição política. Mas tanto uma quanto a outra preservaram o poder intacto, para que os olhos do esclarecimento estivessem sempre cobertos pela névoa do encantamento e para que reinasse a violência à custa da razão.

Com a morte do conde de Strafford, a Câmara Estrelada foi desmantelada; mas nem a extinção dela nem a pena judicial de Carlos I foram capazes de estabelecer a liberdade de impressão de livros na Inglaterra. O Parlamento Longo restaurou os regulamentos anteriores feitos contra ela. Sob Carlos II e Jaime I, foram restaurados outra vez. Mesmo em 1692, com a revolução encerrada, essa regulamentação foi confirmada, mas por dois anos, apenas. Tendo falecido em 1694, a liberdade de impressão foi totalmente aprovada na Inglaterra, e a censura, depois de seu último suspiro, expirou de vez*.

Os governos americanos adotaram a liberdade de impressão entre os primeiríssimos regulamentos que estabeleciam as liberdades civis.

O território da Pensilvânia, em seu regulamento fundamental, no capítulo 1, na declaração preambular dos direitos dos moradores pensilvanianos, no artigo 12, diz: "O povo tem o direito de dizer, escrever e tornar públicas suas opiniões; consequentemente, a liberdade de impressão não deve nunca ser dificultada". No capítulo 2, sobre a forma de governo, seção 35: "Que a impressão seja livre para todos aqueles que ansiarem pesquisar as atividades da Assembleia Legislativa ou outro ramo da administração". No projeto sobre a forma de administração do estado da Pensilvânia, publicado em julho de 1776, para que

---

* Na Dinamarca, a liberdade de imprimir livros foi breve. Os versos de Voltaire dirigidos ao rei da Dinamarca nessa ocasião são a prova de que não se deve se apressar a elogiar uma lei, por mais sábia que seja (N. A.)

os moradores pudessem comunicar suas observações, seção 35: "A liberdade de impressão deve ser garantida a todos aqueles que desejarem investigar o Governo Legislativo, e a Assembleia Geral não deve limitá-la com nenhum regulamento. Nenhum editor de livros deverá ser levado ao tribunal por ter publicado notas, avaliações, observações sobre os procedimentos da Assembleia Geral, sobre os distintos setores da administração, sobre assuntos gerais ou sobre a conduta de seus servidores naquilo que se refere ao cumprimento de seus deveres". O estado de Delaware, na declaração elucidativa de direitos, diz: "Que a liberdade de impressão seja conservada em sua inviolabilidade". O estado de Maryland explica com as mesmas palavras no artigo 38. Virgínia, no artigo 14, diz com as seguintes palavras: "A liberdade de impressão é a mais grandiosa defesa da liberdade do Estado".

A imprensa, até a revolução de 1789, ocorrida na França, não era tão pressionada em nenhum outro lugar quanto nesse Estado. Um Argos de cem olhos, um Briareu de cem mãos, a polícia parisiense enfureceu-se contra os escritos e seus escritores. Nas masmorras da Bastilha, definharam os infelizes que ousaram denunciar a rapacidade dos ministros, bem como sua devassidão. Se a língua francesa não tivesse sido tão utilizada na Europa, se não fosse universal, a França, murada pelo flagelo da censura, não teria alcançado a grandiosidade de pensamento que se manifesta em muitos de seus escritores. Mas o emprego generalizado da língua francesa levou à criação da tipografia na Holanda, na Inglaterra, na Suíça e nas terras alemãs, e tudo aquilo que não ousava aparecer na França circulava livremente em outros lugares. E assim o poder, exibindo seus músculos, era ridicularizado e não causava terror; assim as mandíbulas espumantes de fúria permaneceram vazias e a palavra firme escapou-lhes ilesa.

Mas maravilhai-vos com a incongruência da razão humana. Atualmente, quando na França todos insistem em falar sobre a liberdade, quando o frenesi e a falta de princípios atingiram o ápice do possível, a censura, na França, não foi abolida. E, embora ali tudo possa ser publicado impunemente, será, todavia, de maneira clandestina. Lemos recentemente – e que os franceses chorem por seu destino e, com eles, a humanidade! –, lemos recentemente que a Assembleia Nacional, agindo da mesma forma autocrática que, até então, agia seu soberano, apreendeu de forma violenta um livro e levou seu autor ao tribunal por ousar escrever contra a Assembleia Nacional. Lafayette foi o autor dessa sentença. Ó, França! Ainda caminhas à beira dos precipícios da Bastilha.

A propagação de tipografias em terras alemãs, cujos instrumentos são escondidos do poder, tira-lhe a possibilidade de enfurecer-se contra a razão e o esclarecimento. As pequenas administrações alemãs, embora tivessem tentado colocar limites na liberdade de impressão, não tiveram sucesso. Embora Wekhrlin tenha sido detido por um poder vingativo, o "Monstro Grisalho" permaneceu na mão de todos. O falecido Frederico II, rei da Prússia, tornou a impressão quase livre em suas terras – não por algum regulamento, mas apenas por permissão tácita e pelo exemplo de suas próprias ideias. Por que não surpreende o fato de ele não ter eliminado a censura? Ele era um autocrata, cuja paixão fervorosa era a onipotência. Mas contenha o riso. Ele ficou sabendo que alguém tinha coletado e planejava imprimir seus decretos. Atribuiu-lhes, ainda, dois censores ou, dizendo mais corretamente, instrutores. Ó, dominação! Ó, onipotência! Não confias em teus próprios músculos. Temes a tua própria acusação, temes que tua língua te traia, que a tua mão te esbofeteie! Mas que bem poderiam produzir esses censores tirânicos? Nenhum bem, só o mal. Esconderam dos olhos da posteridade algum regulamento absurdo, que envergonharia o poder futuro de levá-lo ao tribunal, que, ao ser declarado, pudesse, talvez, colocar rédeas no poder, para que não ousasse realizar suas monstruosidades. O imperador José II retirou, em parte, o obstáculo para o esclarecimento que, nas possessões hereditárias da Áustria, no reinado de Maria Teresa, oprimia a razão; mas ele não pôde se livrar do fardo dos preconceitos e emitiu uma longa instrução sobre a censura. Se devemos elogiá-lo por não ter proibido fazer críticas a suas decisões, encontrar deficiências em seu comportamento, e que tais reprimendas fossem publicadas na imprensa, devemos reprová-lo por ter colocado rédeas na liberdade de expressão dos pensamentos. Quão fácil é empregá-las para o mal!...* Por que se surpreender? Digamos tanto agora quanto dissemos antes: ele era o rei. Diz-me, pois, em que cabeça pode haver mais incongruência do que na de um rei?

Na Rússia... O que acontece na Rússia em termos de censura, ficareis sabendo outra hora. Doravante, sem impor censura aos cavalos dos correios, lanço-me na estrada sem demora.

* Lemos, nas notícias mais recentes, que o sucessor de José II pretende renovar a comissão de censura abolida por seu antecessor. (N. A.)

MÉDNOIE

"No campo, uma bétula se erguia, no campo, encaracolada se erguia, oi, liuli, liuli, liuli, liuli"... Mulheres jovens e meninas dançam em ciranda.

– Vamos nos aproximar – disse eu para mim mesmo, enquanto desdobrava os papéis do meu amigo que eu havia encontrado. Mas li o seguinte. Não pude prosseguir até a ciranda. Meus ouvidos foram tapados pela tristeza, e as vozes felizes de pura alegria não puderam penetrar em meu coração. Ó, meu amigo! Onde quer que estejas, ouve e julga-o.

Duas vezes a cada semana, todo o Império Russo toma conhecimento de que N. N. ou B. B. não tem condições ou não quer pagar aquilo que pegou emprestado ou tomou, ou o que dele exigem. O empréstimo foi perdido no jogo, ou em viagens, com convivas, comido, bebido... ou foi distribuído, perdido no fogo ou na água, ou N. N. ou B. B., por quaisquer outras circunstâncias, entrou em dívida e reintegração de posse. Um e outro estão impressos, em par, nos jornais. Publica-se: "Neste dia..., às 10 horas da manhã, por determinação do tribunal da província ou do magistrado da cidade, será vendida com negociação pública propriedade imóvel do capitão da reserva G..., casa, composta de... partes, de n...., e com ela seis almas do sexo masculino e feminino; a venda será conjunta com a casa. Os interessados podem inspecionar com antecedência".

Para uma pechincha, há sempre muitos caçadores. Chegou o dia da venda. Os compradores estão reunidos. Na sala onde ocorre, imóveis, de pé, os condenados à venda. Um velho de seus 75 anos, apoiado em um cajado de olmo, tenta adivinhar, ansioso, em que mãos cairá seu destino, quem lhe fechará os olhos. Esteve com o pai de seu senhor na campanha da Crimeia, sob comando do marechal de campo Münnich; na batalha de Frankfurt, retirou das linhas de combate seu senhor ferido nos ombros. Ao retornar para a casa, era o tiozinho de seu jovem senhor. Salvou-o, na infância, de um afogamento, lançando-se atrás dele no rio, onde aquele caíra, movendo-se em uma balsa, e com a própria vida salvou a dele. Libertou-o, na juventude, da prisão, aonde fora enviado por dívidas contraídas quando servia como oficial subalterno da guarda.

Uma velha de oitenta anos, esposa dele, fora ama de leite da mãe do jovem senhor; fora sua ama e tinha a casa sob sua supervisão até o momento daquele leilão. Em todo o tempo em que serviu a seus senhores, jamais perdeu algo, nunca cobiçou nada, nunca mentiu e, se às vezes os incomodava, era por conta de sua apatia.

Uma mulher de cerca de quarenta anos, viúva, ama de leite de seu jovem senhor. E ainda hoje sente por ele certa ternura. Em suas veias, corre o sangue dela. É uma segunda mãe para ele, e ele lhe deve sua vida mais que a sua mãe natural. Ela, que no deleite o concebeu, de sua infância não se ocupou. Criaram-no a ama de leite e a ama. Separavam dele como de um filho.

Uma jovem de dezoito anos, filha dela e neta dos idosos. Besta feroz, monstro, fera! Olha para ela, vê suas bochechas rosadas, as lágrimas que brotam de seus olhos encantadores. Não foste tu que, incapaz de capturar-lhe a inocência com promessas e seduções, ou intimidá-la em sua tenacidade com ameaças e castigos, finalmente, te valeste do engano, casando-a com um comparsa de tuas abominações para, no lugar dele, desfrutar dos prazeres que ela em ti repudiara? Ela descobriu teu truque. O noivo foi proibido de tocá-la em sua cama, e tu, privado de teu deleite, empregaste a violência. Quatro malfeitores cumpriram tua vontade, amarrando seus braços e suas pernas... mas com isso não terminaram. Em sua face, a dor, nos olhos, o desespero. Ela segura o bebê, fruto lastimável do engano ou da violência, mas a cópia viva de seu pai adúltero. Depois de dar à luz, esqueceu a atrocidade do pai, e seu coração começou a sentir por ele certa ternura. Teme cair em mãos semelhantes.

O bebê... Teu filho, bárbaro, teu sangue. Ou pensas que onde não há a cerimônia da igreja, também não há obrigação? Pensas que a bênção dada, a tua ordem, por um orador contratado, de uma combinação das palavras de Deus confirma tua união, ou pensas que um casamento forçado no templo de Deus pode ser chamado de união? O Todo-Poderoso despreza a coerção, Ele se alegra com os desejos sinceros. Só eles são imaculados. Ó! Entre nós, quantos adultérios e abusos são cometidos em nome do Pai das alegrias e Consolador dos aflitos, diante de testemunhas indignas de Sua estatura?

Um rapaz de 25 anos, seu legítimo marido, comparsa e confidente de seu senhor. A brutalidade e a vingança estão em seus olhos. Arrepende-se dos favores prestados a seu senhor. Tem no bolso uma faca; ele a agarra com força; não é difícil adivinhar seu pensamento. Zelo infrutífero. Entregar-te-ão a outro senhor. A mão do teu senhor, pousando-se sobre a cabeça do escravo, dobrará o teu pescoço a quaisquer favores. Fome, frio, calor, castigo – tudo está contra ti. Tua razão é alheia aos pensamentos nobres. Não saberás morrer. Curvar-te-á e um escravo serás em espírito, tanto quanto em posição. E, se ansiares resistir, morrerás uma morte lenta acorrentado a grilhões. Entre vós, não há juízes. Teu carrasco não deseja ele mesmo castigar-te. Ele será teu acusador. Entregar-te-á ao tribunal de justiça da cidade. Ao tribunal de justiça! Onde o acusado quase não tem poder para se defender. Passemos agora aos outros infelizes trazidos ao leilão.

Mal o terrível martelo soou seu sonido surdo, e os quatro infelizes conheceram seu destino: lágrimas, soluços, gemidos perfuraram os ouvidos de toda a assembleia. Até os mais endurecidos foram tocados. Ó, corações de pedra! Qual o sentido da compaixão infrutífera! Ó, quacres! Se tivéssemos a vossa alma, faríamos uma coleta e, depois de comprar esses infelizes, nós lhes concederíamos a liberdade. Tendo vivido muitos anos nos braços uns dos outros, essas infelizes vítimas da venda abusiva sentem a saudade da separação. Mas se a lei, ou, melhor dizendo, se o costume bárbaro, pois isso não está escrito na lei, permite tamanho escárnio à humanidade, que direito tendes de vender o bebê? Ele nasceu de maneira ilegítima. A lei o liberta. Esperai, serei eu o denunciante; eu o livrarei. Se com ele pudesse eu salvar os outros! Ó, destino! Por que economizaste tanto na minha parte? Hoje anseio provar teu olhar encantado; pela primeira vez, começo a sentir paixão pela riqueza. Meu coração estava tão apertado que fugi do meio da reunião, depois de esvaziar para os infelizes os últimos dez copeques de minha bolsa. Na escadaria, encontrei um estrangeiro amigo meu.

– O que aconteceu? Estás chorando!

– Retorna – disse-lhe eu –, não sejas testemunha desse espetáculo vergonhoso. Certa vez, amaldiçoaste o costume bárbaro de vender escravos nas povoações remotas de teu país; retorna – repeti eu –, não sejas testemunha de nosso declínio e comunica nossa vergonha a teus concidadãos, nas conversas com eles sobre nossos hábitos.

– Não posso acreditar nisso – disse-me meu amigo –, é impossível que onde se permite a cada um pensar e adorar o que queira exista uma prática tão vergonhosa.

– Não te surpreendas – disse-lhe eu –, o estabelecimento da liberdade de fé ofende apenas papas e monges, e mesmo estes logo prefeririam adquirir uma ovelha para si que uma ovelha para o rebanho de Cristo. Mas a liberdade dos moradores das aldeias ofenderá, como se diz, o direito de propriedade. E todos aqueles que poderiam lutar pela liberdade são grandes proprietários de terras, e a liberdade não deve ser esperada de seus conselhos, mas do próprio peso da escravização.

TVER

– A arte de compor poemas, entre nós – dizia meu companheiro de jantar na taberna –, nos diferentes sentidos como é admitida, está ainda longe de alcançar a grandeza. A poesia havia despertado, mas, hoje, cochila novamente; já a versificação deu um passo uma vez e depois empacou.

Lomonóssov, tendo compreendido o ridículo dos trajes poloneses em nossos versos, despojou-os do gibão estrangeiro. Tendo oferecido bons exemplos de novos tipos de verso, acabou colocando rédeas nos seguidores do grande exemplo, e ninguém até agora se atreveu a afastar-se dele. Por uma infelicidade, ocorreu de Sumarókov viver naquele mesmo tempo; e ele era um versificador extraordinário. Compôs versos segundo o exemplo de Lomonóssov, e hoje em dia todos os que se seguiram a eles não imaginam que possa haver outros versos além dos iambos, tais quais os que escreveram esses dois homens notáveis. Embora ambos os poetas ensinassem as regras de outras versificações, e Sumarókov tenha deixado muitos exemplos de todos os gêneros, eles são tão insignificantes que não merecem a imitação de ninguém. Se Lomonóssov tivesse adaptado Jó ou o salmista em dátilos ou se Sumarókov tivesse escrito *Semira* ou *Dimitri* em troqueus, Kheráskov talvez tivesse imaginado ser possível escrever em outros tipos de verso além de iambos e teria atraído mais fama a seu trabalho de oito anos, descrevendo a tomada de Cazã em versificação adequada à epopeia. Não me surpreende que o antigo chapéu de três bicos de Virgílio tivesse sido cortado no estilo de Lomonóssov; mas eu preferiria que Homero tivesse aparecido entre nós não em iambos, e sim em versos similares a seus hexâmetros. E Kostrov, embora não fosse um poeta, mas um tradutor, teria inaugurado uma época em nossa versificação, acelerando o curso da própria poesia por toda uma geração.

Mas Lomonóssov e Sumarókov não foram os únicos a deter o curso da versificação russa. O incansável cavalo de batalha Trediakóvski não contribuiu menos para isso com a sua *Telemaquíada*. Doravante, tornou-se muito difícil dar exemplos de nova versificação, pois os maus e os bons exemplos de versificação cravaram raízes profundas. O Parnaso está cercado de iambos, e as rimas estão em guarda por toda parte. Quem quer que pretendesse escrever em dátilos, imediatamente era designado ao titio Trediakóvski, e a criança mais bonita parecia permanecer feia por muito tempo, até o nascimento de um Milton, um Shakespeare ou um Voltaire. É então que Trediakóvski será desenterrado de um túmulo coberto de musgo; na *Telemaquíada* encontram-se bons versos, e eles servirão de exemplo.

Um ouvido longamente acostumado à rima impedirá uma mudança benéfica na versificação. Tendo, por muito tempo, ouvido um final concordante nos versos, a falta de rima parecerá algo grosseiro, áspero e dissonante. E assim será, enquanto a língua francesa for mais usada na Rússia que outras línguas. Nossos sentimentos, como uma árvore maleável e jovem, podem ser cultivados para que cresçam de maneira reta ou torta. Além disso, nos poemas, assim como em todas as coisas, pode dominar uma moda, e, se tiver algo de natural, será aceita sem questionamentos. Mas tudo na moda é efêmero, especialmente em poesia. O brilho externo pode enferrujar, já a verdadeira beleza jamais desvanecerá. Homero, Virgílio, Milton, Racine, Voltaire, Shakespeare, Tasso, entre muitos outros, serão lidos enquanto o gênero humano não for exterminado.

Seria supérfluo ler e conversar convosco sobre os diferentes versos peculiares à língua russa. O que é iambo, troqueu, dátilo ou anapesto qualquer um sabe, se entender um pouco de versificação. Não seria supérfluo, porém, se eu pudesse dar exemplos suficientes dos distintos gêneros. Mas minhas forças e percepção são pequenas. Se meu conselho puder fazer alguma coisa, então eu diria que a poesia russa, e mesmo a própria língua russa, enriquecer-se-ia muito mais se as traduções de obras poéticas não fossem sempre feitas em iambos. Seria muito mais apropriado ao poema épico se a tradução da *La Henriade* não fosse em iambos, e iambo não rimado é pior que prosa.

Tudo o que foi exposto, meu camarada de banquete disse em um único fôlego, com tal língua ágil que não fui capaz de lhe comunicar minhas objeções, ainda que eu tivesse muito a dizer em defesa dos iambos e de todos aqueles que neles escrevem.

– Eu mesmo – continuou ele – também segui o exemplo contagioso e compus poemas em iambos, mas eram odes. Eis aqui fragmentos deles, os demais arderam no fogo – e o restante espera o mesmo destino que se apoderou de suas irmãs[1]. Em Moscou, não quiseram imprimi-los por duas razões: a primeira é que o sentido dos versos não é claro e muitos deles são de trabalho grosseiro; a segunda é que o tema dos versos não é característico de nossa terra. Estou indo a Petersburgo pedir para que os publiquem, esperando, qual um pai que acaricia sua criança pequena, que, graças à última razão, pela qual não os quiseram imprimir em Moscou, olhem com condescendência para a primeira. Se não vos incomoda, querei ler algumas estrofes – disse-me ele, esticando a folha de papel. Desdobrei-a e li o seguinte: "Liberdade... Ode...".

– Por um único título, recusaram-me a publicação desses versos. Mas lembro muito bem que na instrução do novo corpo de regulamentos, ao falar da liberdade, diz-se: "Liberdade deve-se chamar o fato de que todos obedeçam às mesmas leis". Consequentemente, falar sobre liberdade em nosso país é algo apropriado.

1

Ó! Dom que pelo céu foi abençoado,
Fonte de tudo aquilo que é grande
Ó, liberdade, liberdade, dom caro!
Permite, pois, que este escravo a ti cante.
E, com teu calor, o coração enche,

[1] Seguindo a versificação da língua portuguesa, os versos de "Liberdade" foram traduzidos em decassílabos. (N. T.)

Fortes golpes dos teus músculos nele
Converte em luz a escravidão das trevas,
Que Brutus e Tell ainda sejam despertados
Que esses reis no poder ainda entronados
Ante a tua voz perturbados sejam.

Essa estrofe foi criticada por duas razões: pelo verso "Converte em luz a escravidão das trevas". É muito apertado e difícil de declamar graças à repetição frequente da letra "R" e graças aos encontros consonantais, "nvert escrav. trev."[2]: três vogais para dez consoantes, e é possível escrever na língua russa de maneira tão doce quanto em italiano... De acordo... ainda que outros tenham considerado esse verso bem-sucedido, encontrando na aspereza do verso a imagem figurativa da dificuldade da própria ação. "Que esses reis [...] ante a tua voz perturbados sejam". Desejar perturbações ao rei é o mesmo que lhe desejar o mal; consequentemente... Mas não desejo vos aborrecer com todas as notas feitas aos versos. Permiti-me ser vosso leitor.

2

Eu vim ao mundo, e estavas comigo...

Passemos a esta estrofe. Eis seu conteúdo: a pessoa desde o nascimento é livre...

3

Mas e o que limita a minha liberdade?
Vejo em toda parte, aos desejos, cercos;
Entre o povo, um poder comunal nasce,
Um único freio aos poderes todos.
Em tudo lhe obedece a sociedade,
Em todo lugar, por unanimidade;
No poder de todos vejo a minha parte
Não há obstáculos para o bem comum
Minha liberdade crio ao criar a de cada um,
– E eis por que há a lei na sociedade.

[2] Aqui buscou-se recuperar em português o estranhamento causado no original em russo. (N. T.)

4

Bem no meio de campos verdejantes,
Entre lavouras curvas das colheitas,
Onde lírios florescem ternamente
Por entre as sombras tranquilas dos olivais,
Do que o mármore de Paros, mais branco
Do que os luzentes raios do dia, mais claro,
Ergue-se o templo em sua transparência;
Ali a vítima da mentira não se sacrifica
Ali uma inscrição em chamas se avista:
"O fim dos infortúnios da inocência".

5

Com um ramo d'oliveira coroado,
Entronado numa pedra sólida,
Sangue-frio e desapiedado,
Uma divindade surda...

e assim por diante; a lei é retratada na forma de uma divindade num templo, cujos guardas são a verdade e a justiça.

6

Levanta suas severas pupilas,
Verte a alegria, trepida o seu redor
Da mesma forma toda face mira,
Não sentindo nem ódio nem amor.
Alheio é à bajulação, à predileção,
À linhagem, à riqueza, à distinção,
A peita da corrupção desdenha;
Parentesco e amizade não releva;
Distribui igualmente o favor e a pena;
É a própria imagem de Deus nesta Terra.

7

E a terrível criatura monstruosa,
Tal qual a hidra com suas cem cabeças,
Com lágrimas nos olhos ela implora,
Mas de veneno as mandíbulas são cheias.
Os poderes da Terra ela acalcanha
Com a cabeça, o firmamento alcança.
Ali é a pátria dela – é o que reza;

Fantasmas, trevas semeia em toda parte,
Ludibriar e bajular é o que sabe
E a todos que creiam cegamente ordena.

8

Encobrindo a mente com escuridão,
E disseminando o fel do servilismo...

Uma representação da superstição sagrada, que priva o ser humano da sensibilidade, arrastando-o para o jugo da escravidão e do erro, vestindo-o com uma armadura:

Temer a verdade ordenou...

A isso, o poder dá o nome de manifestação divina; já a razão, de erro.

9

Contemplamos nós as vastas regiões
Onde o opaco trono da escravidão...

Em tempo de paz e calmaria, a superstição sagrada e a política, apoiando-se mutuamente,

Unidas, a sociedade oprimem
Uma imobilizar a razão busca,
A outra a liberdade apagar procura;
Ao bem-comum servirá – ambas dizem.

10

Sob a sombra do escravo repouso
Um fruto dourado jamais crescerá;
Onde tudo interdita a mente em seu voo
Ali a grandeza não mais vingará.

E todas as consequências ruins da escravidão, tais como: desleixo, preguiça, astúcia, fome, entre outras.

11
O rei, com seu rosto altivo elevado,
O cetro de ferro na mão empunha,
No enorme trono imperioso sentado,
Mira o povo como a vil criatura.
Nas mãos, a vida e a morte tendo:
"A bel-prazer" – diz – "o vilão liberto;
O poder sou eu capaz de conceder;
Ali onde eu rio, todos rirão também;
Se ameaço com a carranca, vão tremer.
Viverás então onde eu ordenar viver."

12
E com sangue-frio escutamos...

como ávida serpente, insultando a todos, envenena os dias de alegria e prazer. Mas, apesar de estarem todos prostrados ao redor de seu trono, tremendo, eis que se assoma o vingador, profetizando a liberdade...

13
Surge em toda parte hostes de combate,
A esperança vai a todos armando;
Todos se apressam para lavar o ultraje
No sangue do torturador soberano.
Em todo lado brilha a afiada espada,
A morte em distintas formas voo alça,
Pairando sobre a arrogante cabeça.
Jubilai-vos, povos acorrentados:
Levar vosso rei para o cadafalso
É o direito de vingar por natureza.

14
Depois de o véu noturno da mentira
Com poderoso estrondo ser rasgado,
De o poder da arrogância e teimosia
De o enorme ídolo ser pisoteado,
De acorrentado o gigante de cem mãos,
Arrasta-o, talqualmente um cidadão,
Ao trono, onde sentado está o povo:
"Traidor do poder por mim outorgado!

Diz-me, malfeitor, por mim coroado,
Levantar-te contra mim ousaste – como?"

15
Ornei-te com o manto da majestade
Para que pela viúva e o órfão olhasse,
Urgisse igualdade na sociedade,
O inocente da desgraça afastasse,
Ser como um pai à sua amada criança,
Mas implacável em sua vingança
Contra os vícios, as calúnias e os embustes;
Recompensar o mérito com a glória,
Interditar o mal com a concórdia,
Conservar na pureza os bons costumes.

16
Cobri de embarcações os mares...

Ofertou uma maneira de adquirir riquezas e bem-estar. Desejei que o camponês não fosse prisioneiro de sua lavoura, e te bendissesse...

17
Meu sangue derrubei sem piedade
Uma hoste trovejante eu erigi;
O cobre eu esculpi em quantidade
Para vilões estrangeiros punir.
Jurei obedecer ao teu desígnio,
Que à glória concorresse contigo.
Para o bem de todos, de tudo posso.
Até as entranhas da terra revolvo
Para extrair o metal luminoso
O qual usarás como teu adorno.

18
Mas esqueceste o juramento dado,
Esquecendo-te de quem te escolheu,
Pensas que para o bel-prazer coroado
Foste, que tu és o senhor, e não eu,
Com a espada minhas ordens anulaste;
Todos os direitos sem voz deixaste,

À verdade envergonhar-se ordenou;
Abriu o caminho às abominações,
A Deus, e não a mim, as suas invocações,
E repudiar-me então desejou.

19
Com meu suor e meu sangue atingido o
Fruto, que para alimento plantei,
Cada migalha reparti contigo,
Nenhum de meus esforços poupei.
Para ti, não há tesouro que baste!
Pois bem, então, diga, de que careceste?
Para que a mim a andrajos reduzisse?
Para dar à amante completa lisonja!
A uma mulher carente de honra!
Ou, como teu Deus, o ouro admitiste?

20
A marca da distinção criada
Passaste a conceder pela insolência;
Com a espada ao vilão por mim forjada
Começaste a ameaçar a inocência.
Tropas para a defesa organizadas
Conduzes a uma célebre batalha
Para, pela humanidade, punir?
Em vales de sangue guerreias
Para qu'um embriagado de Atenas,
bocejando: "herói!", possa bramir.

21
Entre os criminosos, o mais feroz...

Reuniste todos os crimes, e teu ferrão dirigiste contra mim...

"Morre! Morre cem vezes e mais uma!"

O povo bradava...

22
Grande homem, cheio de subterfúgio,
Hipócrita, adulador e sacrílego,

Serias tu o único neste mundo
A poder dar um exemplo grande e belo.
Respeito, Cromwell, em ti, o vilão
Que, detendo o poder na própria mão,
O forte da liberdade esmagaste;
Mas duma geração a outra foi passado
Como os povos podem ser vingados:
No tribunal, Carlos executaste.

23

É esta a voz da liberdade que ressoa nos quatros cantos...

E o povo rumo à assembleia fluindo,
O trono de ferro é destruído,
Tal qual um tipo de Sansão antigo
O palácio das perfídias cedeu;
Com a lei, ergue-se o forte da natureza;
Espírito da liberdade, da grandeza
És o fundador, como o próprio Deus!

24

As onze estrofes seguintes encerram uma descrição do reino da liberdade e seus efeitos; ou seja, segurança, tranquilidade, bem-estar, grandeza...

34

Mas a paixão aguçando a perfídia...

converte a tranquilidade dos cidadãos em ruína...

Contra os filhos se voltam os seus pais,
Desfazem-se os laços matrimoniais,

e todas as consequências do desejo desmedido de exercer o poder...

35, 36, 37

Descrição dos efeitos nocivos do luxo. Luta interna. Guerra civil. Mário, Sula, Augusto...

> A liberdade inquietante sacrificou.
> Com flores entrelaçou o cetro de ferro...

E a consequência disso é a escravização...

38, 39

Tal é a lei da natureza: das torturas, nasce a liberdade, da liberdade, a escravidão...

40

Mas por que se surpreender com isso: uma pessoa nasce para morrer...

As oito estrofes seguintes contêm profecias sobre a sorte futura da pátria, que se dividirá em partes, e, quanto mais depressa, mais extensa a divisão será. Mas ainda não chegou a hora. Quando chegar, então

> Quebrar-se-á o suporte da noite pesada...

O poder resiliente, em seu último suspiro, coloca a palavra sob guarda e reúne todas as suas forças a fim de dar um golpe final e esmagar a liberdade que emerge...

49

Mas a humanidade rugirá em seus grilhões e, dirigida pela esperança da liberdade e pelo direito imprescritível da natureza, mover-se-á... E o poder será levado a tremer. E, assim, todas as forças em conjunto, e, assim, o pesado poder

> Vai em um instante se dissipar.
> Ó, dia, o mais eleito entre os dias!

50
Já posso ouvir a voz da natureza,
A voz primordial, a voz divina.

O firmamento sombrio esvaneceu, e resplandeceu a liberdade.

– Eis o final – disse-me o poeta da nova moda.

Fiquei muito contente e quis dizer-lhe algumas objeções, talvez não muito agradáveis, acerca de seus versos, mas o tilintar da sineta postal anunciou-me que é mais sensato apressar-se nos pangarés dos correios do que galgar num Pégaso arisco.

GORODNIÁ

Ao entrar nessa aldeia, não foi o canto poético que atingiu meus ouvidos, mas os gemidos, de cortar o coração, de mulheres, crianças e idosos. Levantei-me de minha *kibitka*, mandei-a para o pátio dos correios, curioso que estava para descobrir a causa da confusão notada na rua.

Aproximando-me do amontoado de gente, descobri que o recrutamento era a causa dos soluços e das lágrimas da multidão. Reuniam-se recrutas vindos de muitas aldeias do Estado e de propriedades rurais para render-se ao serviço militar obrigatório.

Num agrupamento, uma velha de seus cinquenta anos, segurando pela cabeça um jovem de vinte anos, lamentava:

– Meu filhinho amado, em nome de quem estás me abandonando? A quem confiarás a casa paterna? A erva daninha crescerá em nossos campos, nossa choupana será coberta pelo musgo. E eu, tua pobre mãe idosa, terei de vagar pelo mundo. Quem vai aquecer minha decrepitude do frio, quem vai protegê-la do calor? Quem me dará o de beber e o de comer? E tudo isso ainda não é tão doloroso para meu coração: quem fechará meus olhos depois do último suspiro? Quem receberá minha benção materna? Quem entregará meu corpo à nossa mãe comum, a terra fria? Quem se recordará de mim ao pé do túmulo? Não cairá sobre ele tua lágrima ardente; esse conforto não terei.

Ao lado da velha, estava uma moça já crescida. Ela também lamentava:

– Adeus, meu amigo do coração, adeus, meu lindo solzinho. Eu, tua noiva eleita, não terei mais prazeres nem alegrias. Minhas amigas não terão inveja de mim. O sol não se levantará sobre mim para me trazer alegria. Tu me abandonas, para que eu sofra, mas não como viúva ou mulher casada. Se ao menos nossos anciãos desumanos nos permitissem casar; se comigo tu dormisses ao menos uma noite, meu querido amigo, se uma noite dormisses em meus seios alvos. Quiçá Deus tivesse piedade de mim e me desse um rapazinho para me consolar.

O rapaz lhes disse:

– Parem de chorar, parem de açoitar meu coração. O soberano está nos convocando para servir. Minha tropa foi escolhida. É a vontade de Deus. Quem não morrer vivo ficará. Talvez eu venha com o regimento até aqui. Talvez alcance uma patente. Não te preocupes, minha mãezinha amada. Toma conta da pequena Praskóvia por mim.

Esse recruta tinha sido enviado de um assentamento econômico.

Palavras de um tipo completamente distinto meus ouvidos captaram em um agrupamento próximo. Entre os que lá estavam, vi um homem de seus trinta anos, estatura mediana, de pé, olhando vigorosa e alegremente para os que se encontravam a seu redor.

– O senhor ouviu minhas preces – dizia ele. – As lágrimas de um infeliz alcançaram o consolador de todos. Pelo menos, a partir de agora, saberei que meu destino pode depender do meu bom ou mau comportamento. Até agora, estive à mercê do capricho feminino. O simples pensamento de que não serei punido, sem julgamento, pelo porrete já me consola!

Ao descobrir por sua fala que era um servo doméstico, tive curiosidade de saber a razão de tão incomum satisfação. À minha pergunta sobre esse tema, ele respondeu:

– Se, meu nobre, de um lado fosse colocada a forca, e de outro, um rio profundo, estando entre as duas catástrofes, tivésseis que necessariamente escolher entre ir à direita ou à esquerda, para a forca ou para a água, o que escolheríeis, o que vos obrigaria a desejar a razão e a sensibilidade? Eu acho que qualquer um escolheria lançar-se ao rio, na esperança de que, tendo atravessado para a outra margem, o perigo desaparecesse. Ninguém concordaria em experimentar se a corda é firme em seu próprio pescoço. Esse foi meu caso. A vida de soldado é difícil, mas é melhor que a corda. Seria bom se isso significasse o fim, mas morrer de uma morte lenta, sob o porrete, sob o gato de nove caudas, em manilhas, no porão, nu, descalço, com sede, sob constante assédio; meu senhor, sei que considerais os servos como vossa propriedade, não raro pior que o gado, mas, para vossa mais amarga infelicidade, eles não foram privados de sensibilidade. Vejo que vos surpreende ouvir tais palavras dos lábios de um camponês; mas, ao ouvi-las, por que não vos surpreendeis mais com a crueldade de vossos semelhantes, os nobres?

E, na verdade, eu não esperava ouvir o que foi dito de alguém vestindo uma túnica grosseira e de sobrancelhas raspadas. Mas, desejando satisfazer minha curiosidade, pedi-lhe que me esclarecesse como, sendo de tão baixa posição, conseguira alcançar conceitos de que carecem, não raro, pessoas chamadas, inapropriadamente, de nobres.

– Se não vos aborrece ouvir minha história, digo que nasci escravo: filho do servo preceptor de meu antigo senhor. Que alívio sinto por não ser mais chamado de Vanka, nem de outro apelido ofensivo, e por não ser chamado por um apito para lhes fazer a vontade.

Meu antigo senhor, uma pessoa de bom coração, sensata e virtuosa, soluçando, muitas vezes, pelo destino de seus escravos, querendo distinguir-me e recompensar-me pelo longo tempo de serviços prestados por meu pai, ofereceu-me educação em pé de igualdade com a de seu filho. Quase não havia diferenças entre nós, exceto pelo fato de a túnica dele ser mais fina que a minha. O que ensinavam ao jovem boiardo, ensinavam também a mim; eram-nos dados ensinamentos idênticos, e, sem me gabar, digo que, em muitos aspectos, eu me saía melhor que meu jovem senhor.

– Vaniucha – dizia-me o velho senhor –, tua sorte depende inteiramente de ti. Tens mais motivações para a erudição e para a moralidade que meu filho. Por minha causa, ele será rico e não passará necessidades, mas tu as conheces desde teu nascimento. Tenta, pois, ser digno de meu cuidado por ti.

Aos dezessete anos de idade de meu jovem senhor, fomos enviados, ele e eu, para terras estrangeiras, com um inspetor, que foi instruído a me considerar um companheiro de viagem, e não um servo. Ao me despachar, disse-me meu senhor:

– Espero que retornes, para meu consolo e o de teus pais. Nos limites deste Estado, és escravo, mas, fora deles, és livre. Ao retornares, os grilhões colocados em ti no dia de teu nascimento não serão restaurados.

Ficamos ausentes da Rússia por cinco anos; meu jovem senhor estava radiante de ver os pais; já eu, reconheço, tinha esperanças de fazer uso da promessa que me tinha sido feita. Meu coração estremeceu ao cruzar as fronteiras de minha pátria. E, na verdade, meu pressentimento não era falso. Em Riga, meu jovem senhor recebeu a notícia da morte de seu pai. Ele ficou comovido, e eu caí em desespero. Ora, todos os meus esforços para ganhar a amizade e a confiança de meu jovem amo tinham sido sempre em vão. Ele não só não gostava de mim, como ainda, talvez pela inveja típica das almas pequenas, odiava-me.

Ao notar minha aflição com a notícia da morte de seu pai, disse-me que a promessa a mim feita seria mantida, se dela eu fosse digno. Foi a primeira vez que se atreveu a mencionar isso, pois, ao receber independência após a morte de seu pai, dispensou o instrutor em Riga, pagando-lhe generosamente pelos serviços prestados. Justiça seja feita a meu antigo senhor, que tinha muitas qualidades boas, mas a timidez do espírito e a frivolidade as obscureciam.

Uma semana após nossa chegada a Moscou, meu antigo senhor apaixonou-se por uma jovem de bom semblante; porém, à beleza física, juntara a alma mais mesquinha e o coração cruel e seco. Criada na arrogância de sua origem, considerava apenas a aparência, a nobreza e a riqueza como distinções. Após um mês, tornou-se esposa de meu amo e minha senhora. Até aquele momento, eu não sentira mudança em minha condição, vivia na casa de meu senhor como seu companheiro. Apesar de ele não me dar nenhuma ordem, às vezes, eu me antecipava a seus desejos, sentindo seu poder e minha sorte. Mas, assim que a jovem senhora cruzou a soleira da casa que ela estava determinada a comandar, senti o fardo de meu destino. Na primeira noite após o casamento e no dia seguinte, quando lhe fui apresentado pelo marido como seu companheiro, ela estava ocupada demais com os afazeres normais de um casamento recente; mas, à noite, quando, em uma reunião bastante cheia, todos se sentaram à mesa para a primeira ceia dos recém-casados, e eu, como de costume, sentei-me em meu lugar, no ponto mais baixo, a nova senhora disse deveras alto ao marido: se ele quisesse que ela se sentasse à mesa com os convidados, que os servos não fossem admitidos ali. Depois de me dirigir o olhar, e por ela incitado, ele enviou alguém para me dizer que eu deixasse a mesa e jantasse em meu gabinete. Imaginai quão dolorida foi para mim essa humilhação. Escondendo, todavia, as lágrimas que de meus olhos brotavam, retirei-me. No outro dia, não me atrevi a aparecer. Sem que perguntassem por mim, enviaram-me o almoço e o jantar. E assim foi também nos dias seguintes. Uma semana após o casamento, um dia, depois do almoço, a nova senhora, ao inspecionar a casa e distribuir aos serviçais deveres e alojamentos, entrou em meus aposentos. Haviam sido preparados para mim por meu velho amo. Eu não estava em casa. Não repetirei o que ela falou sobre eles, para zombar de mim, mas, ao retornar à casa, disseram-me que ela havia dado a ordem de que fosse transferido para um canto no andar inferior, com os servos domésticos solteiros, onde já se encontravam minha cama, o baú com as vestes e a roupa de cama; o restante manteve em meus antigos aposentos, nos quais acomodou suas damas.

O que se passou em minha alma ao ouvi-lo é mais adequado sentir que descrever, se alguém pudesse. Mas a fim de não o deter com narrações, talvez, supérfluas: minha senhora, ao assumir o comando da casa e não encontrando em mim capacidades para o serviço, tornou-me lacaio e me vestiu de libré. A menor falta imaginada no cumprimento dos deveres rendia-me um tapa, o porrete ou o gato de nove caudas. Ó, meu senhor, teria sido melhor não ter nascido! Quantas vezes me ressenti de meu falecido benfeitor por ter me proporcionado uma alma sensível. Teria sido melhor crescer na ignorância, jamais ter pensado que sou uma pessoa igual às outras. Há muito, há muito tempo eu teria dado cabo dessa vida infeliz, se não tivesse me impedido a instrução do Juiz Supremo, que está acima de todos. Estou determinado a suportar meu destino pacientemente. E suportei não apenas as feridas corporais, mas também aquelas com as quais ela feriu minha alma. Mas quase falhei à promessa e tirei os restos deploráveis de minha lamentável vida quando uma nova ferida me foi infligida.

O sobrinho de minha ama, um jovem de dezoito anos, sargento da guarda, formado ao gosto dos fidalgos moscovitas, apaixonou-se pela camareira de sua tia e, tendo rapidamente dominado com a experiência seu ardor, tornou-a mãe. Não importa quão resoluto fosse em seus assuntos amorosos, ele de fato ficou algo envergonhado com esse incidente. Pois a tia, ao saber do ocorrido, baniu a camareira de sua presença, já ao sobrinho fez uma leve reprimenda. Seguindo o costume dos senhores misericordiosos, planejava punir aquela que outrora fora sua preferida dando-a em casamento a um moço de estrebaria. Mas como todos já estavam casados, e uma mulher grávida deve ter um marido para a honra da casa, ela não encontrou ninguém pior que eu entre todos os seus servos. E sobre esse extraordinário favor, minha senhora falou-me na presença de seu marido. Eu não aguentava mais tanta opressão.

– Mulher desumana! Em nome de teu poder podes me torturar e ferir meu corpo; dizeis vós que as leis dão esse direito sobre nós. Nem nisso posso acreditar; mas sei com firmeza que não se pode ser forçado a contrair matrimônio.

Minhas palavras despertaram nela um silêncio atroz. Voltando-me para seu marido, disse:

– Filho ingrato de pais caridosos, esqueceste do testamento dele, esqueceste de tua própria declaração; mas não leve ao desespero uma alma mais nobre que a tua, cuidado!

Dizer mais não pude, pois minha senhora ordenou que me levassem aos estábulos para ser impiedosamente açoitado com o gato de nove caudas. No dia seguinte, eu mal podia me levantar da cama; e fui novamente levado diante de minha senhora.

– Perdoo-te – disse-me ela – pela insolência de ontem; casa-te com minha Mavruchka; ela te implora, e eu, por amá-la, apesar de seu delito, quero fazer isso por ela.

– Minha resposta – eu lhe disse – todos ouviram ontem, outra não tenho. Acrescento apenas que apresentarei uma queixa contra vós às autoridades, pois não tendes o direito de me obrigar a isso.

– Então, está na hora de ser recrutado – disse furiosamente minha senhora... Um viajante perdido no deserto se alegraria menos em reencontrar o caminho do que me alegrei ao ouvir essas palavras.

– Ao recrutamento – repetiu ela, e no outro dia estava feito.

Mulher sem sentido! Pensava ela que seria um castigo para meu crime, como é para os camponeses, tornar-me soldado. Foi uma alegria tal para mim que, logo que minha testa foi raspada, senti como se tivesse renascido. Minhas forças se renovaram. A razão e o espírito começaram novamente a trabalhar. Ó, esperança, doce sentimento para um infeliz, permanece em mim.

Uma lágrima pesada, mas não uma lágrima de tristeza e desespero, brotou em seus olhos. Apertei-o contra meu coração. Seu rosto foi iluminado por uma nova alegria.

– Nem tudo está perdido, dás-me armas à alma – disse-me ele – para que eu lute contra a tristeza, ao me fazer sentir que minha desgraça não será sem fim...

Deixei esse infeliz e me aproximei de um agrupamento, em meio ao qual vi três pessoas acorrentadas a correntes de ferro mais fortes.

– É bastante surpreendente – disse eu comigo mesmo, mirando tais prisioneiros. – Agora estão desanimados, lânguidos, tímidos, não apenas não desejam ser combatentes, mas é preciso mesmo uma enorme crueldade para colocá-los nessa condição. Mas, uma vez acostumados ao cumprimento de sua pesada convocação, tornam-se vigorosos, com iniciativa e até mesmo rejeitam sua condição anterior.

Perguntei a alguém que estava próximo, o qual, pelos trajes, parecia ser um servidor do governo:

– Por certo têm medo que escapem, por isso os prendem em correntes tão pesadas?

– Adivinhaste. Pertenciam a um proprietário de terras que necessitava de dinheiro para uma nova carruagem e, para consegui-la, vendeu-os como recrutas aos camponeses do Estado.

Eu: Meu amigo, estás enganado, os camponeses do Estado não podem comprar seus próprios irmãos.

Ele: Não é feito como uma venda. O senhor desses infelizes, depois de receber o dinheiro do contrato, concede-lhes a liberdade; é como se, por vontade própria, registrassem-se como camponeses do Estado no principado para o qual foram vendidos, já o principado, por um acordo geral, entrega-os para serem soldados. Agora, estão sendo levados para se inscreverem em nosso principado.

Pessoas livres, que não cometeram crime algum, acorrentadas, sendo vendidas como gado! Ó, leis! Sua sabedoria, muitas vezes, está somente em sua letra! Não é uma clara zombaria? Mais ainda, uma zombaria ao sagrado nome da liberdade. Ó! Se os escravos, oprimidos por seus pesados grilhões, enfurecidos em seu desespero, quebrassem, com o ferro que lhes tira a liberdade, nossas cabeças, as cabeças de seus senhores desumanos, e com nosso sangue manchassem seus campos! O que o Estado perderia com isso? De seus meios, logo surgiriam grandes homens para suceder a tribo massacrada, mas teriam outros pensamentos acerca de si mesmos e seriam privados do direito à opressão. Não se trata de um sonho, é a visão que atravessa o denso véu do tempo, o qual esconde o futuro de nossos olhos; eu vejo através do século inteiro. Afastei-me, indignado, do agrupamento.

Mas os detidos algemados estão agora livres. Se ao menos tivessem um pouco de firmeza, refreariam os pensamentos opressores de seus tiranos... Voltemos...

– Meus amigos – disse eu aos prisioneiros em sua própria pátria –, sabeis que, se não quereis, por vossa própria vontade, ingressar no serviço militar, ninguém hoje em dia pode vos obrigar?

– Deixa de zombar, meu amo, de pessoas sofridas. Sem tuas piadas, já é doloroso o suficiente, para um de nós, separar-se de seu pai decrépito, de suas pequenas irmãs, para outro, e de sua jovem noiva, para o terceiro. Sabemos que nosso senhor nos vendeu por mil rublos, como recrutas.

– Pois se até agora não sabíeis, sabei que é proibido vender pessoas como recrutas; que os camponeses não podem comprar pessoas; que vosso amo vos deu a alforria; e que do vosso amo recebestes licença; e que vossos compradores desejam vos inscrever como se fosse pela vossa vontade.

– Se é assim, meu amo, obrigado; quando nos enfileirarem para a medição, diremos que não queremos ser soldados e que somos pessoas livres.

– Acrescentai o fato de que vosso senhor vos vendeu fora do tempo indicado e que vos entregam de maneira violenta*.

É fácil imaginar a alegria que tomou conta dos rostos desses infelizes. Agitando-se em seus lugares e sacudindo alegremente os grilhões, pareciam testar suas forças, como se para rompê-los. Mas essa conversa quase me trouxe grandes problemas; os que levavam os recrutas entenderam minha fala e avançaram sobre mim, dizendo:

– Não metas o nariz no negócio alheio, amo, sai daqui enquanto estás inteiro – e começou a me empurrar com tanta força que fui forçado a me afastar apressadamente do agrupamento.

Ao me aproximar do pátio dos correios, encontrei uma reunião de aldeões circundando uma pessoa de casaco rasgado, um tanto bêbada, ao que parecia, fazendo caretas aos espectadores que olhavam para ela e gargalhavam até as lágrimas.

– Que espetáculo tendes aqui? – perguntei a um menino. – De que tanto rides?

– Esse recruta é estrangeiro, não é capaz de dar nem um pio em russo.

Das raras palavras que pronunciava, pude saber que era francês. Minha curiosidade atiçou-se ainda mais, e eu quis saber como um estrangeiro poderia ser entregue como recruta pelos camponeses. Perguntei-lhe, em sua língua materna:

– Meu amigo, como o destino te trouxe aqui?

O francês: Assim quis o destino: deve-se viver onde é bom.

Eu: E como foi parar entre os recrutas?

O francês: Amo a vida militar, já a conheço, eu mesmo quis.

Eu: Mas como foi acontecer de você ser entregue como recruta de aldeia? Da aldeia, tomam como soldados, geralmente,

---

* Durante o recrutamento, é proibido fazer compras na venda de camponeses. (N. A.)

somente os camponeses, e russos. E tu, pelo que vejo, não és nem mujique nem russo.

O francês: Pois foi assim. Em Paris, estudei, na meninice, para ser cabeleireiro. Vim para a Rússia com um senhor. Penteei-lhe o cabelo em Petersburgo por um ano completo. Ele não tinha como me pagar. Depois de deixá-lo, não encontrei nenhum lugar para mim e quase morri de fome. Felizmente, consegui servir como marinheiro em um navio que navegava sob bandeira russa. Antes de partir para o mar, fui jurado como súdito russo e parti para Lübeck. No mar, apanhei muitas vezes do capitão do navio, que me batia com a ponta da corda por eu ser preguiçoso. Por negligência minha, caí do cordame no convés e quebrei três dedos, o que me deixou para sempre incapaz de controlar o pente. Ao chegar em Lübeck, encontrei recrutadores prussianos e servi em diferentes regimentos. Não raro, batiam-me com o porrete por preguiça e embriaguez. Uma vez, estando bêbado, esfaqueei um companheiro até a morte e parti de Memelburgo, onde se encontrava a guarnição. Lembrei-me de que devia juramento à Rússia; e, como um filho fiel de sua pátria, dirigi-me a Riga com dois táleres no bolso. No caminho, alimentei-me de esmolas. Em Riga, minha sorte e minha arte me serviram; ganhei cerca de vinte rublos numa taberna e, depois de comprar uma túnica razoável por dez, dirigi-me a Cazã como lacaio de um mercador cazanita. Mas, ao passar por Moscou, encontrei na rua dois conterrâneos meus, que me aconselharam a deixar meu patrão e procurar um cargo como professor em Moscou. Eu lhes disse que mal sabia ler. Mas eles me responderam:

– Falas francês, e isso já é suficiente.

Meu patrão não viu quando me afastei dele na rua: seguiu seu caminho, e eu fiquei em Moscou. Logo meus conterrâneos encontraram um cargo de professor para mim, por 150 rublos, um *pud* de açúcar, um *pud* de café, dez libras de chá por ano, uma mesa, um servo e uma carruagem. Mas eu tinha de viver no campo. Muito melhor. Passei ali um ano inteiro sem que descobrissem que não sei escrever. Mas o sogro do senhor em cuja casa eu vivia revelou-lhe meu segredo, e fui mandado de volta a Moscou. Sem encontrar outro tolo semelhante àquele, sem poder exercer meu ofício em razão dos dedos quebrados e temendo morrer de fome, eu mesmo me vendi por duzentos rublos. Fui registrado como camponês e enviado como recruta. Espero – disse ele, com ares de importância – que logo ocorra uma guerra, assim alcanço a patente de general; já se não houver guerra, então encho os bolsos (tanto quanto possível) e, coroado de louros, retiro-me para minha pátria.

Mais de uma vez, dei de ombros enquanto ouvia esse malandro e, com o coração partido, deitei-me na *kibitka* e segui meu caminho.

ZAVÍDOVO

Os cavalos já estavam atrelados à *kibitka*, e eu, preparado para a partida, quando na rua se fez uma enorme algazarra. As pessoas começaram a correr de uma ponta à outra da aldeia. Na rua, vi um militar de chapéu de granadeiro, que se exibia orgulhoso e, segurando um chicote levantado, gritava:

– Os cavalos, rápido; onde está o ancião? Sua Excelência estará aqui dentro de minutos; apresentem-me o ancião.

Tirando o chapéu a cem passos, o ancião correu com toda a sua agilidade para atender à convocação.

– Os cavalos, rápido!

– Agora mesmo, paizinho: o certificado de viagem, por favor.

– Aqui. Vai, rápido, ou eu te... – disse ele, levantando o chicote sobre a cabeça do trêmulo ancião.

Esse discurso incompleto era tão cheio de expressões quanto o discurso ao vento de Éolo na *Eneida*, de Virgílio: "Eu vos...!" – e, esmagado pela visão do chicote do todo-poderoso granadeiro, o ancião sentiu o poder da mão direita do militar ameaçador tão vivamente quanto os ventos amotinados sentiram sobre si o forte poder da prisão de Éolo. Voltando com o certificado de viagem ao novo Polkán, o ancião disse:

– Sua excelência e sua nobre família necessitam de cinquenta cavalos, e nós temos apenas trinta disponíveis, os outros estão em serviço.

– Traga-os, velho diabo. E, se não houver cavalos, eu te desfigurarei.

– Mas onde poderei pegá-los, se lugar para os pegar não há?

– E ele continua falando... Pois bem, os cavalos eu terei... – e, agarrando o velhinho pela barba, começou a bater-lhe com o chicote nos ombros impiedosamente. – É suficiente para ti? Pois eis três fresquinhos – disse o severo juiz da estação dos correios, apontando para os cavalos que estavam atrelados à minha carroça. – Desatrela para nós.

– Se o amo permitir.

– Como ele não permitirá? Vai sofrer o mesmo de minha parte. Afinal, quem é ele?

– Algum tipo de... – o título com que me honrou não entendi.

Entrementes, fui para a rua a fim de impedir o aguerrido precursor de Sua Excelência de cumprir sua intenção de me tirar os cavalos, obrigando-me a pernoitar na isbá dos correios.

Minha discussão com o Polkán da guarda foi interrompida pela chegada de Sua Excelência. Ainda ao longe, podia-se ouvir os gritos dos cocheiros e o estrépito dos cavalos que galopavam a toda brida. A batida frequente dos cascos e a rotação das rodas já imperceptíveis aos olhos sacudiam a poeira e engrossavam o ar de tal maneira que a carruagem de Sua Excelência era coberta por uma nuvem impenetrável à vista dos cocheiros, que a esperavam como nuvens de tempestade. Dom Quixote teria, com certeza, visto algo de maravilhoso aqui; pois a nuvem de poeira que corria sob a nobre pessoa de Sua Excelência de repente parou, dissipando-se, e ele se apresentou a nós coberto de poeira cinza, como se fosse descendente de negros.

Desde minha chegada à estação dos correios até o momento em que os cavalos foram novamente atrelados à minha carroça, passou-se, pelo menos, uma hora. Mas as carruagens de Sua Excelência foram atreladas em não mais que um quarto de hora... e partiram a galope nas asas do vento. Quanto a meus pangarés, embora parecessem melhores que aqueles designados para conduzir a nobre pessoa de Sua Excelência, seguiram em trote manso, já que não tinham o chicote do granadeiro para temer.

Bem-aventurados os ricos-homens nos governos autocráticos. Bem-aventurados os condecorados com patentes e faixas. Toda a natureza lhes obedece. Até o gado irracional satisfaz seus desejos e, a fim de que não fiquem entediados em sua viagem, galopam, não poupando as pernas, os pulmões, e, não raro, morrem em decorrência do esforço. Bem-aventurados, repito, aqueles cuja aparência atrai a reverência de todos. Quem, entre os que tremem diante do chicote, imagina que aquele que os ameaça, em nome de quem os ameaça, é denominado "sem voz" na gramática da corte? Que, em toda a sua vida, não logrou dizer nem o A... nem O...?* Que deve sua proeminência a alguém que tem vergonha de dizer quem seja? Que, em sua alma, é a criatura mais vil? Que o engano, a perfídia, a traição, a fornicação, o envenenamento, o furto, o roubo, o assassinato não lhe custaram mais que beber um copo de água? Que suas bochechas jamais ficaram vermelhas de vergonha, talvez de raiva ou de uma bofetada? Que é amigo de qualquer foguista cortesão e que é escravo de quem mal e mal se destaca na corte? Mas é um grão-senhor e despreza todos aqueles que não conhecem sua baixeza e caráter rastejante. A nobreza sem a verdadeira dignidade é semelhante ao que são os feiticeiros de nossas aldeias. Todos os camponeses os reverenciam e temem, achando que são soberanos do sobrenatural. Esses embusteiros governam sobre eles a seu bel-prazer. Mas, tão logo surge na multidão que o idolatra alguém menos suscetível à ignorância mais grosseira, o engano é descoberto e eles não mais toleram o vidente no lugar onde operam seus milagres. Igual cuidado devem tomar aqueles que se atrevem a expor as feitiçarias dos ricos-homens.

Mas quem sou eu para alcançar Sua Excelência? Ele levantou uma coluna de poeira que desapareceu quando passou voando, e eu, ao chegar a Klin, descobri que até mesmo sua memória pereceu com o barulho.

* Ver a *Gramática manuscrita da Corte*, de Fonvízin (N. A.)

KLIN

– Como na cidade de Roma, era uma vez o príncipe Eufêmio...

Cantando essa canção popular, chamada "Aleksei, o homem de Deus", estava um velho cego, sentado junto ao portão do pátio dos correios, cercado por um agrupamento, em sua maior parte, de meninos e moços. Cabeça prateada, olhos fechados, o aspecto de calma estampado em seu rosto forçava aquele que o olhava a se deter para contemplá-lo. Apesar da melodia desajeitada, a ternura que acompanhava a elocução penetrava nos corações de seus ouvintes, que escutam a natureza melhor que os ouvidos dos habitantes de Moscou e Petersburgo, treinados em harmonia, escutam com reverência a melodia de Gabrielli, Marchesi e Todi. Ninguém ficou imune a um arrepio profundo quando o cantor de Klin chegou à separação de seu herói, mal recitando sua narração, com a voz entrecortando-se a cada momento. O lugar em que estariam seus olhos se enchia de lágrimas, brotadas de uma alma sensível pelas desgraças, que escorriam em fluxo sobre suas bochechas. Ó, natureza, quão poderosa és! Ao olhar para o velho que chorava, choravam também as mulheres; dos lábios da juventude, alçava voo seu companheiro habitual, o sorriso; e na face da meninice surgiu a timidez, um sinal desagradável de um sentimento doloroso, mas desconhecido; mesmo os adultos masculinos, tão acostumados à crueldade, adquiriram um ar solene.

– Ó, natureza! – gritei novamente...

Quão doce é o sentimento de pesar! Quanto ele renova o coração e sua sensibilidade. Depois da reunião na estação dos correios, chorei, e minhas lágrimas foram, para mim, tão doces quanto aquelas arrancadas por Werther do coração... Ó, meu amigo, meu amigo! Por que não estavas aqui para ver esse quadro? Tu chorarias comigo, e a doçura do sentimento mútuo teria sido muito mais agradável.

Ao final da cantoria, todos os presentes deram algo ao velho, como forma de gratificação por seu trabalho. Ele aceitou com bastante indiferença todos os meios e um quarto de copeques, todos os pedaços e as migalhas de pão; mas sempre acompanhada de uma reverência de agradecimento, com ele fazendo o sinal da cruz e dizendo ao doador: "Que Deus te dê saúde". Não quis partir sem que me acompanhassem as orações desse velho que, é evidente, era querido pelos céus. Desejava suas bênçãos para cumprir minha jornada e meu desejo. Pareceu-me, e com isso sempre sonho, que a bênção das almas sensíveis abre os caminhos para o percurso e retira os espinhos das dúvidas. Aproximei-me dele e depositei um rublo em sua mão trêmula, com minha mão também trêmula do medo de fazê-lo por vaidade. Ao fazer o sinal da cruz, ele não teve a chance de proferir sua costumeira bênção ao doador, de tão distraído que ficara com a sensação incomum produzida por aquilo que em sua palma jazia. E isso partiu meu coração. – Agrada-lhe muito mais – disse eu a mim mesmo – quando lhe dão um quarto de copeque! Nele, sente a compaixão comum pelas desgraças da humanidade; no meu rublo, talvez sinta minha arrogância. Não o acompanha de suas bênçãos. – Ó, quanto eu parecia mesquinho a mim mesmo, quanto invejei aqueles que tinham dado ao velho cantor meio copeque e um pedação de pão!

– Não é uma moeda de cinco copeques? – disse ele, direcionando vagamente seu discurso, assim como cada uma de suas palavras.

– Não, vovozinho, é um rublo – disse o menino que estava próximo a ele.

– Para que essa esmola? – disse o cego, baixando o lugar dos olhos e tentando, ao que parecia, imaginar mentalmente aquilo que estava na palma de sua mão. – De que serve a quem não pode usá-la? Se eu não tivesse sido privado da visão, quão grande seria minha gratidão por esse rublo. Não tendo necessidade dele, eu poderia alimentar os necessitados. Ah! Se o tivesse recebido depois do incêndio que aqui ocorreu, teria silenciado ao menos por um dia os gritos dos pintinhos famintos de meu vizinho. Mas de que ele me serve agora? Agora não vejo sequer onde colocá-lo; pode até fornecer a ocasião para um crime. Não há muito lucro em roubar um quarto de copeque; já em um rublo, muitos passariam a mão de bom grado. Pegue-o de volta, meu bom senhor, tu e eu, com teu rublo, podemos criar um ladrão.

– Ó, a verdade! Quão dura és ao coração sensível quando és uma reprimenda.

– Pegue-o de volta; estou certo de que não é necessário, e eu já não o valho, pois não servi ao soberano nele representado. Foi conveniente ao Criador que eu, ainda em meus anos vivazes, fosse privado de meus dois guias. Suporto pacientemente o Seu castigo. Foi por meus pecados que Ele me visitou... Fui soldado e, durante muitos anos, participei de batalhas contra os inimigos da pátria; sempre lutei com ousadia. Mas só se deve ser soldado por necessidade. A ira sempre enchia meu coração ao início da batalha; jamais poupei um inimigo caído a meus pés e não concedi perdão ao desarmado quando ele pedia. Arrebatado pela vitória de nossa armada, enquanto me precipitava sobre os castigos e os espólios, prostrei-me, privado da visão e do tato por uma bala de canhão que passou voando diante de meus olhos ainda em plena força. Ó! Vós que vierdes depois de mim, sede corajosos, mas não vos esqueçais da humanidade. – Devolveu-me meu rublo e sentou-se de novo, calmamente, em seu lugar.

– Pega teu bolo de festa, vovô – disse ao cego uma mulher de seus cinquenta anos, aproximando-se.

Com que êxtase ele o tomou em ambas as mãos.

– Eis uma verdadeira boa ação, eis a verdadeira caridade. Durante trinta anos seguidos como esse bolo nas festas e aos domingos. Não esqueceste a promessa que fizeste em tua infância. O que fiz por teu falecido pai merece que não te esqueças de mim até meu túmulo? Meus amigos, salvei o pai dela de uma surra que os soldados itinerantes, não raro, dão nos camponeses. Os soldados queriam lhe tirar algo; e ele começou a discutir com eles. O caso ocorria atrás do celeiro. Os soldados se puseram a espancar o camponês; eu era sargento daquela companhia à qual pertenciam os soldados e estava ali por acaso; corri em direção aos gritos do homem e o livrei da surra; talvez, de algo ainda pior, mas o que viria a seguir é impossível adivinhar. Eis do que se lembrou minha atual benfeitora, quando aqui me viu em estado de mendicância. Eis do que ela não se esquece todos os dias e em todas as festas. Minha ação não foi grandiosa, mas foi boa. E uma boa ação agrada ao Senhor; e Ele nunca permite que tenha sido em vão.

– Porventura, vais me ofender assim diante de todos, bom velhinho – disse-lhe eu – e rejeitarás meu donativo? Porventura, minha esmola é a esmola de um pecador? E ela poderia ter alguma serventia, se servisse para abrandar teu coração endurecido.

– Afliges ainda mais um coração há muito afligido pelo castigo natural – disse o velho –, não imaginei que pudesse te ofender ao não aceitar uma esmola que tem poder para causar danos; queira perdoar meu pecado, mas dá-me, se queres me dar algo, dá-me o que me pode ser útil... Tivemos uma primavera fria, tive dores de garganta e não tinha sequer um lenço para amarrar ao pescoço, mas Deus teve misericórdia e a doença passou... Não trazes contigo um lenço velho? Quando minha garganta doer, amarrá-lo-ei em meu pescoço, a garganta deixará de doer; e eu me lembrarei de ti, se é que necessitas da lembrança de um mendigo.

Tirei o lenço de meu pescoço, amarrei-o ao pescoço do cego... E dele me despedi.

Ao retornar, por Klin, não encontrei o cantor cego. Ele havia morrido três dias antes de minha chegada. Mas meu lenço, contou-me aquela que lhe trazia o bolo nos dias de festa, vestiu no pescoço ao adoecer antes da morte, e com ele colocaram-no no caixão. Ó! Se alguém sente o valor desse lenço, também sentirá o que se passou em mim ao ouvi-lo.

PIÉCHKI

Não importa o quanto eu quisesse apressar o término de minha viagem, a fome, que, como diz o ditado, não é boa conselheira, forçou-me a dar uma passada numa isbá e, até que não tivesse outra vez o ragu, o fricassê, os patês, entre outras iguarias francesas inventadas para envenenar, fui obrigado a almoçar um velho pedaço de carne frita, que trouxera comigo como provisão. Depois de almoçar, nessa ocasião muito pior que às vezes almoçam muitos coronéis (não estou falando dos generais) em suas longas campanhas, eu, de acordo com um louvável costume geral, despejei na xícara o café que me fora preparado e deleitei meus caprichos com os frutos do suor de infelizes escravos africanos.

Ao ver o açúcar diante de mim, a anfitriã, que sovava a massa, enviou um pequeno menino para pedir um pedaço dessa iguaria boiarda.

– Por que boiarda? – disse-lhe eu, dando ao menino o resto de meu açúcar. – Porventura não podes usá-lo?

– É boiardo, porque não temos meios para comprá-lo, já os boiardos o usam porque não são eles mesmos que ganham o dinheiro. É verdade que nosso capataz quando vai a Moscou o compra, mas também custa nossas lágrimas.

– Acaso pensas mesmo que quem usa açúcar faz com que chores?

– Nem todos, mas os senhores nobres, sim. Pois não é a lágrima de teus camponeses que bebes enquanto eles comem o mesmo pão que nós? – ao dizer isso, mostrou-me a composição de seu pão. Compunha-se de três quartos de joio e uma parte de farinha não peneirada. – E, mesmo com as más colheitas de hoje em dia, damos graças a Deus. Muitos de nossos vizinhos estão em situação pior. O que é que, afinal, vós, boiardos, ganhais, ao comer açúcar enquanto nós passamos fome? Os rapazes estão morrendo, e os adultos também. Mas o que podes fazer? Lamentas, lamentas, e fazes o que o senhor ordenar. – E começou a dispor os pães no forno.

Essa reprimenda, pronunciada não com raiva ou com indignação, mas com um profundo sentimento de aflição espiritual, encheu meu coração de tristeza. Pela primeira vez, observei com atenção todos os utensílios de uma isbá camponesa. Pela primeira vez, voltei o coração para aquilo sobre o que, até então, ele tinha apenas deslizado.

Quatro paredes cobertas de fuligem até a metade, assim como todo o teto; as frestas do chão cobertas com, pelo menos, um *verchok* de sujeira; o forno sem chaminé, porém, uma melhor proteção contra o frio, e a fumaça, nas manhãs de inverno ou de verão, enchia a isbá; os esquadros das janelas, nos quais estava esticada uma tripa de boi seca que, mesmo ao meio-dia, impedia a passagem da luz; duas ou três panelas (feliz da isbá que, a qualquer dia, tem em uma delas um *chti*[1] simples sendo cozido!). Uma tigela de madeira e travessas, chamadas de pratos; a mesa talhada com um machado, que é raspada para os dias de festa. Um cocho para alimentar os porcos e os bezerros, se houver, e dormir com eles, engolindo o ar no qual uma vela queima como se estivesse atrás de um véu ou uma cortina. Com sorte, um barril de *kvas* com gosto de vinagre e, no quintal, uma casa de banho, na qual dorme o gado, se não houver vapor. Camisa de cânhamo, sapatos dados pela natureza, perneiras e calçados de fibra de tília para sair.

Eis como vivem aqueles que são considerados, com justiça, a fonte do excedente, da força, da potência do Estado; mas aqui também se vê a fraqueza, a deficiência e o desmando das leis de

[1] Sopa de repolho com carne e/ou miúdos, típica de algumas regiões da Rússia. (N. T.)

seu lado, por assim dizer, áspero. Aqui se vê a ganância da nobreza, a rapina, nossa tirania e a condição indefesa dos pobres.

Bestas gananciosas, sanguessugas insaciáveis, o que reservamos aos camponeses? Precisamente o que não podemos lhes tirar: o ar. Sim, o ar, somente. Não raro, tiramos-lhes não só o dom da terra, o pão e a água, mas a própria luz.

A lei proíbe de lhes tirar a vida.

Mas só se for instantaneamente. Quantas maneiras há, porém, de matar de forma gradativa! De um lado, quase onipotência, de outro, vulnerabilidade indefesa. Ora, o proprietário de terras em relação ao camponês é o legislador, o juiz, o executor da decisão e, segundo seu desejo, o autor contra o qual o réu não ousa dizer nada. É esse o destino de alguém submetido a grilhões, é esse o destino de alguém encerrado em uma masmorra fétida, é esse o destino de um boi no jugo...

Cruel proprietário de terras, olha para os filhos dos camponeses submetidos a ti. Estão quase nus. Por quê? Não foste tu que lhes impuseste, nascidos na doença e na amargura, o tributo, além dos trabalhos na lavoura? Não és tu que determinas que usem linho que ainda não foi tecido? Mas o que é para ti um pano fétido no qual tua mão, acostumada à seda, não ousa tocar? Mal serve para limpar o gado que te serve. Colecionas até aquilo de que não tens necessidade, apesar do fato de a nudez de teus camponeses te causar vergonha. Se aqui não há juiz para ti, encontrar-te-ás, todavia, diante do Juiz Supremo que não conhece a parcialidade, que um dia te deu um guia no caminho do bem, a consciência, a qual tua mente devassa, há muito, expulsou de tua própria morada, de teu coração. Mas te gabes de tua impunidade. Esse vigilante de teus atos te apanhará a sós, e tu sentirás o castigo Dele. Ó! Se tivesse alguma serventia a ti e aos submetidos a teu poder... Ó! Se o ser humano confessasse seus atos ao juiz mais implacável, aquele que cada um tem dentro de si, a consciência. Convertido em coluna imóvel por sua voz estrondosa, não admitiria os delitos secretos; a destruição, a devastação se tornariam raras... e assim por diante, adiante e adiante.

TCHÓRNAIA GRIAZ

Aqui, também vi uma experiência formidável da autocracia da nobreza sobre os camponeses. Um casamento ia passando. Mas, em vez do comboio alegre e das lágrimas da noiva assustada, destinadas a logo se converterem em alegria, assistia-se nos semblantes daqueles destinados a contrair matrimônio tristeza e desalento. Eles se odeiam e estão sendo arrastados a uma tortura pelo poder de seu senhor: ao altar do Pai Todo-Poderoso, doador de sentimentos ternos e de alegrias, artífice da verdadeira felicidade, o criador do universo. E Seu servo tomará um juramento coagido pelo poder e confirmará o casamento! E a isso se dará o nome de união divina! E esse sacrilégio permanecerá como exemplo para os outros! E essa irregularidade na lei permanecerá impune!... O que há de surpreendente nisso? Um mercenário abençoa o casamento; o comandante distrital, designado para a proteção das leis, é um nobre. Tanto um quanto o outro obtêm sua vantagem. O primeiro o faz pela obtenção de uma gratificação; o segundo, ainda que se exterminasse a violência que envergonha a humanidade, não perderia o privilégio lisonjeiro de governar despoticamente seus semelhantes. Ó! Triste sina de muitos milhões! O fim de tua condição ainda se esconde até dos olhos de meus netos...

Esqueci-me de te dizer, leitor, que recebi um presente do juiz do Parnaso com quem almocei na taberna em Tver. Sua cabeça testou suas forças sobre muitas coisas. Quão bem-sucedidas foram suas experiências, julga por ti mesmo; e me diga ao pé d'ouvido o que te parece. Se, ao lê-lo, tiveres vontade de dormir, larga o livro e dorme. Guarda-o para as noites de insônia.

Uma palavra a Lomonóssov

O aspecto agradável da noite, depois de um dia quente de verão, expulsou-me de minha cela. Dirigi meus pés para a parte detrás do Mosteiro Niévski e passeei longamente pelo bosque que se estende atrás dele*. O sol já havia escondido sua face, mas mal e mal se podia sentir o leve véu da noite em sua abóbada**. Ao retornar para a casa, passei pelo Cemitério Niévski. O portão estava aberto. Entrei... Nesse lugar do silêncio eterno, onde mesmo a testa mais rígida franzirá o cenho ao pensar que todas as brilhantes façanhas devem ter um fim, nesse lugar da tranquilidade inabalável e da indiferença imperturbável, poderia parecer difícil que a arrogância, a vaidade e a soberba pudessem coexistir. Mas e os túmulos magníficos? São sinais indubitáveis da soberba humana, mas também são sinais do desejo de vida eterna. Mas seria essa a eternidade que o ser humano tanto almeja? Não é uma coluna erguida sobre teus restos que conservará tua memória para as gerações futuras. Não é a inscrição de teu nome em uma pedra que transportará tua glória para os séculos vindouros. É a tua palavra, vivendo para todo o sempre e todas as eras nas tuas criações, a palavra da tribo russa, por ti renovada em nossa língua, que voará para sempre nos lábios dos povos pelos séculos do horizonte infinito. Que os elementos, em fúria conjunta, revolvam as profundezas da terra e tragam essa magnífica cidade de onde teu canto alto ressoou em todos os confins da vasta Rússia; que extermine um feroz conquistador até mesmo o nome de tua pátria amada; enquanto a palavra russa atingir um ouvido, estarás vivo e não morrerás. Se ela silencia, tua glória desaparecerá. É gratificante, é gratificante morrer assim. Mas, se alguém for capaz de calcular a medida dessa posteridade, se o

---

* Lagos. (N. A.)

** Junho. (N. A.)

dedo da adivinhação assinalar um fim para teu nome, não seria isso a eternidade?... Isso eu disse em êxtase, detido diante da coluna erguida sobre os restos de Lomonóssov.

– Não, não é essa pedra fria que conta que viveste pela glória do nome da Rússia, ela não pode dizer a pessoa que foste. Que tuas criações nos contem, que tua vida nos diga por que foste glorioso.

Onde estás, ó, meu mui amado! Onde estás? Vem conversar comigo sobre o grande homem. Vem confeccionar a coroa desse cultivador do verbo russo. Que outros, bajuladores do poder, exaltem com louvores a força e a potência. Nós cantaremos uma canção ao serviço prestado à sociedade.

Mikhail Vassílievitch Lomonóssov nasceu em Kholmogóry... Visto que nascera de uma pessoa que não tinha condições de lhe dar educação, a fim de que por meio dela se refinasse sua compreensão e a adornasse com conhecimentos úteis e agradáveis; destinado por sua condição a passar seus dias entre pessoas cujo horizonte intelectual se reduzia a seus ofícios; forçado a dividir o tempo entre a pesca e o esforço de obter retribuição por seu trabalho, a mente do jovem Lomonóssov não poderia atingir a vastidão que adquiriu ao trabalhar em experimentos com a natureza, nem sua voz, a doçura que ele obteve das musas puras. Da educação da casa paterna, recebeu algo modesto, mas a chave para o conhecimento: o domínio da leitura e da escrita, enquanto com a natureza, aprendeu a ter curiosidade. E isso, natureza, é teu triunfo. A curiosidade ávida que introduzes em nossa alma, buscar o conhecimento das coisas; e o coração ardente do amor pela glória não pode, doravante, tolerar as amarras que o limitam. Ele ruge, fervilha, geme e, rompendo os grilhões, lança-se de cabeça (e não há o que possa detê-lo) ao voo. Tudo é esquecido; na mente, apenas um propósito; por ele respiramos, por ele vivemos.

Sem perder de vista o objeto cobiçado, o jovem coleta o conhecimento das coisas desde a fonte dos riachos mais fracos das ciências até os mais baixos níveis da sociedade. Alheio à supervisão tão necessária para acelerar os conhecimentos, ele afia e adorna a memória, força primordial de sua inteligência, de modo a aguçar sua mente. Esse estreito círculo de conhecimento que ele poderia adquirir em seu local de nascimento não foi capaz de aplacar o espírito sedento; antes acendeu no jovem ainda mais cedo o desejo insuperável de conhecimento. Bem-aventurado aquele que, na idade em que a excitação das paixões nos tira, pela primeira vez, da insensibilidade, em que nos aproximamos do estágio da maturidade, volta seus anseios para o conhecimento das coisas.

Incitado pela sede da ciência, Lomonóssov deixa a casa paterna; dirige-se à capital, chega à morada das musas monásticas e toma assento entre os jovens que se dedicavam ao estudo das ciências liberais e da teologia.

A antessala do aprendizado é o conhecimento das línguas; mas parecia-lhe um campo semeado de espinhos e uma montanha cravejada de pedras afiadas. Ali, os olhos não encontram uma ordenação agradável, e ali não há a calma para o descanso nem o refúgio verdejante para dirimir o cansaço. Assim, tendo o estudante se iniciado em uma língua desconhecida, assombra-se com os distintos sons. A laringe, com o gorgolejo inabitual do ar por ela emitido, cansa-se, e a língua, forçada a contorcer-se de uma maneira nova, exaure-se. Ali, a mente se entorpece, a razão sem a ação enfraquece, a imaginação perde suas asas; apenas a memória fica em alerta e afia-se, e preenche todos os seus meandros e todas as suas frestas com imagens de sons até então desconhecidos. No aprendizado das línguas, tudo é repugnante e penoso. Se a esperança não assegurasse que, uma vez acostumados os ouvidos aos sons incomuns e dominadas as pronúncias estrangeiras, abrem-se, depois, assuntos agradáveis, seria inconcebível que alguém desejasse se lançar num caminho tão exigente. Mas, ao superar as dificuldades, a perseverança dos esforços dedicados será recompensada. São apresentadas novas visões da natureza, uma nova cadeia de imaginações. Com o conhecimento de uma língua estrangeira, tornamo-nos cidadãos daquela região onde ela é empregada, conversamos com aqueles que viveram muitos séculos antes de nós, assimilamos seus conceitos; e combinamos as invenções e os pensamentos de todos os povos e séculos e os unimos em uma única conexão.

A diligência obstinada no estudo das línguas fez de Lomonóssov um concidadão de Atenas e de Roma. E isso era uma recompensa para sua perseverança. Como a um cego que, incapaz de enxergar a luz desde o útero materno, ao ver resplandecer, pelas mãos de um habilidoso médico de olhos, a majestade da luz do dia, rapidamente percorre com as vistas toda a beleza da natureza e surpreende-se com sua variedade e simplicidade. Tudo o cativa, tudo o fascina. Ele enxerga de maneira mais viva que os olhos sempre acostumados a ver, experimenta o deleite e o êxtase. Foi assim que Lomonóssov, ao obter o conhecimento das línguas latina e grega, devorou a beleza dos oradores e poetas antigos. Com eles, aprendeu a sentir as sutilezas da natureza; com eles, aprendeu a conhecer todas as artimanhas da arte, sempre escondidas nas formas vivas da poesia; com eles, aprendeu a expressar seus sentimentos, a dar corpo ao pensamento e alma ao inanimado.

Se eu tivesse forças suficientes, representaria como, paulatinamente, alojou, em suas concepções, as concepções alheias, as quais, ao serem transformadas por sua alma e mente, apareceram em suas criações sob novo aspecto ou deram luz a outras completamente distintas, desconhecidas, até então, da humanidade. Representá-lo-ia buscando o conhecimento nos antigos manuscritos de sua escola e perseguindo aquilo que tivesse o aspecto de um aprendizado em qualquer lugar que parecesse ser seu depositário. Esteve, muitas vezes, enganado em suas expectativas, mas a leitura frequente dos livros eclesiásticos fixou as bases para a graciosidade de seu estilo; tal leitura ele recomendava a todos os que desejassem adquirir a arte das palavras da língua russa.

Logo sua curiosidade foi satisfeita. Tornou-se discípulo do célebre Wolff. Ao descartar as regras da escolástica, ou melhor, os delírios que lhe eram ensinados nas escolas monásticas, ele subiu os degraus firmes e lúcidos rumo ao templo da filosofia. A lógica o ensinou a raciocinar; a matemática, a chegar a conclusões precisas e a convencer-se unicamente por meio da evidência; a metafísica lhe ensinou as verdades especulativas, que levam, muitas vezes, ao erro; a física e a química, às quais encaixou-se de maneira excelente, graças, talvez, à elegância de sua imaginação, introduziram-no no altar da natureza e lhe revelaram seus sacramentos; a metalurgia e a mineralogia, como ramificações das anteriores, atraíram sua atenção; e Lomonóssov desejou ativamente conhecer as regras que regem essas ciências.

A abundância de frutos e produtos levou as pessoas a trocá-los por aqueles que eram mais escassos. Isso promoveu o comércio. Grandes dificuldades no comércio de escambo levaram a pensar em símbolos que representassem toda a riqueza e todas as propriedades. Inventou-se o dinheiro. O ouro e a prata, por serem os metais mais preciosos em sua perfeição e que, até então, serviam de adorno, foram convertidos em símbolos de quaisquer posses. E, em verdade, foi só então que ascendeu no coração da humanidade essa paixão insaciável e abominável pela riqueza, que, tal chama que tudo devora, fortalece-se com o alimento. Então, deixando de lado sua simplicidade originária e seu exercício natural, a agricultura, o ser humano entregou a vida às ondas ferozes ou, desdenhando da fome e do calor do deserto, lançou-se através deste a países desconhecidos na busca de riquezas e tesouros. Então, desprezando a luz do sol, o vivente desceu à sepultura e, revolvendo as entranhas da terra, cavou para si um buraco, semelhante a um réptil terrestre que busca seu alimento durante a noite. E era assim que o ser humano, enfurnando-se nos abismos da terra, procurava metais brilhantes e reduzia seu tempo de vida pela metade ao alimentar a respiração com os vapores venenosos que emanam do solo. Mas, assim como o próprio veneno, tendo seu uso se tornado um hábito, por vezes, necessário à pessoa, também a extração de metais, mesmo encurtando a vida dos que os buscavam, não foi repudiada por seu caráter mortífero; antes, meios mais fáceis de extrair os metais em maior quantidade possível foram procurados.

Foi isso o que Lomonóssov desejou conhecer ativamente e, para cumprir seu propósito, dirigiu-se a Freiburg. Imagino assistindo-lhe aproximar-se do poço através do qual o metal é extraído das entranhas da terra. Vejo um luminar destinado a clarear os desfiladeiros nos quais a luz solar jamais alcança. Completa o primeiro passo:

– O que fazes? – clama-lhe a razão. – Porventura a natureza te distinguiu com teus dons apenas para que os empregues na destruição de teus irmãos? O que estás pensando para descer neste precipício? Pretendes granjear melhor arte de extrair a prata e o ouro? Ou não sabes o mal que causaram ao mundo? Ou esqueceste da conquista da América?... Mas não, desce, conhece as manobras subterrâneas dos seres humanos e, ao voltar à pátria, tem fortaleza de espírito para aconselhar a enterrar e lacrar essas sepulturas onde milhares são enterrados vivos.

Desce, tremendo, pelo poço, e logo perde de vista o luminar vivificante. Gostaria de segui-lo em sua jornada subterrânea, recolher seus pensamentos e apresentá-los na mesma conexão e na mesma ordem em que nascem em sua mente. O quadro de seus pensamentos seria divertido e didático para nós. Ao atravessar a primeira camada de terra, fonte de toda a vegetação, o viajante subterrâneo achou-a distinta das subsequentes, diferindo das demais, sobretudo, pela força de fertilidade. Concluíra disso, talvez, que essa superfície da terra não é composta de outra coisa além da decomposição dos animais e das plantas; que sua fertilidade, sua força nutritiva e renovadora, tem seu início nas partes indestrutíveis e primordiais de todos e quaisquer seres, os quais, sem mudar sua essência, mudam sua aparência a partir apenas das combinações aleatórias geradas. Seguindo mais adiante, o viajante subterrâneo observa que a terra está sempre disposta em camadas. Nestas, ele encontrava, às vezes, restos de animais que vivem nos mares, encontrava restos de plantas e pôde concluir que a disposição em camadas da terra teve seu início na composição fluida das águas, e que as águas, mudando de uma parte à outra do globo terrestre, deram aquele aspecto por meio do qual se apresentam as profundezas da Terra. Essa uniformidade da disposição das camadas, ao se afastar de sua visão, apresentava-se-lhe, às vezes, como uma mistura de muitas camadas heterogêneas. Disso concluíra que um elemento furioso, o fogo, depois de penetrar nas profundezas da Terra e encontrar uma umidade resistente, fervendo, perturbou-se, sacudiu-se, transbordou e arremessou tudo aquilo que, em vão, resistia com sua ação contrária. Depois de perturbar e misturar coisas heterogêneas, o fogo, com seu sopro tórrido, desencadeou nos metais originários a força de atração e os uniu. Ali, Lomonóssov viu esses tesouros mortos em seu aspecto natural, lembrou-se da ganância e da miséria humanas e, com o coração apertado, deixou essa sombria morada da insaciabilidade dos seres humanos.

Ao aplicar-se no estudo da natureza, não deixou seu adorado estudo da poesia. Ainda em sua pátria, um acontecimento lhe mostrara que a natureza o havia designado para a grandeza; que ele não vagaria pelas veredas ordinárias da marcha humana. O *Saltério* transposto em versos por Simeão de Polatsk revelou-lhe um segredo da natureza sobre ele mesmo, mostrou-lhe que ele também era poeta. Em diálogo com Horácio, Virgílio e outros escritores da Antiguidade, há muito se certificara de que a poesia russa era demasiado incompatível com a eufonia e a gravidade de nosso idioma. Ao ler poetas alemães, descobriu que seu estilo era mais suave que o russo, que os pés estavam localizados nos versos de acordo com as propriedades de sua língua. E assim lançou-se a fazer versos de uma nova maneira, estabelecendo, pela primeira vez, regras para a poesia russa, baseadas na eufonia de nossa língua. Isso ele realizou escrevendo uma ode à vitória conquistada pelas tropas russas sobre os turcos e os tártaros e sobre a tomada de Khotin, a qual ele enviou de Marburgo para a Academia de Ciências. A singularidade do estilo, a força da expressão da imagem, quase respirante, impressionaram os leitores dessa nova composição. E esse filho primogênito da imaginação aspirante a um caminho inexplorado serviu de prova, com os outros, de que, quando um povo é direcionado para o aperfeiçoamento, ele caminha para a glória não apenas por uma trilha, mas por muitas veredas de uma vez.

A força da imaginação e o sentimento vivo não negam o escrutínio dos detalhes. Ao oferecer exemplos de harmonia, Lomonóssov sabia que a elegância do estilo se baseia em regras inerentes à língua. Desejava extraí-los da própria linguagem, sem esquecer, contudo, que o uso é sempre o primeiro a dar exemplos da combinação de palavras, e as expressões das quais derivam as regras transformam-se em regras pelo uso. Decompondo as partes do discurso e conformando-as de acordo com seu emprego, Lomonóssov compilou sua gramática. Mas, não contente em ensinar as regras da língua russa, ele oferece um conceito de linguagem humana segundo o qual se trata do dom mais nobre depois da razão, dado ao ser humano para comunicar seus pensamentos. Aqui vai um resumo de sua gramática geral: a linguagem representa os pensamentos; o instrumento da linguagem é a voz; a voz é modulada pela composição ou enunciação; diferentes modulações da voz representam pensamentos diferentes; assim, a linguagem é a representação de nossos pensamentos por meio da composição da voz com o uso dos órgãos a isso destinados. Partindo desse fundamento, Lomonóssov define as partes indivisíveis da palavra, cujas representações recebem o nome de letras. A composição das partes indivisíveis produz as sílabas, as quais, além da distinção de sua formação vocal, diferenciam-se ainda pela assim chamada acentuação, na qual baseia-se a versificação. A combinação das sílabas produz os radicais, ou a parte significativa da palavra. Estes representam ou as coisas ou a sua ação. A representação vocal de uma coisa é chamada de nome; a representação de uma ação, de verbo. Outras partes da palavra servem para a representação da relação das coisas entre si e para a sua conexão no discurso. As primeiras são necessárias e podem ser chamadas de partes principais da língua, enquanto as demais são acessórias. Ao tratar das diferentes partes da língua, Lomonóssov descobre que algumas delas não possuem forma fixa. Uma coisa pode ocupar posições diferentes em relação às outras coisas. A representação de tais posições é chamada de casos. Qualquer ação se situa em um tempo; daí os verbos também se situarem no tempo para representar quando a ação ocorre. Finalmente, Lomonóssov fala sobre a combinação das partes significativas da língua, que produz o discurso.

Depois de apresentar tal reflexão filosófica sobre a língua em geral, baseada na própria natureza de nossa constituição corporal, Lomonóssov ensina as regras da língua russa. E poderiam ser medíocres, quando a mente que as desenhou foi conduzida pelos espinhos da gramática com o luminar da engenhosidade? Não desdenhes desse elogio, grande homem. Não foi somente a tua gramática que construiu tua fama entre teus concidadãos. Teus serviços à língua são múltiplos; e, nesse trabalho pouco valorizado, és reverenciado como o primeiro fundador das regras básicas de nossa língua e como o explorador da disposição natural de todo tipo de palavra. Tua gramática é a antessala para a leitura de tua retórica, e tanto uma quanto a outra são guias para tatear a beleza das sentenças por ti criadas. Prosseguindo com o ensino das regras, Lomonóssov pretendia guiar seus concidadãos pelas veredas espinhosas de Hélicon, mostrando-lhes o caminho para a eloquência, delineando as regras da retórica e da poesia. Mas a brevidade de sua vida permitiu-lhe fazer apenas metade do trabalho pretendido.

Uma pessoa nascida dos sentimentos ternos, dotada de uma imaginação poderosa, impelida pelo amor à honra, irrompe do meio do povo. Sobe na tribuna. Todos os olhares se voltam para aquele homem, todos esperam com ansiedade seu pronunciamento. Esperam por seus aplausos ou pela zombaria mais amarga que a própria morte. Como poderia ele ser um medíocre? Assim foi Demóstenes, assim foi Cícero, assim foi Pitt; assim são, hoje em dia, Burke, Fox, Mirabeau, entre outros. As regras de seu discurso derivam das circunstâncias; a doçura de suas sentenças, de seus sentimentos; o poder dos argumentos, de sua inteligência. Surpreendendo-se com homens tão destacados na arte da oratória e analisando seus discursos, os críticos de sangue frio pensaram que era possível traçar regras para a inteligência e a imaginação, pensaram que o caminho para os encantamentos poderia ser pavimentado por prescrições precisas. Esse é o início da retórica. Lomonóssov, seguindo, sem perceber, sua imaginação, aprimorada pelo diálogo com os escritores da Antiguidade, também pensou que poderia comunicar a seus concidadãos o ardor que enchia sua alma. E, embora o trabalho que empreendera tenha sido em vão, os exemplos por ele fornecidos para reforçar e explicar suas regras podem, sem dúvida, guiar aqueles que perseguem a glória conquistada por meio das ciências das palavras.

Mas, se seu trabalho foi em vão para o ensino de regras, para o que é mais bem sentido que repetido, Lomonóssov deixou, em suas criações, exemplos adequados para os amantes da língua russa. Neles, os lábios que sugavam o doce de Cícero e Demóstenes floresceram em grandiloquência. Neles, em cada linha, em cada sinal de pontuação, em cada sílaba – e, por que não dizer, em cada letra –, ouve-se o som harmonioso e concordante tão raro, tão inimitável, tão característico de seu discurso.

Dotado pela natureza do direito inestimável de atuar sobre seus contemporâneos, dotado por ela da força da criação, imerso no seio das massas populares, um grande homem age sobre ela, mas não necessariamente sempre na mesma direção. De forma semelhante às forças da natureza que, agindo a partir do centro, estendendo sua ação em todos os pontos da circunferência, tornam seu efeito perpétuo em todos os lugares. Assim também Lomonóssov, atuando diversamente sobre seus contemporâneos, abriu a mente coletiva para diversos caminhos rumo ao conhecimento. Atraindo-a a segui-lo, desemaranhando uma língua confusa em eloquência e eufonia, não a relegou a uma fonte escassa de uma literatura sem ideias. À imaginação, diria: voa para um infinito de sonhos e possibilidades, coleta as flores brilhantes da inspiração e, guiando-se pelo gosto, decora-a até a própria intangibilidade. E, novamente, essa trombeta de Píndaro, trovejando nos Jogos Olímpicos, como um salmista, cantou glórias ao Altíssimo. Nela, Lomonóssov anunciou a grandeza do Eterno, sentado nas asas do vento, precedido por trovões e relâmpagos, e no sol, revelando aos mortais sua essência, a vida. Moderando a voz da trombeta de Píndaro, nela, cantou a brevidade do ser humano e os estreitos limites de seu entendimento. No abismo infinito dos mundos, como um grão de areia nas ondas do mar, como uma faísca que mal cintila no gelo que nunca derrete, como a poeira mais fina no mais feroz turbilhão, o que é a mente humana? És tu, ó, Lomonóssov, minha veste não vai te disfarçar.

Não te invejo pelo fato de, seguindo um costume geral de lisonjear os tsares, muitas vezes não merecedores não apenas dos elogios cantados com voz harmoniosa, mas também com o sonido grave do *gudok*, teres rendido elogios em versos a Isabel da Rússia. E, se fosse possível fazê-lo sem ofender a verdade e a posteridade, eu te perdoaria graças à inclinação de tua alma para as boas ações. Mas te invejará o escritor de odes que não é capaz de seguir teus passos, invejará o quadro encantador da tranquilidade e do silêncio do povo, essa forte defesa de cidades e aldeias, consolo dos reinos e dos tsares; invejará as inumeráveis belezas de teu verbo; mesmo se um dia alcançar a eufonia permanente de teus versos, até hoje não conquistada por ninguém. E que possa qualquer um te superar em seus doces cantares, que pareças a nossos descendentes desordenado em teus pensamentos, comedido na materialidade de teus versos!... Mas olha: em uma arena extensa, cujo fim a vista não alcança, em meio a uma multidão que se aglomera, na dianteira, na frente de todos, abrindo os portões para a arena, estás tu. Qualquer um pode ganhar fama por seus feitos, mas foste o primeiro. Mesmo o Todo-Poderoso não pode te tirar o que te deu. Ele te gerou antes dos demais, gerou-te para ser um líder, e tua glória é a glória de um líder. Ó! Vós que trabalhastes infrutiferamente sobre o conhecimento de nossa materialidade e como ela age sobre nossa corporeidade, essa tarefa que vos é proposta é uma prova difícil. Dizei, como uma alma age sobre outra alma, qual é a conexão entre as mentes? Se sabemos como um corpo age sobre outro corpo ao tocá-lo, dizei como o intangível age sobre o intangível, produzindo a matéria; ou que tipo de contato há entre as insubstancialidades? Que ela existe, sabeis. Mas, se sabeis que efeito tem a mente de um grande homem sobre as mentes comuns, sabereis ainda que um grande homem pode gerar outro grande homem: e essa é a tua coroa vitoriosa. Ó, Lomonóssov, tu produziste Sumarókov.

Mas, se os versos de Lomonóssov foram capazes de dar um grande passo na formação do conceito de criação poética de seus contemporâneos, sua eloquência não deixou marcas sensíveis ou evidentes. As flores colhidas em Atenas e Roma e transpostas de maneira tão bem-sucedida em suas palavras, a força de expressão de Demóstenes, a doçura do discurso de Cícero foram empregadas em vão, pois permanecem envoltas nas trevas do futuro. Mas quem será? Será aquele que, tendo se nutrido da eloquência abundante de tuas palavras de louvor, não trovejará em teu estilo, mas será teu discípulo. Se esse tempo está longe ou próximo, o olhar errante, vagando no porvir desconhecido, não encontra um sopé onde se deter. Mas, se não encontramos herdeiro imediato da oratória de Lomonóssov, o efeito de sua eloquência e de sua pontuação sonora no discurso não poético, todavia, é universal. Se sua oratória civil não teve seguidor, ela, contudo, espalhou-se, de maneira geral, na escrita. Compare o que foi escrito antes de

Lomonóssov com aquilo que foi escrito depois dele: a influência de sua prosa será clara para todos.

Mas não estaríamos equivocados em nossas conclusões? Muito antes de Lomonóssov, encontramos na Rússia pastores da igreja que, transmitindo a palavra de Deus a seu rebanho, também lhe ensinaram seus sermões, pelos quais foram glorificados. É verdade, eles existiram; mas seu verbo não era o russo. Eles escreveram, tanto quanto lhes era possível escrever, antes da invasão dos tártaros, antes do contato dos russos com os povos europeus. Escreveram em língua eslava. Mas tu, que viste o próprio Lomonóssov e, em tuas criações, tenhas, talvez, aprendido com ele a oratória, não serás esquecido por mim. Quando o Exército russo, ao derrotar os orgulhosos otomanos, superou as expectativas de todos que lançavam olhares de desdém ou de inveja às suas façanhas, foste convocado para agradecer solenemente ao Deus da Guerra, ao Deus da Força, ó!, com o êxtase de tua alma clamaste a Pedro, sobre seu túmulo, para que viesse ver o fruto de sua plantação: "Levanta-te, Pedro, levanta-te"; quando encantaste os ouvidos de todos, os quais, por sua vez, encantaram os olhos quando a todos pareceu que, com o clamor ao túmulo de Pedro, desejavas ressuscitá-lo com a força ordenada pelo Altíssimo; assim também eu me dirijo a Lomonóssov: contempla, contempla a plantação que semeaste. Mas se ele pudesse te ensinar a tua língua... Em Platão está a alma de Platão, e como nos encantar e nos ver seu próprio coração lhe ensinou.

Não só nossa admiração, mas também nosso amor, pode incitar uma atitude servil em relação a alguém, pois nós, ao conferirmos justiça a um grande homem, não devemos torná-lo um Deus de toda a vida, não devemos lhe dedicar uma estátua para a adoração da sociedade e não seremos cúmplices da adoção de qualquer preconceito ou falsa conclusão. A verdade é a nossa mais alta divindade, e, se o Todo-Poderoso desejasse mudar sua imagem, manifestando-se de outra forma que não a dela, nosso rosto Dele se desviaria.

Perseguindo a verdade, não procuraremos em Lomonóssov um grande historiador, não o compararemos com Tácito, Raynal ou Robertson; não o colocaremos no mesmo degrau que Marggraf ou Rüdiger, embora tenha praticado a química. Se essa ciência lhe era cara, se muitos dias de sua vida passou dedicando-se à pesquisa das verdades da natureza, seu percurso foi o de um seguidor. Ele vagou por caminhos pavimentados e, na inumerável riqueza da natureza, não encontrou uma única folha de grama que olhos melhores que os seus não haviam visto, não escrutinou sequer uma mola grosseira em matéria que seus predecessores já não haviam descoberto.

Acaso deveríamos colocá-lo ao lado daquele que recebeu a inscrição mais lisonjeira que uma pessoa poderia, talvez, ter abaixo de seu retrato? Os dizeres, inscritos não por bajulação, mas em nome da verdade, que proclamam com força: "Aqui jaz aquele que arrancou o trovão dos céus e o cetro das mãos dos tsares". Mas deveríamos colocar Lomonóssov ao lado dele, já que perseguiu a força elétrica em seus efeitos? Já que não se esquivou de investigá-la, mesmo ao ver que seu professor fora mortalmente atingido por sua força? Lomonóssov sabia produzir força elétrica, sabia como evitar o impacto do trovão, mas Franklin era arquiteto nessa ciência, já Lomonóssov, um artesão.

Mas se Lomonóssov não alcançou a grandeza em suas pesquisas da natureza, descreveu para nós suas ações magníficas com um estilo limpo e inteligível. E, ainda que não encontremos em suas produções relativas às ciências naturais um professor distinto no ensino da natureza, encontraremos, todavia, um professor das letras e, sempre, um exemplo digno de ser seguido.

E, assim, fazendo justiça a um grande homem, colocando o nome de Lomonóssov em uma aura digna dele, não buscamos aqui imputar-lhe dignidade por aquilo que ele não fez ou que não influenciou: ou apenas, deixando-se levar por uma linguagem desenfreada, ser conduzido pelo frenesi e pela predileção. Não é esse nosso objetivo. Queremos demonstrar que, em relação à literatura russa, aquele que abriu caminho para o templo da glória é o primeiro merecedor na obtenção da glória, ainda que ele mesmo não tenha podido adentrar o templo. Acaso não seria digno de lembrança Bacon de Verulâmio, porque foi capaz apenas de multiplicar os ramos das ciências? Acaso não seriam dignos de reconhecimento os corajosos escritores que se levantaram contra a destruição e o domínio, apenas porque não foram capazes de livrar a humanidade dos grilhões e do cativeiro? E não reverenciaremos Lomonóssov por não ter compreendido as regras da poesia teatral e ter se entregado à epopeia, por ter ficado alheio aos poemas sentimentais, por nem sempre ter sido perspicaz em seus julgamentos e, mesmo em suas odes, às vezes, ter empregado mais palavras que ideias?

Mas escutai: antes do início dos tempos, quando a existência não tinha um apoio e tudo se perdia na eternidade e na incomensurabilidade, tudo era possível para a fonte das forças, toda a beleza do universo existia em seu pensamento, mas não havia movimento, não havia princípio. E essa mão poderosa, ao impulsionar a matéria no espaço, deu-lhe movimento. O sol brilhou, a lua refletiu sua luz e os corpos em rotação formaram-se no firmamento. O primeiro choque na criação foi onipotente; todas as maravilhas do mundo, toda a sua beleza, é apenas uma consequência. Eis como compreendo a ação de uma grande alma sobre as almas dos contemporâneos e dos descendentes; eis como compreendo a ação de uma mente sobre outra mente. Nas veredas da literatura russa, Lomonóssov é o primeiro. Corre, multidão invejosa; à posteridade cabe julgá-lo, ela não é hipócrita.

Mas, querido leitor, deixei-me palestrar para ti... Eis que já estamos em Vssiesviátskoe... Se não te entediei, espera-me na porteira, nos vemos em meu caminho de volta. Doravante, perdoa-me.

– Cocheiro, aperta o passo.

MOSCOU! MOSCOU!!!

***

Com a permissão da Administração Policial.

Este livro, cuja história é um claro libelo contra o autoritarismo representado por Catarina II da Rússia, tem ecos em situações políticas vigentes em vários países no ano de 2023, época de sua publicação. Ele foi composto em ITC New Baskerville, corpo 10,5/12,6, e impresso em papel Pólen Natural 80 g/m² pela gráfica Rettec para a Boitempo, com tiragem de 2 mil exemplares.